シリコンバレーのドローン海賊

ジョナサン・ストラーン編

人新世とは、「人間の活動が地球環境に影響を及ぼし、それが明確な地質年代を構成していると考えられる時代」、すなわちまさに現代のことである。パンデミック、世界的な経済格差、人権問題、資源問題、そして環境破壊や気候変動問題……未来が破滅的に思えるときこそ、サイエンス・フィクションというツールの出番だ。本書に収められた短編10編とインタビューで、不透明な未来を見通し、それが社会や家族や個人にどんな影響を与えるか、そして希望をもたらすにはどうしたらよいか、グレッグ・イーガンを始めとする気鋭の作家たちが探ってゆく。

人新世SF傑作選

シリコンバレーのドローン海賊

ジョナサン・ストラーン編
中原尚哉　他訳

創元ＳＦ文庫

TOMORROW'S PARTIES: Life in the Anthropocene

edited by Jonathan Strahan

This book is published in Japan
by TOKYO SOGENSHA Co., Ltd.
Japanese translation published
by arrangement with The MIT Press
through The English Agency (Japan) Ltd.

目次

人新世ＳＦ傑作選

シリコンバレーのドローン海賊

序文——人新世(じんしんせい)におけるサイエンス・フィクション

ジョナサン・ストラーン

まずは、一八二八年以来、最も信頼のおける資料であるメリアム・ウェブスター辞典ではどう定義されているかを見てみよう。それによるとサイエンス・フィクションとは、「主として、現実または想像上の科学が社会や個人に与える影響を扱い、あるいは根本的な方向づけの要因として科学的要素がある」フィクションのこと、と定義されている。この定義にはそれほど合致しないサイエンス・フィクションも多いが、それでもことさら粗探しをするつもりはない。わたし自身の感覚では、サイエンス・フィクションとは、わたしたちが生きている世界をよりよく理解するために明日というレンズを通して今日の問題を見る、フィクションである。もちろんすべての作品がそうだとはいわないが、それがサイエンス・フィクションを定義することの面白さであり、それだけで本が一冊書けそうなほどだ。

とにかく、わたしたちが住む世界はいま、少々困ったことになっている。この文章を書いている時点で、われわれは十八カ月以上も、衰える気配のない世界的パンデミックのただなかにあり、そのせいで科学も社会も限界に達している。しかしこのパンデミック、COVI

D‐19の世界的流行は一時的な問題だ。世界的な所得格差、人権問題、社会正義の問題、データプライバシーなどは、ニューヨークの通りにいようとラゴスの通りにいようと、われわれ全員に影響を及ぼしている——しかしそうした問題がどれほど深刻で根深いものであっても、それらは現代の決定的な問題ではないといっても差し支えないだろう。その栄誉を与えられるのは人為的な気候変動だ。

われわれはこの惑星の歴史において、特殊な時代を生きている。J・R・R・トールキンならもっと気の利いた名前を思いつくだろうが、その時代は人新世と呼ぶべきであるというのが大方の意見のようだ。メリアム・ウェブスターのわれらが古き友人たちはそれを、「人間の活動が地球環境に影響を及ぼし、それが明確な地質年代を構成していると考えられる時代」と定義している。そして、これは産業革命からはじまった、とつけ加えている——たしかにそのとおりだとは思うが、それはいま現在起こっていること、そして次に起こるかもしれないことに注目した、いまここで扱っている話とは直接関係がない。

人新世の特徴としては、海洋の温暖化、氷冠の融解、あらゆる種類の極端な気象現象（干魃、豪雨、寒波、熱波）、生息地の消失、種の絶滅等々が挙げられる。面白い！　まあ、ほんとうのところ面白くはないが。実をいうと、かなり恐ろしい。自分の知っている世界がいままさに、現実に身のまわりで死にかけているような気がしているときに、いい気分になって、ときおり未来に目を向けるのはかなり難しいかもしれない。

しかし、本書のなかでジェイムズ・ブラッドレーのインタビューに答えているキム・スタンリー・ロビンスンが別のところで述べてきたように、自分たちが置かれた状況に絶望するよりも、むしろ前向きになり、それを改善するような形で気候変動やそれがもたらす課題に対処しようと試みることは、道徳的責務である。事実、彼が本書のなかで示唆しているように、COVID-19の世界的流行は、われわれが置かれた状況に楽観主義めいたものを抱く理由があることすら示している。世界じゅうの人々が地球規模でともに働くことは可能であり、目の前の問題にもそんなふうに取り組むのではないか、この惑星が避けがたい変化に直面したとき、人々が生き、そして繁栄すらできる方法を見つけることは可能なのだ、という楽観主義を。

　そして、本書の出番というわけだ。わたしたちがやりたかったのは、将来気候変動とともに生きる自分たちの暮らしがどのようなものになり得るかを、そうなる可能性がどれほど高くても、それがどれほど希望のないものであっても、垣間見せることだった。教育は、子育ては、家庭の築き方は、日々の暮らしのちょっとした物事はどんなふうになるのだろうという問いを、わたしたちは投げかけた。そして、いくつかの驚くべき回答を得た。十人の才能豊かなSF作家による十編の物語、シーン・ボドリーによる素晴らしいイラスト（邦訳では割愛）、そして最高のインタビュー。これらはホープパンク（圧倒的な希望で冷笑やニヒリズムに抵抗しようとするジャンル）でも、ドゥームスクローリング（インターネットで悪いニュースや悲観的情報ばかり読みつづけること）のための材料でもない。それどころか、魅力的で素晴らしい——そしてたしかに、ときにはとても暗い——近未来の世界を舞台にした物語であり、どの作品もわたしたちがいまの時代になんとか適応し、場合によっては乗り切ることができるかもしれない方法を示してくれている。

本書はMIT Pressが刊行している*Twelve Tomorrows*シリーズの一冊であり、このシリーズは近未来、そしてそれほど近くはない未来における技術開発の役割と、潜在的な影響の探究を使命としている。本書の題名*Tomorrow's Parties*は、ヴェルヴェット・アンダーグラウンドの名曲「オール・トゥモローズ・パーティーズ」と、ウィリアム・ギブスンの同名小説（邦題『フューチャーマチック』）の両方にちなんだものだ。それがこのプロジェクトにぴったりなように思えたのは、ある意味、本書が明日のパーティーが開かれるかもしれない空間――少し悲しく、少し哀愁を帯び、少し希望のある――を探す物語を集めたものだからだ。わたしはこれらの物語がその使命を果たす以上のことをしていると思うし、みなさんにもわたしと同様に楽しんでもらえることを願っている。

西オーストラリア州、パース

二〇二一年五月

（佐田千織訳）

シリコンバレーのドローン海賊
メグ・エリソン

巨大通販物流企業に勤める親を持ち、シリコンバレーの富裕層向け学校に通うダニーは、同級生二人と一緒に配達ドローンの捕獲を始める。それは退屈しのぎのつもりだったのだが……

メグ・エリソン（Meg Elison）は、一九八二年生まれのアメリカの作家、エッセイスト。SFやホラー、フェミニスト・エッセイや文化批評を主に執筆している。小説家としては、第一長編 *The Book of the Unnamed Midwife* で二〇一四年フィリップ・K・ディック賞を受賞。中編"The Pill"で二〇二一年ローカス賞を受賞。

（編集部）

父と息子は野球シーズン開幕戦にやってきた。コンクリートにおおわれたパロアルトの春は白く無機質だが、暑くはない。それでもスタジアムに詰めかけた観客は帽子をかぶり、日焼け止めをたっぷり塗っている。

ドジャードッグの広告がいたるところに出ていた。サンタクララ郡内の高速道路ぞいのLED看板。SNSとテレビのコマーシャル。スマートフォンとウェアラブルデバイスに強制表示される広告。

「こんなにホットドッグの広告だらけだと、いまに性的に露骨と訴えられかねないな」

エリオット・ファンバーグは笑った。

チケットブースにおかれたパッドのディスプレイ前で、皮膚RFIDのクレジットチップをタップすると、すぐにチケットが明るく表示された。

「ようこそ、ファンバーグさん！　子ども用チケットのダニエル・ファンバーグさんとともに本日はお楽しみください！」

入場ゲートで電子音が鳴り、エリオットは顔認識プログラムがうまく働くようにサングラスをはずしてゆっくりと通った。ダニーは父親が所定の手続きを終えるまでうしろに控えた。二人とも辛抱づよく待ちながら苦笑いしている。ゲートはようやくエリオットの本人確認を終え、続いてダニーがはいった。

エリオットはゲート上部のガラス面で上下左右に動く赤い線を見上げた。

「はっきりいって、この旧式なリニアスキャンは更新すべきだな。もはやインフラなんだから」

こういうとき、ダニーはよろこびいさんで父に同意する。まずい設計をけなすのも、新技術を称賛するのも痛快だ。

「ファックだよ、石器時代みたいなシステムは」

スキャナーにむかって眉をひそめ、下顎（したあご）を突き出した石器人の顔をしてみせる。ゲートはダニーの変顔でも混乱せず、承認の電子音を鳴らした。

すでにエリオットは数歩先にいる。

「急げ、ダニー。それから、ファックなんて言うな。俺がママに怒られる」

「ママだっていつもファックって言ってるのに」

ダニーは答えながら、すでにスマホに気をとられていた。ゴーストチャットで二人の親友が送ってきたビデオを見ている。

今日のアバはビーチにいる。わずかな空き時間に抜け出して一人でサーフィンしているそうだ。傷だらけのボードを砂に立てて波のぐあいを映してくれる。いい波が来ているようだ。

ジェイデンのは数時間前の投稿で、ほとんど真っ暗な寝室で撮られている。ベッドカバーでおおったベッドの下では植物育成灯が煌々（こうこう）とともされ、画面はしばらく真っ白になった。

やっと映ったのは順調に育つマリファナだ。

ダニーはにやりとして、ゴーストチャットを消した。父の話は耳だけで聞いて、途中から追いついた。

「……大人と子どものちがいは、ファックと言っていいときと悪いときがわかるかどうかだ。おまえみたいにいつでもどこでも言ってたら、いつかひどいめにあうぞ」

「ファッキンわかったよ、パパ」

そう答えてダニーはにやりとし、父もおなじ顔をした。

二人は薄暗い鉄製階段を登っていた。席はファウルポール裏の中段付近で、登りきってスタンド側に出ると明るい日差しに目がくらんだ。エリオットは手で目庇（まびさし）をつくり、「ファック」とつぶやきながらサングラスを出した。

ダニーの眼鏡は屋外の明るさにあわせてゆっくり変色し、サングラスとおなじになる。赤ん坊のときから視力矯正（きょうせい）が必要だったので慣れている。

座席は通路側で、エリオットは息子を奥にいれた。

「俺がこっちにすわってホットドッグに対応する。どうなるかわからないけどな」

「了解」

ダニーはすわるとすぐにスマホでネットをブラウズしはじめた。野球は好きだから試合が開始されたらスマホをしまってグラウンドを見るつもりだが、それまでなにもせずに待つのは苦痛だ。

友だちのゴーストチャットをまた再生した。アバのウェットスーツはサイズが合っていない。背の高いだれかからのお下がりだろうか。

ドジャードッグの広告動画が一瞬出たが、見ないで飛ばした。隣ではエリオットが自分のスマホを出した。仕事のメールを読みながらつぶやく。

「このプレゼンが成功すれば大口契約になるぞ」

ダニーは顔も上げずに訊いた。

「配送ドローンのやつ?」

「そうだ。明日、賠償責任のしくみについて保険会社に説明する。そこさえうまくいけば、あとはすいすいと進むはず……」

エリオットはなかば独り言のように言いながら、キーボード上で光の速さで親指を滑らせた。

いつもの父だ。ダニーが生まれるまえからババゾン勤務。ダニーの母は三人目の妻で、ひと昔まえに映画女優としていくらか有名だった。そんな両親の正体が学校で知られるとすこしだけ騒がれた。とはいえ通っているパロアルトの学校には、はるかに金持ちで有名な親がごろごろしている。去年はある親のスタートアップ企業がフィズルに買収されて、その子は三年生になる二週間前に転校していった。そういうところなのだ。

アバがまたゴーストチャットを送ってきた。今度はウェットスーツ姿のセルフィだ。頭の片側を剃り上げ、反対側は長い黒髪というスタイル。その髪が波でもつれ、濡れて光っている。唇の上には砂。その上半身の上にネオングリーンの文字で、『クソ落水！』と書いてある。

ダニーは笑って、お返しの動画を撮った。スタジアムのようすを軽くパンして、最後は自分の笑顔。

『ホットドッグめあてで来た』

下にホットドッグの絵文字を四個並べ、アバとジェイデンに送る。

ジェイデンからはすぐに返事が来た。野球の絵文字が十四個。

『あいかわらず好きだな。金持ちパパによろしく』

ダニーはにやりとしただけで、返信はしなかった。

父から野球帽を渡され、笑顔で受け取った。ドジャーブルーの帽子はもちろん今日買ったものだ。球場に来るたびに新しく買う。新品は硬くてちょっと痛い。父と息子はいつものように両手で丸めてほぐし、なじませてかぶった。

エリオットは笑顔で息子を引き寄せ、セルフィを撮った。

「やめてよ、パパ」

言いながらもダニーは笑顔だ。

「笑え、ダニー」

ダニーは無理に大人っぽい笑みをつくっている。エリオットはきれいにベニアをした歯を見せた。日焼けした顔に白い歯が目立つ。写真のダニーは父そっくりだ。母の青い瞳や厚い唇が遺伝したほうが女の子にもてそうだが、〝エリオット2〟とか〝エリオットの再来〟と息子が呼ばれるのも悪い気はしない。

その写真をアシスタントに送った。ソーシャルメディアを自分で管理する気はさらさらない。アシスタントが複数のチャンネルにいい感じに投稿して、好ましい人物像を演出してくれる。新品でまだつっぱるジーンズのポケットにスマホをもどし、座席の背もたれに背中をあずけた。

試合開始の五分前にダニーが立ち上がって伸びをした。

「見るコンテンツがなくなった」

言いながらグラウンドを見まわす。

エリオットはまた自分のスマホを見はじめた。

「なくなるわけがあるか。インターネットは無限大だぞ」

「ネットは無限でも、おもしろいコンテンツは有限だよ」

エリオットも隣に立って伸びをした。

「そろそろだな」

スマートウォッチを横目で見る。予定のリマインダーを無視して腕組みをする。

ダニーが大げさなため息をつこうとしたとき、スピーカーから音楽が流れ出してスコアボードに光がはいった。スクリーンの上段と下段でホットドッグが踊り、中段右からあざやかなドジャーブルーの文字が次々と飛び出してバウンドしながら並んだ。

スタンドじゅうのスピーカーからアナウンサーの声が流れ、ダニーは驚いて背中を起こし、見まわした。

「さあ、お待ちかね、ドジャーズのファンのみなさん！　いよいよはじまるぞ！　ドジャードッグを食べたいか？」

客席からいっせいに歓声があがり、口笛が鳴らされた。エリオットも童心に返ってはしゃいだ。

「パパ、まるでホットドッグを食べたことがないみたい」

ダニーも浮かれていたが、それでも父の興奮ぶりが恥ずかしい。

「いいじゃないか、ダニー。楽しめ！」

それもそうだ。笑顔で父の肩に腕をまわす。父も笑顔を返した。

場内に響く陽気なアナウンサーの声が、専用のアプリを使ってほしい、まだ持っていないならダウンロードをとうながした。父の肩ごしに見ると、お気にいりのホットドッグをすでに二本注文している。eビーフにマスタード、ホワイトオニオン、セロリソルトという組みあわせだ。エリオットのブロックチェーンIDを入力ずみなので数秒で注文が通った。

ダニーは父のスマホを顔でしめした。

「UIがいいね。動きがなめらかでかっこいい」

「使いやすいぞ。広い用途に対応する完璧なコンセプトで、うちもこれを使う。七回のあとの休憩時間に追加で二本注文してみてもいいな」

「いいよ。二本食べられる」

「あとはビールもこのアプリから注文できると最高なんだが」エリオットはトンネルのような通路入口を見た。ビールを注文するにはその奥へ歩かなくてはいけない。「アルコールとタバコ類はドローン配送禁止と、いまのところ法律で決まってるからな」

試合がはじまり、ドジャースはダイヤモンドバックスに対して優勢に試合を進めた。日差しが東スタンドより高くなると帽子がありがたい。

アバがまた動画を送ってきた。海を背景にした小さなテーブルで大きなブリートを食べている。ダニーの腹が鳴った。注文したドジャードッグはまだかと見まわす。

気配はない。

二回裏が終わるころには餓死しそうな気がしてきた。父があきらめてビールを買いにいってくれたら、ついでに高いナチョスを一皿頼むのに。

エリオットがなにかに気づいて腰を浮かせた。サングラスをはずしてグラウンドのほうに目をこらす。

「きたきた、来たぞ!」

エリオットは興奮して尻上がりの調子で言った。ちょうどスピーカーからは派手な音楽。空気を震わせる奇妙な羽音のような騒音が聞こえてきた。ダニーは自分のクワッドコプターを思い出した。二年前にプレゼントでもらって、あちこち改造しながら楽しんで飛ばしている。とはいえ実用性はない。あくまでおもちゃだ。

マイクロドローンは編隊でいっせいにあらわれた。球場全体できれいな円をつくって上昇する。客席の一列目まで来ると、あとは編隊を崩してそれぞれ届け先の客席をめざした。

ドローンが発するか細い合成音声があちこちから聞こえはじめた。ダニーは腰を浮かせ、首を長くしてようすを見ようとした。ところがまえの席の男が立ち上がって視界をさえぎった。身長百六十センチ、横幅もおなじくらいある。ダニーは憤然として右や左に顔を動かす。父の肩によりかかってのぞこうとしたとき、そのエリオットの面前にドローンが来た。

「エリオット・ファンバーグさん、どうぞお受け取りください。マスタード、ホワイトオニオン、セロリソルトをトッピングしたeビーフ・ドジャードッグが二本です」

エリオットは帽子を脱いで、眼前の機械をじっと見た。靴くらいの大きさで、推進システムは外から見えない。下面で赤と緑の小さな光が点滅している。卵形にふくらんだ積載部がいきなり開いて、エリオットは驚いて引いた。

紙製スリーブにしっかり包まれたドジャードッグ二本があらわれた。ドローン内部で蒸気が結露しているのが見える。二人ともどうしていいかわからない。ドローンはアナウンスをくりかえした。

ダニーがホットドッグを取ろうと手を伸ばすと、ドローンはひょいと遠ざかった。

「ドジャードッグ・ドローンに手をふれないでください」

細い合成音声が言う。ジャイロの働きでホットドッグを水平に維持し、エリオットのまえにもどる。

「ファンバーグさん、ご注文をキャンセルなさいますか？」

エリオットはあいかわらず設計を見るのに夢中だ。ダニーのほうにひそひそ声で言う。

「見たか、このバランスのとり方。積載物が動いても……おそらく移動式のバラストで補正して……」

空中で待つドローンがキャンセルの案内をはじめたのに気づいて、あわてて答えた。

「いや、キャンセルはしない。ありがとう……ありがとう」

雛鳥(ひなどり)を抱くように両手を丸めてそっとホットドッグを受け取る。マイクロドローンはビープ音を立てて離れた。観客の頭より高く舞い上がり、ステーションへ帰っていく。

「いやあ、驚いたな。見たか、あれ。もうすぐなにもかもああやって配送されるようになるぞ。世界じゅうで。ピザから自動車の部品まで、注文したものはなんでも。おまえが運転免許を取るころには、燃費が悪くて排ガスをもくもく出すトラックはもう道路を走ってないはずだ。自動車業界のロビー活動がなければとっくにそうなっていた。でもその自動車業界に勝った。労働者にも勝った。技術の進歩でな」

エリオットは高揚した表情でホットドッグを息子に渡した。

ダニーは受け取ったものの、すぐには口をつけなかった。二列下の客席での出来事に目を奪われていた。大きな子が空中のドジャードッグ・ドローンをさっとつかんで、弟らしい小さい子に届けられるはずのホットドッグを奪ったのだ。そしてドローンは放して、ホットドッグをかじった。小さい子は泣き出し、父親に助けを求めた。

これを見てひらめいた。富裕層の子息の退屈な日常を変えるアイデアだ。もうホットドッグどころではない。生まれて初めてやりたいことをみつけた気がした。

一年後、ダニーの近所のドローン飛行ルートが記録された線だらけのマップを見ながら、アバが言った。

「飛行計画みたいなのを提出して飛んでるわけじゃないのよ。たとえばドジャードッグ・ドローンは運用エリアが狭いでしょ。スタジアムの外には出ない」

「たしかに、パパのファイルを見ると飛行ルートは意外と一定だ。アザートンに出入りするのはこの一・五メートルのボトルネックをかならず通る」

ダニーはスクリーン上で多数の線が集中する箇所をしめした。海賊に掻き切られるのを待つ喉笛に見える。

「ファイルを読んだかぎりでは、この地域の損害賠償はほぼ無限責任になってる。取り扱い量が膨大だから、配送ミスの荷物をいちいち探すより代替品を新たに送ったほうが安上がりなんだ」

「そうね。ただし――」アバは強調した。「――ドローンには危険を避けるプログラムが組みこまれている。どんなものもよける。電柱、鳥、ほかのドローン。障害物に対する自律制御はかなり高性能よ」

「それはそう。でもあくまで自動機械で、人間は監視してない。荷物が届かない理由はだれにもわからない。消えてなくなるだけ」

「でもドローンのほうを探しにくるかもしれないわよ。そっちは安物じゃない」

アバは右の小指の爪を嚙んでいる。めずらしく不安げだ。よほど理由があるのか。

「ドローンはババゾンの返品センターに放りこんでおけばいいよ。〝発見者は返却を〟って胴体に注意書きがあるとおりに。そのほうが安全確実」

「わたしたちがつかまらなければね。予測しやすいパターンを避けて、ランダムに行動すれば」

アバはダニーの視線に気づいて、爪を嚙むのをやめ、明るい表情にもどった。

「それで、捕獲する方法は？」

ほがらかで陽気な声にもどった。そのほうがいい。

ジェイデンのこもった声が答えた。

「ドローンが認識しにくい素材を使うんだよ」

いまはダニーの収納ケースをあけて未使用の部品や3Dプリンター用のフィラメントを引っぱり出している。

「有機物と無機物を見わけられるのはまちがいない。不明なのはソナーのようなものを積んでるのか、それとも光学スキャナーだけなのか」

ダニーは申しわけなさそうに認めた。

「そのへんは資料でも秘密扱いになっているんだ。ごめん」

ダニーが気まずそうなのを見て、アバがすぐに助け船を出した。

「試行錯誤すればいいわ。わたしは網でつかまえられると思ってるけど。ダニー、あなたは？」

「信号妨害を考えてる。物理的な捕獲装置や武器よりうまくいくんじゃないかな」

タブレットを引き寄せて、書いたコードの画面を見せた。

「電波を出すときは、僕らのスマホは安全な箱にしまったほうがいいね。影響を受けてしまう。近くの住宅のＷｉ－Ｆｉも乱れてつながらなくなるはずだ」

アバはうなずいた。

「なるほどね。ジェイデン、あなたの案は？」

ジェイデンは収納ケースから顔を出して、うっすら髭がはえた一年生の顔でにやりとした。

「アクリル樹脂だよ」

持ち上げたのは透明なプラスチックの箱だ。本来はうるさいロボットにかぶせて騒音を抑制しながら、なかの動きを観察するためのものだ。

「これなら壁があると気づかないはずだ」

ダニーは空を見上げるように天井を見て考えた。

「どうやって近づける？　飛行中につかまえるには、アクリルの板や箱をすばやく正確に持ち上げないといけない」

ジェイデンはにやりとした。

「簡単さ。俺のドローンを配送ドローンの上に飛ばして、速度と方向をあわせる。アクリルの箱はケーブルで吊っておいて、高度を下げて箱をすっぽりかぶせる。進路をさえぎらなくても強制的に着陸させられる」

「回収はどうするの？」

アバはすでに次の段階を考えている。いつも仲間より一歩先んじる。

「最後はやっぱり網や棒や、遠くのものをつかむ道具などに頼らなくてはいけないわよ。住宅の裏庭や屋根に落ちるかもしれないんだから」

彼女が披露した捕獲法には、それらの回収方法まで組みこまれていた。

「単純に、物理的に行く手をはばむのよ。射程距離に近づいたら大砲のように網を撃ち出す。そして伸縮式の引っかけ棒を使う。軽量なアルミ製のね。引き寄せてドローンの機能を止める」

しかし実験してみると、どれも一長一短だった。ダニーの信号妨害では捕獲したドローンの位置情報発信が止まったかどうかわからない。ジェイデンのアクリル箱は、網や棒をよけて飛ぶ相手にはたしかに有効だ。アバの方法は確実な回収がみこめる。

実際の捕獲を初めて試みたときは散々だった。まずダニーが双眼鏡でババゾンのドローンをみつけて方角を教え、ジェイデンはそれを聞きながらアクリル箱のドローンをその上に飛ばした。ジェイデンは舌を横に突き出して集中した顔でジョイスティックを操作していたが、途中からコンピュータに操縦をゆだねた。

「俺より下手じゃないか」

ふらつくドローンを見てつぶやく。アクリルの箱は重く、ドローンにその補正機能がないのだ。箱を下げるのも早すぎて、ターゲットをかすめただけだった。

ジェイデンの舌打ちを聞きながらダニーは言った。

「僕がやる」

強力なアンテナを上にむけてドローンを追いながら、最初の妨害信号を出した。資料のとおりなら効果があるはずだが、ドローンはなにごともなかったように飛び去った。

アバが非難がましく言った。

「救難信号を出してないといいけど」

「だいじょうぶだってば！」

たしかめるすべはない。

アバはカタパルトの射出機構のレバーを引いて網を取り付け、スマホで立ち上げた追跡アプリをじっと見てから発射した。

空中で広がった網は、昼間に飛ぶコウモリの翼のように奇妙で敏捷だ。小型のドローンに見事にかかり、まっすぐ落ちてきた。

荷物を排出させるところは、ダニーのプログラムが初めてうまく働いた。ジェイデンはGPS信号を遮断するためにファラデーケージになった箱にドローンをいれた。

アバの主張にしたがって用心を重ねた。アザートンでのドローン配送が開始される初日から襲撃するのではなく、一カ月近く待ち、真夏の人けがない正午ごろを狙った。犬を散歩させる時間帯も避ける。襲撃場所のボトルネック地点には三人ばらばらに出入りする。

装備を見とがめられた場合にそなえてもっともらしい言い訳を用意した。ジェイデンのドローンとアクリルの箱は、野生動物の写真撮影が目的だ。透明な箱にはいった野良猫やアライグマの写真を念のためにアプリに保存しておいた。

ダニーのドローンとラップトップは、いずれ父の仕事を継ぐための自主研究だと主張する。ファンバーグの名を聞けばだれでも納得するだろう。

アバの網カタパルトは、小型とはいえ迫撃砲のようなかたちをしている。うんうんうなって長く考えたすえに、子ども用の赤いワゴンに積んで、その上にかぶせるように三脚と撮影台を載せた。ゴーストチャットの撮影に来ていると言い訳するのだ。ボトルネック地点から去るまえにかならず地面に寝そべり、草花にかこまれて写真を撮る。日差しを浴びてかわいい顔と本にアフガン編みのショールでポーズ。おしゃれ好きは七難を隠す。

もしつかまっても、三人とも大人の罪に問われる年齢ではない。それを宗教の教義のように毎日確認した。教義のなかには正しく理解しているものもあれば、たんなる表面的知識もある。審判はいずれ下る。

アバの網で最初につかまえたドローンは、アイスエイドの六本パックとタイ風チリ味のスナックを配送中だった。三人は道路から見えない側の斜面の黄色い草陰に寝そべって宴会をした。アイスエイドのボトルをひねって急速冷却剤で冷えるのを眺め、あきるほど飲んだ。辛いスナックも唇がしびれるまで食べた。理想的な証拠隠滅だ。すべて腹のなか。ゴミを処分し、捕獲したドローンはジェイデンが帰りがけにババゾンの返品センターに持っていった。アイスエイドとスナックを注文したアザートン住民は、十五分と待たずに商品不着を報告し、一時間以内に同一の商品が新たに手配された。人もシステムも不審には思わない。よくあることだ。

ダニーは自宅の玄関にはいり、脇の外出用具室にドローンをしまった。両親のジョギングシューズや軽いウィンドブレーカーやフリースのベストなどが保管されているところだ。キッチンにはいると父がいた。いつものように電話中で、目だけで合図をした。

「危険だって？　どんな」

ダニーはほてった顔を冷やそうと、おやつを探すふりをして冷蔵庫をあけた。魚の切り身や野菜しかはいっていないのは知っている。満腹でなにも食べたくない。

「一流の人材をそろえたきみのチームが、よりによってストライキを起こす可能性だって？　いいか、組合とすこしでも関係ある人間は採用前に排除してある。鎌と槌のアイコンのやつや、過去や現在に左派とかかわりを持つやつはいない。うちの従業員はそんなことを考えない。希望どおりの待遇で不満などない。認めたくないのはわかる、アーメト。しかし乗り切らなくてはいけないぞ。そうか？　わかった、同意する」

エリオットは喉の横をタップして音声インプラントを停止させた。ポケットからスマホを出して、テキスト化された会話記録を確認する。

「やあ、ダニー。今日はなにをしてたんだ？」

「丘をあちこち歩いてドローンで遊んだよ」ダニーはさりげなく答えた。「ババゾンの従業員が仕事を拒否したり辞めたりすることって、本当にないの？」

エリオットはカウンターに肘をついてまえかがみになり、ダニーをのぞきこんだ。

「昔はあったさ。トイレが汚いとか、給料が安いとかの理由で一部の労働者が就業拒否し、そのせいで会社がつぶれることがあった。でも画一化することで解決した。おなじ仕事をする者はおなじ宿舎で共同生活する。おなじ額の借金をして、おなじ料金でデイケアサービスを使う。重要なのは平等だ。わかるか、ダニー」

ダニーはうなずいた。ここはうなずくところだからだ。

自分も友だちも危険はない。まったくないはずだ。しかし頭の奥では父の話を疑問に思いはじめていた。

海賊と自称しはじめたのはアバだ。きょとんとする二人を尻目に、網カタパルトを組み立てながら立て板に水でしゃべった。

「海賊は金持ちから盗んだのよ。狙いは昔のイギリスの東インド会社や大商人だった。みんな私掠船で、より大きな私掠船から富を奪っていた。わたしたちもババゾン相手におなじことを小規模にやってるわけ」

ダニーは疑問を呈した。

「そうかなあ。ババゾンはだれからも盗んでないぞ」

　アバは一蹴した。

「それはちがう。フリーモントやヘイワードの配送センターで働く人たちは、家賃と食費を給料から差し引かれてる。たいていみんなババゾンに借金をして、労働で返してる。住まいをあたえられるのとひきかえに最低賃金以下で」

　ダニーはよくわからずに答えた。

「宿舎はとてもいい部屋だとパパから聞いたけど」

「だったらあなたもそこに住めばいいじゃない。ババゾンの重役もみんなその宿舎に住めばいいはずよ」

「それは……そうだけど……」

　うまく答えられなかった。

「そこに住んでる人たちは子どももババゾンの学校に通わせる。授業は画一的。コードの読み書きはできるようになるけど、べつの人生を築くための技能は学べない。ロボットのつくり方や外国語など、わたしたちのような授業は受けられない。ババゾンはそういう機会を奪っているのよ。奴隷とおなじ扱い」

　ふいにジェイソンが反論した。

「いやなら出ていけばいいじゃないか。だれも止めないんだから」

「そうね。でもそのあとの住む場所は？　生活費は？　子どもたちはどこの学校に？　うちみたいなところにはいれる？」

「奨学制度があるだろう。そこはおまえが詳しいんじゃないのか、アバ？」

険悪な雰囲気になった。避けていた話題だ。三人はダニーの家に集まったり、ジェイデンの家に集まったりしても、アバの家に行ったことはなかった。どこに住んでいるのか知らない。親の仕事も知らない。本人も話さない。奨学生としてアストラ・アカデミー高等部に来ているのだろうとなんとなく推測していた。中等部のころの教室にはいなかったからだ。放課後にいっしょに遊ばないときはバスに乗って帰るようすを見かける。ロボット工学の授業では最優秀の生徒の一人で、奨学金を得るのにふさわしい。

アバは厚い唇が見えなくなるほどきつく口を結んだ。

「海賊行為へのわたしの興味を理解しようとしないのはそういうわけね。女王に紅茶を運ぶ東インド会社だから」

自分のことはなにも話さずにその日は終わった。海賊のこともアバは言わなくなった。ただし一時的で、機会があれば自分は海賊と称した。ダニーとジェイデンがおなじ立場とは言わなかったし、そう呼ぶこともなかった。

それでも海賊行為にはちがいなく、略奪品は増えて隠すのが大変になった。アバにならって二人も荷物を載せるワゴンを調達し、ドローン襲撃の日はそれを引いて丘陵地を歩いた。

襲撃日は平日や週末にかぎらずランダムに設定した。たいていは午後だが、夜にジェイデンが一人で襲撃することもたまにあった。

「親父はいま新規プロジェクトに取り組んでいて、火事でもなければ部屋のドアをノックするなと言われてる。だから夜中に出かけても気づかれないんだ。それより、こないだの夜の獲物を見てくれよ！」

ジェイデンは自分のワゴンにかけたタオルを取ってみせた。古い貴重なボディビルダー雑誌の山だ。一九七〇年代の黄ばんだ写真の表紙をなでる。

「これはお宝だぜ」

ダニーは唇を噛んだ。

「稀覯本にあたるだろうな。ほかとちがって代替品はないはずだ」

ジェイデンは雑誌の山をなめるように見た。

「知ったことか。部屋じゅうに飾るぜ。肉棒が出てなきゃＯＫって母から言われてる」

「キモ……」

アバがぼそっと言うと、ジェイデンはふりむいた。

「男の趣味に文句つけるなよ」

「男の趣味はご勝手にどうぞ。〝肉棒〟とかって言っちゃうのがキモいの」

「そんなこといったって、俺たちは肉でできてる。ドローンより強い肉だ」

そう宣言してジェイデンはクレードルからドローンを離陸させた。

アバはそれを見送って、自分の網カタパルトの発射準備をした。

「今度はゲーム機を落としたいな。ＰＬ９だったら見せびらかしちゃう」

「もしＰＬ９だったらきみにやるよ。ジェイデンも僕ももう持ってる。ソフトは貸す」

ダニーは約束したが、午後最初の獲物はだれかが注文した生理用品だった。

「ガラクタの山に加えとくわ」

アバは安物の引き取り役だった。台所用洗剤、歯磨き粉、バンドエイド、離乳食……。ジェイデンがもらわず、ダニーももらわない無価値な品目をあずかって適当に処分する。

この日はとくにガラクタばかりで、最後は肌用クリーム六本セットだった。

ジェイデンは不満の声をあげた。

「まったくもう、だれかかっこいいサングラスを注文しろよ」

「電子製品でもいい」

ダニーがほしいのはだいたい分解して遊べるものだ。あるときはデジタルサイネージの自動化や広告看板の操作に使えるマイコンが落ちてきて、アバと取りあいになった。ダニーは古いのを一つ持っているので最後は譲った。アバは持っておらず、親にねだるのは難しいはずだからだ。ダニーは言った。

「調光サングラスだったら買ってもらえるんじゃないか。そろそろ誕生日だろう?」

「そうさ」ジェイデンも同意した。「でも、ちくしょう、俺だってほしいぜ。そうしたら海賊らしくなる。そうだろ、アバ?」

アバはスマホの画面を見ながら、ふふっと笑った。

「そうね」

しばらくして解散した。夏で日が長く、就寝時間の直前まで空は明るい。ちょうどいいと思って、ダニーはアバをつけてみた。長い影を踏んで歩く姿はとても疲れたようすだ。バス停を通りすぎてその理由がわかった。

「そうか、ワゴンを引いてバスには乗れないのか」ダニーは小さく独り言を言った。「こっちもまずいぞ」

自分も帰りは歩きになる。あるいは父のお抱え運転手を呼ぶか。それでも尾行は中断しなかった。

森のそばまで来てアバがふりかえって見まわし、ダニーに気づいた。森の入口で立ち止まり、不快げににらむ。

「なにしてるの」

ダニーは小さく笑った。日焼けした頬がつっぱるのを感じる。

「海賊の勉強さ。いいじゃないか。海賊の暮らしとやらを見せてよ」

なにかを予想してつけてきたわけではない。アバはもう一度ダニーを見て、肩をすくめ、でこぼこ道にワゴンを引いて森の奥へはいっていった。ダニーも続く。

あらわれたのは地味で粗末なキャンプだった。噂はあった。労働者を組織しようとして解雇されたり、ババゾン倉庫の宿舎を出た人々が森に住みついているという話だ。それを聞いて、空き地に並ぶトレーラーハウスや樹上の連絡通路でつながったツリーハウスのような光景を想像していた。実際には地上に張ったテントや、トタンとベニヤ板で組んだ小屋に人々は住んでいた。身なりは清潔そうで、それぞれ就寝の準備をしている。ある男は汲んできた冷水で幼児の体を洗っていた。子どもの赤くなった顔からダニーは目をそむけた。

木々のあいだから出てきた老女が声をかけた。

「アバ！」森の外は明るくても、森陰はもうほとんどまっ暗だ。「またなにか持ってきてくれたのかい？」

「安物ばかりよ」

アバは笑顔で答えて、ワゴンにかけた古い毛布をめくり、運んできたものを渡しはじめた。生理用品、肌用クリーム、バンドエイド。ジェイデンとダニーが不用品とみなしたものだ。

ワゴンが空になると、ダニーはそばに近づいた。

「売ればいいのに。物々交換でもいい。ほしい人がたくさんいるみたいじゃないか」

アバはむきなおった。

「品物を必要としているのはこの人たちなのよ。よく見て。交換できそうなものを持ってる？　こちらが使える暗号通貨を持ってると思う？」

ダニーは恥じて、言ったことを悔やんだ。アバに対してきまり悪く、とりつくろいたくなった。

「いちおう僕だってドローンについて知るかぎりのことを教えたよ。それなりに貢献したつもりだ」

アバはにっこり笑った。ただし抜け目ない猫のような、欲望でぎらついた笑いだ。

「たしかに貢献してくれたわ」

そしてダニーの手をつかみ、ワゴンをその場において、ツリーハウスへの梯子を登った。はいったところの床には、網カタパルトの小型版が四十個も並んでいた。完成したものからつくりかけまでさまざまだ。

「あなたの情報と、これまでの襲撃で得たデータをすべてつぎこんだわ。いまみんなにやり方を教えているところ。海賊になる方法を」

ダニーはうなずいた。

「なるほど。たしかにこのキャンプではたいていの略奪品が役に立ちそうだ。ただ……まさかアザートンでやらないよね？　それは目立ちすぎる。一カ所であまりたくさんの人がやりはじめたら……」

言いおえないうちに、アバがスマホを出して地図を開いた。顔認証でロック解除したあとも、さらにパスワードで保護されている。

「教えてまわったキャンプの場所よ」

地図上の赤い点をしめす。オークランドからバレーホまで、ベイエリア全体でドローン襲撃がおこなわれている。

アバは低い声で言った。

「海賊が船を奪うと船長になる。何隻もの船を支配下におさめると提督と呼ばれるようになる。それがサーバー上でのわたしのハンドルネーム。コモドール64よ」

「なぜ64？」

アバはやれやれと首を振った。

「コンピュータの歴史からの引用。気にしないで。だいじなのは情報。もっと必要よ。手にはいるかぎり」

「どういうこと……」

茶色い瞳の強いまなざしを見るうちに、なにを求められているのかわからなくなった。ばたばたと主導権を握られ、自分が小さく頼りなくなった気がした。主人公の座を降ろされ、その他大勢にされた。ただのドローン。配送するだけ。朝にはババゾンの返品センターに放りこまれるかもしれない。

アバは言った。

「これははじまりにすぎない。盗んでいるんじゃない。奪われたものを取り返しているだけ」

ダニーは返事ができなかった。頭が働かない。うなずいて、森から出た。ワゴンはおいてきた。不審に思われない道まで出ると、インプラントをタップして父のお抱え運転手を呼び、マップ上の指定位置まで迎えにくるよう頼んだ。

暗いなかを車で帰りながら、なにが起きたのか考えた。父に野球観戦に連れていかれたことも、プログラミングを習ったことも、アバが大企業をあしざまに言うことの一部だったように感じられた。頭がまわらない。疲れきって車から降りながら、小さいころに父に抱かれてベッドへ運ばれたことを思い出した。

朝になり、父が出勤したあとに、ファイルをあさりにいった。海賊をはじめたきっかけの資料だ。すでに見たものはおいて、ババゾン倉庫についてのデータがはいったフォルダを開いた。立ち退き、契約打ち切り……。大砲を撃ちこまれた船腹の大穴を魚の群れが出入りするように、空っぽの頭を数字が出入りする。

画面をゴーストチャットでアバに送って言った。

「ほしい資料を教えて」

（中原尚哉訳）

エグザイル・パークのどん底暮らし
テイド・トンプソン

ラゴス沖合に浮かぶプラスチックゴミでできた島、流人・パーク。そこには独特な社会が築かれていた。フランシスはエグザイル・パークに住む旧友コズモに請われ、そこで起きている異変の調査を始めるが……

テイド・トンプソン（Tade Thompson）は、ロンドン生まれのナイジェリア人作家。七歳の時に家族とともにナイジェリアに移住し、精神医学を学ぶ。一九九八年イギリスに戻り、現在はイングランド南部に住んでいる。小説家としては、長編 *Rosewater* で二〇一七年ノンモ賞（アフリカ系作家の優れた作品に与えられる賞）と二〇一九年アーサー・C・クラーク賞を受賞している。

（編集部）

コズモからは十二年間なんの音沙汰（おとさた）もなかったから、彼が訪ねてきたのは……事件だった。もつれたもじゃもじゃの髪、小汚いひげ、スティーラーズ（ピッツバーグを本拠地とするアメリカンフットボール・チーム）のTシャツによれよれのジーンズ、足元はアーミー・ブーツ、風向きが変わるたびにツンと鼻にくる臭いが漂ってきて彼と石鹸（せっけん）とが疎遠であることを物語っていた。

「ちょっと頼まれてくれないか、フランシス？」と彼はいった。まるで十年以上前に地図の端から落ちてしまったわけではなく、わたしとはずっと友人関係で、いまは会話の途中、とでもいうような口ぶりだった。

「マジか？　ちがうだろ、『やあ、元気か？』だろう、コズモ？」

「久しぶりだな、フランシス・コティヤール。元気か？　家族は？　ちょっと頼まれてくれないか？」淡々とした抑揚（よくよう）のない口調だ。そもそも穏やかにやんわりとものをいう人間ではない。

「入るか？」

躊躇（ちゅうちょ）しているようだったが、すぐにわたしの横をすり抜けて家に入った。

「どこにいたんだ？」とわたしはたずねた。

「流人（エグザイル）・パークだ」

わたしは彼に食事を出してやった。

エグザイル・パーク。どん底のどん底。苦労しているようだとは思ったが、さすがにこれには驚いた。

わたしは彼がガツガツ食うのを見ていた。レンジでチンしたライスとティラピアのシチュー。彼の食べ方は交戦地帯にいる兵士や記者、そういう人種の食べ方だった。手を休めてしゃべるようなことはせず、ろくに嚙むこともせず、とにかくできるだけ効率的に食べものを胃に送りこむだけ。彼が頼みごとをいいだすまで少し間がある。わたしは煙草を吸いながら彼の向かい側にすわった。

コズモ・アデピタン。大学の同期だが、お互いつねに友人関係の周辺にいるという感じだった。彼はずっと友だちの友だちで、軌道が交わることはあるが、知り合いというよりは存在を知っているという程度の関係だ。彼は社会主義者だった。学生の頃はアナーキストだったかもしれないが、よく覚えていない。当時の彼のガールフレンドに金づるのおじさまがいて、それが軍の将校だったことは知っている。ある晩、銃を持った兵士たちがやってきて彼が姿を消したことも知っている。その襲撃の原因が彼の政治運動なのかガールフレンド絡みなのかはっきりしなかったが、それ以降、彼はぷっつりと姿を消し噂を聞くこともなかった。みんな彼は〝消された〟と思っていた。

「貧乏人がひとりもいなくならないかぎり、誰も金持ちにはなれない」とわたしはいった。

「え？」とコズモが聞きかえした。

「エグザイル・パークじゃ、そういってるんじゃないのか？　貧乏人がひとりもいなくならないかぎり、誰も金持ちにはなれない」

コズモは最後のひと口を最初のひと口同様まったく味わいもせずに飲みこんだ。右手の甲で口をぬぐい、わたしのほうを見る。

「フランシス、ちょっと頼みたいことがあるんだ」

わたしはうなずいた。

「見て欲しいものがあるんだ」

「パークに？」

「ああ」

「あそこへ足を踏み入れるつもりはない。コズモ、そんなことをしたらドンナに殺されるよ」

「彼女もいっしょに頼む」とコズモはいった。「専門家としての意見をもらえるとありがたい」

「そう簡単にはいかない。子どももいるんだから」

「エグザイル・パークにも子どもはいる。きみの子が火を噴くようなことはない」

わたしは思わずクスクス笑った。「きみはジャネットを知らないからな」

「きてくれるか？」コズモはせっかちなやつで、そこは変わっていなかった。

「どういうことなのか話してくれるか？」

「向こうにいってから話す」

わたしはハハッと笑って煙草を吸った。

「どうだ？」

「家族と話をさせてくれ」

「だめ」とドンナはいった。「あそこはプラスチックでできているのよ。だめ。海水にはマイクロファイバーも入っているし。だめ」

いいだろう、エグザイル・パークはプラスチックでできているともいえるし、そうではないともいえる。

二〇七七年にはプラスチック・メガ小島は存在していた。どうしてふつうにプラスチック島といわないのかは聞かないでくれ。国際協定ではメガ小島が領海内に漂ってきたらその国が処分する責任を負うことになっていた。公正な取り決めのように思えるが、そうではなかった。プラスチックの大半は先進工業国が排出したものということで、ひとつのメガ小島がラゴス近辺に流れ着いたとき、ナイジェリア政府はあっさり、このルールで試合することを拒否したのだった。かれらはその小島にかんして、またその領域全体にかんして一切関知しないと宣言した。リスクは承知の上だ。誰でもその小島に旗を立て、ここは自分の領海だと主張できることになるのだから。が、そんなことをする者はいなかった。

この小島はギニア湾内を何年間もゆるゆると漂いつづけた。あまりにも大きいのでタークワ・ベイ・ビーチやヴィクトリア・アイランドからも見ることができた。メガ小島にはそれなりの生態系があり、海洋性の動植物が存在していた。かれらはなにひとつ無駄にせず、一体となり、そこが家だと宣言し、ますます絆を深めていった。ラゴスのそのあたりの地域は開拓、干拓された土地だらけだったので、この小島がその先どうなるかは火を見るより明らかだった。

ドンナは公衆衛生、彼女は頑固に地域保健といっているが、そのコンサルタントだった。コズモはそのことを知っていたのだ。

じつをいうと、ドンナはマーヴァ・ホイットニーの曲『あなたへの愛を証明するにはどうしたらいいの』を口パクで歌ってわたしにプロポーズしたのだった。あなたはここにいなくちゃいけないと歌って。彼女は基本、とてもまじめな人だが、二人の関係はくっついたり離れたりのくりかえしだったので、そこまでわたしのことを真剣に考えていたのは意外だった。

「いっしょにいくのもありだ」とわたしはいった。「きみがいれば、わたしがトラブルに巻きこまれることもないと思うし」

「どこにいくの?」ジャネットが素早く入りこんできた。

というわけで、コズモはわたしたち三人を引き連れてエグザイル・パークにもどることになった。

コズモのことでひとつ覚えているのは比喩的な表現が苦手ということだった。隠喩が通じないのだ。彼には想像力が欠けていた。脳内でイメージを描くことができないのだと思う。アファンタジアというやつだろう。海上を進むあいだ、ジャネットは彼の横顔の写真を撮りまくっていた。やたらとはしゃいでいて、だめだといってもいうことをきかなかった。もっと厳しくしつけるべきだったと思ったところで後の祭りだ。人生は甘くないし、彼女はつねに恐怖が待ち受けている大人というバス停の二つ、三つ手前まできている。わたしは彼女が欲しいというものは手に入れられるかぎりなんでも与えてしまっていた。そんなわたしにドンナはいつも、わたしは賛成できないわという視線を投げてよこした。

検問所のようなものはひとつもなかった。沿岸警備隊の姿は見当たらなかったし、たとえいたとしてもエグザイル・パークからくる者、エグザイル・パークに向かう者に難癖をつける人間はいない。ワイロに飢えているナイジェリアの公務員でさえそうなのだ。

小島が大きく迫ってくるとジャネットは興味の対象をコズモから建築物に切り替えた。わたしたちは南に向かっていて、ちょうど日没の時刻だったので消えゆく光が西側をオレンジ色に染め、あとは影のなかだった。

この方向から、この時刻にこの距離で見ると、天に向かって非難するようにそびえ立つ天然の岩のように見える。神を非難しているのかもしれない。無数のアンテナが髪の毛のようにも見えるし、そう思うとソーラーパネルがハゲのようにも見えてくる。建物はまっすぐではなく有機的な生え方をしていて、プラスチックの土台から積み重なるように上へ上へとのびている。ひとつひとつの居住空間はボックス形で断面はいびつな菱形。不安定なつくりだ。建築家が設計したわけではないし、大陸の自治体の支援があったわけでもない。

近づくにつれて外側が竹を組んだ足場に覆われ、そこからケーブルやワイアがぶらさがっているのが見えてきた。太いケーブルは海中に没していて、潮力発電プラントのタワーがシルエットになって大きく迫ってくる。エグザイル・パークは電力を大陸から吸い取っていると認めてはいなかったが、かれらが使っているエネルギーのかなりの部分はそれでまかなわれていると噂されていた。が、わたしにはわからなかった。そんなことはできそうもないように思えたのだ。

さらに接近していくと、一日忙しく働いたあと大陸にもどっていく船とすれちがうようになってきた。どういう存在であれエグザイル・パークは買い手がいるマーケットだから、プラスチックの腕木を並べてつくった人工の入江に船を浮かべて商売をする。商売は人とのやりとりあってこそだ。こうした船でくる商人たちは島に上陸することは許されていない。一方、わたしたちとおなじ方向から島に帰ってきた漁船は警笛を鳴らしたり鐘を叩いたりしている。愛する者たちにもうすぐ着くぞと知らせているのかもしれない。

おそらくコズモのおかげだろう、ほかの船が左右に分かれてわたしたちの船を最優先で着岸させてくれた。わたしたちは構造物のまわりにぐるりとエプロンのように張られた金網の下を首をすくめて通過した。金網の上にはゴミがたまっている。まちがいなく上から投げ捨てられたものだ。

「ついてきてくれ」コズモがいった。「誰がきても立ち止まるな。話しかけられても答えないでくれ」

わたしは最後尾についた。ジャネットとドンナから目を離さないようにするためだ。わたしたちはトンネルに入った。床は濡れているし空気は湿っぽくて、一部をのぞいて照明は薄暗い。床は上向きに傾斜していてほぼ数ヤードごとに二段、階段があった。入り口でとぐろを巻いていたケーブルは天井を這い、ドアの奥へ消えていたり、どういうわけか床に垂れさがったりしながら上へ上へとのびている。ドンナは素早くしゃがみこんでは、わたし以外の誰も気づかないうちに立ちあがっている。サンプルを採取しているのにちがいない。トーキングドラムの音が聞こえてきた。わたしたち一行を追うように各階に情報を伝えていく。わたしは白人だし部外者だからなにをいっているのかはわからなかったが、その昔、暗号化したメッセージをこうして伝えていたということは実感できた。

なんの前触れもなくコズモが足を止め、左手にあるドアを開けた。

状況を考えれば悪くはなかった。四角い空間で両側にシングルベッドがひとつずつ、窓がひとつ、なんともいいがたい色の壁、片隅に調理コーナー的なものがあり、木製テーブルの上では小型の扇風機が回っているが、ほとんどなんの役にも立っていない。ドアがひとつある。その向こうはバスルームだと思いたい。

「悪いが、こんなところしかないんだ」コズモがいった。「きみの家とは大ちがいだということはわかっているが、そう長いことといるわけじゃないから」

「なんの問題もないわ」ドンナがいった。ごく自然な口調だった。ほう。ジャネットはおとなしい。ただ写真を撮っている。世話が焼けることもあるが、おとなしくするべきときをわきまえているのはありがたい。

「コズモ――」とわたしはいった。

「わかってる、ここへきた理由、だろう？　きみにここにきてもらったのは、犯罪が起きたからだ」


六週間前……。

エグザイル・パークにある建物のさまざまな屋根には草が生えている。草地というよりは藪に近いが山羊やミニチュア牛などの家畜なら充分に飼える。土はバケツやボウルやカバンに入れて島に持ちこまれた。すべて大陸からだ。肥料におあつらえ向きの有機廃棄物はいうまでもなく必要充分以上にある。屋根の縁は高くなっていて風による侵食を最低限に抑え、風上側は全面的に金属製のスクリーンで保護されている。

屋根の上はいつも静かで反芻動物たちが草や反芻したものをクチャクチャと食み、仔山羊たちが飛び跳ねている、そんな場所だった。

しかしその日は、動物が草を食む姿も跳ねまわる姿も見られなかった。動物たちはぜんぶ西側の屋根の一方の端に集められていた。もう一方の端には血まみれの草と血で湿った土、そしてバラバラに切り刻まれた死体があった。

「わたしは探偵じゃないぞ」とわたしはいった。

「ああ、事件を解決して欲しいわけじゃないんだ。ここはいわば密室に近い環境だから、犯人はもうわかっている。問題はそこじゃない」

「じゃあなにを――」

「きみに見て欲しいのは集団効果だ。数字だ。定量分析と詳細な定性的情報。なにを探して欲しいかはいわない。先入観を与えたくないからな」コズモはポータブルを渡してよこした。ここにはそういうものはないかもしれないと思っていたのだが。

「へんなトイレ!」どこかでジャネットが大声でいうのが聞こえた。ドンナがシーッと黙らせる。

「数字なら家で見られたのに」とわたしはいった。

「とにかく、まずは数字を見てくれ」コズモがいった。「話は明日だ」

「連絡方法は?」

「301」彼は片隅を指さしていった。粗末な台に有線電話がのっている。電話線を目でたどると、床から壁の穴のなかへ消えていた。

コズモがいってしまうと、わたしたちはエグザイル・パークが古い家のように唸ったり黙ったりする音を聞きながらベッドに入った。

わたしは早朝に起きてテーブルにつき、ポータブルのデータをさらった。

わかりやすいパターンだった。

生(なま)の数値と注釈。エグザイル・パークにおける犯罪数が急増し、その悪質性も増していた。ただしかれらは犯罪とはいっていない。ここでは社会的損害という言葉が使われている。これもエグザイル・パークにかんして部外者が困惑する要素のひとつだ。ナイジェリアのメディアでは無法地帯と表現されている。これは厳密にいえば正しいが、法律がないという意味においてにすぎない。エグザイル・パークが重きを置いたのは犯罪ではなく、社会的損害行為(SAH)だった。ナイジェリアでは犯罪は犯罪法に違反する行為であり、その法律は国家が定めたものだ。ある企業が環境を広範囲に汚染したとしても犯罪に当たらない可能性はあるが、社会的損害には当たる。そしてエグザイル・パークをつくった連中はゼミオロジー（社会的損害を研究する学問）のファンだった。かれらは社会的損害を最小限にするというコンセプトを土台にしてかれら独自の社会を築いた。しかしどんな切り口で見ようと、誰かの手にかかって人が死んだとなればそのまま放っておいていいはずがない。

前年のエグザイル・パークにおける暴力事件の数は、パーク創設以降の累計数を上回っていた。

竹の足場に命綱を結びつけて、アアヌ・オロジャはエグザイル・パークの風下側、つまり入江に、ラゴスに面した側を這い進んでいた。彼女の下にあるのは海水淡水化プラントと金網と海水だ。通信エンジニアのアアヌはエンタメや学習でネットを使う顧客をネットに接続する仕事をしていた。定常的な仕事だし、アンテナの設置場所は風雨にさらされているからメンテナンスは欠かせなかったが、彼女はその仕事を楽しんでいたし、高さも苦ではなかった。

いつ見てもそこには、助手のベンジャミン・ウーに無線で指示を出しながら複雑怪奇に入り乱れるケーブルと電気メーターを見事にさばいていく小柄な彼女の姿があった。そのときなにが起きたのかは定かでなかった。目撃者の証言はいろいろ食いちがうところがあったが、それはままあることだ。

アアヌは電線をつかんで感電した。といっても死に至るほどの電流が流れたわけではなかった。足を踏みはずしても命綱でつなぎとめられるはずだった。が、そうはならなかった。三本の命綱がすべて切れて、アアヌはばたつきながら海中深く沈んでいった。

遺体は回収できなかった。

「証明はできなかったが、われわれとしては命綱に細工がされていたのだと考えている」とコズモはいった。「アアヌは小柄で軽かった。あそこは濡れていることが多いし、彼女も数え切れないほど足を滑らせたことがある。それでもなんの問題もなかった。彼女はあそこではスパイダーマンみたいなものだったんだ」

「ベンジャミン・ウーが怪しいと思っているのか？」

「近くのアパートの住人の話では、アアヌはケーブルの状態を彼といっしょに確認しているといっていたそうだ。彼は問題の電線は反応が鈍いと彼女に伝えていた」

「ケーブルはかなりぐちゃぐちゃでわけがわからない感じだが」

「部外者にはそう見えるだろうな」とコズモはいった。「ウーはいま通信エンジニアで、万が一、自分がスワンダイブをする羽目になった場合に備えて、助手をつけている」

わたしはうなずいて数字を指さした。「きみたちの調査結果を確認して欲しいということだったよな。暴力的犯罪、暴力的ＡＳＨが増加している。数字では説明はつかない。突発的な人口の増減はない。なんらかの不足による変化があるのかどうかはわからないな」

コズモが立ちあがった。「いっしょにきてくれ。見せたいものがある」

ジャネットは写真を撮りながらぶらぶらと通路を下っていった。下るにつれて通路の幅は広くなり湿気が増してきた。出会う人はみな防護服を着て防水性の安全靴をはいていた。沖合油田の作業員を思わせるいでたちだ。彼女をじろじろ見る者はいない。子どもはひとりも見かけなかったが、朝だから学校にいっているのだろう、と彼女は断じた。壁の表示板によるといまいる場所は〝柱Ⅲ〟の上か、その近くのようだった。ジャネットは表示板の写真を撮った。

足元が急に揺れて、ずっしりとした振動が轟音（ごうおん）とともに通りすぎていった。ジャネットはふらつかないようケーブルをつかんだ。電車が通るような音がしているが、エグザイル・パークに電車はないはずだ。金属がギシギシいう音が上から降ってきて津波や海底地震のイメージが浮かび、彼女の冷静さをもてあそんだ。振動は八分間つづいた――彼女はしっかり数えていた。動揺してはいたものの、彼女には報道写真家になるという野望があった。ドローンなどにたよらず、みずからが行動の中心にいる報道写真家に。こんなことは恐るるに足らずだ。

彼女は一瞬、アパートにもどろうかと考えたが、けっきょくそのまま下へと進んでいった。

コズモのあとについて進みながら、わたしは道筋を覚えようと努めた。壁の表示は意味不明だったが、彼はほとんど見ていない。ときどき立ち止まってコズモになにかたずねる者がいて、彼は穏やかに早口で答えていたが、なにをいっているのかわたしにはつかみきれなかった。

すると、まるでわたしの心を読んだかのように、彼がいった。「ここでは言葉を縮めて使っていたりするから、きみにはわかりにくいかもしれないな。だがみんなピジンもしゃべるし、たいていは英語もしゃべれるから、心配はいらない」

この通路はほかよりずっと幅が広い。ゆうに七人ぐらいが横に並んで歩ける広さだ。人も多い。とくに目的もなくぶらぶら歩いているように見えるのだが、これはエグザイル・パークのほかの場所では見たことがない光景だった。空気はほかより新鮮で、色も鮮やかだ。全体にグリーン・グレーを薄くひと塗りしたような感じなのだが、ここはそれがよりシャープな印象になっている。わたしの肌までつやつやしているように見える。顔のまえに両手をかかげると、猛烈に笑いたい気分になってきた。両手がチカチカ光っている。

「最初は混乱することもあるんだ」とコズモがいった。

「なにが？」

「幸福感、幸福だという感覚が」

わたしは笑いだした。いきなり爆笑していた。「なにをいってるんだかさっぱりわからないよ」

低いハム音のような人々の話し声。みんな、コンサート開演十五分前の聴衆のように楽しそうだ。わたしはこの感覚は異常だと判断して換気口を探した。

「かれらは……誰かが……薬物が使われているな」とわたしはいった。

「きみは慣れていないから影響が大きい、それだけのことだ。部外者でこんなに近くまできた人間はいないからな」

「近くって、なんの？」

コズモが指さした。「彼女の」

通路はわずかにカーブして台座のところで終わっていた。台座の上にはガラス張りの部屋があり、彼女はそのなかで中空に浮かんだ状態になっていた。〝彼女〟といったのは、コズモがそういったからだ。ほかにいいようがなかった。彼女は年寄りで痩せこけていて、その肌は隅々まで血管で覆われていた。あまりにもたくさんの血管が浮いているので、一見、肌が緑色に見えるほどだった。肌そのものはたるんだしわだらけで深い溝が刻まれ、場所によっては縞模様に見えたり網状に見えたりしている。わたしはふと脳の表面を思い浮かべた。

頭では嫌悪感を催して当然だと思っているのに、そういう感情は湧いてこなかった。さっきの幸福感がまだつづいているし、だんだんと強くなってきていた。コズモを見ると……彼の顔に浮かんでいたのは微笑みだったろうか？　わたしは宗教的な畏敬の念に近い感覚を覚え、まるで神の御前にいるような気分になっていた。

わたしは懸命に言葉をしぼりだした。「コズモ、できればここから離れたいんだが」

脳が告げていることとは裏腹に腹が減っていて、わたしは目玉焼き三個、鳥手羽二本、それにバターを塗った大ぶりの食パンを二枚たいらげた。コズモはコーヒーを飲みながらわたしを見ていて、彼がわが家を訪ねてきたときと完全に逆転した状況になっていた。

「あれは何なんだ？　誰なんだ？」食べものを口一杯に頬張ったまま、わたしはたずねた。

わたしたちがいるのは誰かのアパートだった。神を見たあと最初に強烈に感じたのは空腹だった。わたしがそういうと、コズモはアパートのドアをひとつひとつ見始めた。最初のうちはわたしにはどれもおなじに見えたが、そのうちきれいかどうかではない、わずかなちがいがわかるようになった。たとえば、それぞれのドアの横には六インチ×十二インチのパネルがあり、絵文字が並んでいて、明るく光っているものもあれば光っていないものもあるのだ。ドアを三つやりすごしたところで、コズモは探していた絵文字の列を見つけた。彼は、これは誰も飢えず食べものを無駄にしないための方策なのだと説明した。食べものが余っている者はそれを絵文字で知らせ、それを見た者は誰でもそこに入って食事ができるという。

「あれはオロクン（ナイジェリア地域ヨルバ族の海の神）だ。ほんとうの名前かどうかわからないが、われわれはそう呼んでいる」コズモはコーヒーをすすった。「彼女は最初からここにいたんだ」

アパートの主が目玉焼きをもうひとつ皿に入れてくれたので、わたしは礼をいった。「食べものが余っていて、誰も飢えていないときはどうするんだ？」

「家畜、ペット、コンポスト」コズモはいった。「飢えもなければ無駄もない」

「オロクンというのは何なんだ？」とわたしはたずねた。「彼女は人間じゃない」

「人間だ」

「コズモ、わたしはばかじゃない。なにを見たか、なにを感じたか、ちゃんとわかってる」

「ホルモンだよ、コティヤール」

「説明してくれ」

「オロクンは肌と体液から同調性ホルモンを分泌しているんだ。研究論文を見せてもいいが、彼女は合計で四十三種類の揮発性ホルモン、二百種類の非揮発性ホルモンを分泌していて、われわれは全員それにさらされている」

「どうして？」

「わたしの知るかぎり、生まれつきのようだ。肌のしわは分泌面積をふやすため。血管は血液を効率的に運ぶため」

「すごいな」とわたしはいった。そして、ふと思った。「彼女、病気なんじゃないか？　だからわたしをここへ連れてきた。彼女の揮発性分泌物は……ああ、そうか、彼女が分泌するホルモンがきみのささやかな実験の結束性を維持しているんだな。それが彼女が病気になって効果が弱まり、みんな攻撃的になっている」

「彼女は病気ではない」コズモがいった。椅子をうしろにひいて煙草をくわえる。「死にかけているんだ」

　彼は煙草を吸いに、部屋から出ていった。

　ドンナは検査するからといって、わたしから採血した。驚くほどの量だった。

「大丈夫だけどな」とわたしはいった。

「あなたは幸福感があふれてきて腹ぺこになるような得体の知れない化合物にさらされたのよ。わたしが大丈夫というまで大丈夫じゃないわ」

「大袈裟だなあ。ここの住人は毎日それにさらされてるんだぞ」

「あの子はどこ？」ドンナは話の向かう方向が気に入らないと話題を変えたがる。

「写真を撮りにいってるよ。ビーコンはしっかり入ってる。きみはオロクンを検査すべきだと思うな」

「防護服があるならね。コズモはどうしてあなたをここへ連れてきたの？」

「オロクンが死んだらどうなるか知りたがっているんだ。ここがバラバラに崩壊してカオス状態になるのかどうか、どう対処すればいいのか知りたいんだよ」

彼女が作業しているあいだ、その髪の香り、毛穴が発する匂いが鼻をくすぐりつづけていた。と、急に強い衝動が湧きあがってきた。「なあ、ジャネットはまだしばらく帰ってこないから——」

「わたしが観察した結果では、あなたが性的に興奮している原因はわたしじゃないわ。性的反応を引き起こす化学物質が体内にあるから、その気になっているだけ。わたくし、いまあなたと寝るつもりはございませんことよ、フランシス」

「ええ？　いやちがうよ、知的でパワフルで有能な女性が知的でパワフルで有能なことをするのを見ていただけだ。興奮をかきたてられる光景だ」

「ちがいます」

「わかったよ。社会主義者と奔放なセックスを楽しんでも責めないでくれよな」

「そのときは必ず性器スワブ検査させてね」とドンナはいった。「空気中で濃度を測れるマーカーを分離できるかどうか見てみたいから。あなたこのあとどうするの、冷たいシャワーを浴びる以外に」

「コズモが議会に参加して欲しいといってるんだ」

「議会があるの？」

「婉曲的にいうと、イエスだ。まず、十六歳以上なら誰でも参加して、意見をいって、投票することができる。代議制じゃないんだ。能力によるもの以外、誰より地位が上とか下とか、そういうものはまったくない。能力というのは、その人の専門分野で、専門家としての意見がどれだけほかの人に聞いてもらえるか、その人の意見がどれだけ尊重されるか、その力量ということだ。ただし、それが通用するのはあくまでも専門分野のなかだけ」

「いいわねえ。それならハロー効果もなしね」

「だろうな」

その夜は気温が高めだった。エグザイル・パークの気温が高めの夜は騒々しい。無数のエアコンがいっせいに動きだすからだ。たいていのアパートは窓がひとつもなくて、防音装置なしのエアコンを二台、ときには三台使っている。わたしたちはそれにも慣れた、というかドンナとジャネットは慣れた。わたしは眠れなかったのでジャネットが撮った写真を見ていた。ジャネットのカメラには撮影したものがすべてわたしのところに送られてくる機能がついていて、それはオフにしていいといったのだが、けっきょくオフにはなっていなかった。彼女は父親になにを見られようと気にしていないと思って欲しかったのだろうし、わたしは彼女がなにをしているのか知りたかったから、ウィンウィンだ。

ジャネットと七人ほどの地元の子。みんなで肩を組み合っている。若い子ならではの屈託のなさだ。なかのひとり二人は日光浴不足でO脚になっていたが、人数としては思ったより少なかった。みんな楽しそうだし、栄養状態にそれほど大きな問題はなさそうだった。肌の状態もいい。服は清潔だが継ぎが当たっていたり、古いものを再利用したりしているのが見てとれた。いいことだな、とわたしは思った。

そこらじゅうにあるケーブルの束のクローズアップもあった。ケーブルはところどころ針金やダクトテープ、場所によっては布まで使って束ねてある。ケーブルだけのところもあれば、水道管や殴り書きの標識といっしょになっているところもあったりする。

どっしりした支持柱とその番号表示のショットもあった。あの子はいったいどこまでいったんだ？　エグザイル・パークの外壁の大部分は耐荷重構造にはなっていない。アパートやボックス形の住居はすべて互いにつながっているが、その荷重はⅠからⅥまでの巨大な柱にかかる形になっている。柱はそれぞれ高強度の橋梁用ケーブルの肋材で囲まれていてそのうちの何本かはコイル状になって壁や天井のなかに消えている。

ジャネットは屋上農場用の苗床にまで入りこんでいた。強烈な光が降り注いでいる。デリケートな植物用の人工太陽光だ。農夫たちがカメラを見あげて微笑んでいた。

彼女はセルフィーも一枚、撮っていたが、それを見たとたんわたしは思わずすわりなおした。彼女の寝顔を見て無事をたしかめずにはいられなかった。その写真の彼女のうしろの上のほう、天井の梁と梁のあいだからのぞいていたのは、顔だった。

議会。

誰でも参加できるということだったので、わたしはジャネットとドンナも連れていった。

部屋は数十人が入れる程度の広さだが、議会のようすはクローズドサーキットでストリーミング配信されていた。誰かがとくに高い位置に君臨しているということはなかった。地位もなければ役割もない。わたしの卒論はエッカンカーやグル・マハラジ、クエーカーといったナイジェリアの非主流宗教にかんするフィールドワークを土台にしたものだった。これはクエーカーのような、議題のない自由な形式の集会だ。静寂があって誰かがしゃべり、それへの反応があり、反応が出尽くすとまた静寂、そして誰かが投票を提案し、投票がおこなわれて対応策がとられる。終始一貫した行動をとっているのは議事録を作成している人間だけだ。

話の切れ間でコズモが立ちあがって、わたしたち一家を紹介した。「発言します、コズモ・アデピタンです。オロクンの事案で本議会の過半数の賛同を得て招聘したフランシス・コティヤール氏を紹介します。ドンナ・コティヤール医師とジャネット・コティヤールさんもいっしょに見えています」

出席者全員が椅子をバンバン叩いて歓迎の意を示した。

「例のデータにかんするきみの意見を述べてもらえるかな?」とコズモがいった。

わたしはいわれるままに意見を述べた。

わたしの報告は単調で専門的で但し書きだらけだったが、誰ひとり驚く人間はいなかった。わたしはすでに全員が推測していたことを確認し、方策を提案して欲しいと乞われてやんわりと断った。

議会が休会になったので、そのあとわたしたちは家族だけですごした。

ドンナは最初の反応とは裏腹にオロクンに興味をそそられて防護服に身を固め、神を検査した。外気を遮断してエアタンクを背負い、肌をいっさい露出せずに作業する姿は、まるで放射性降下物の清掃をしているように見えた。わたしはそんな検査は不要だと思っていた。エグザイル・パークの医師や看護師がすでにかれらの神の検査をすませていたからだ。しかしドンナは最新情報を、一次資料をもとめていた。とことんやる気だった。

「彼女の体表面積は同年代の平均の三倍といったところね。皮膚のしわはのばせばのびるし、血管はちゃんと脈打っている」とドンナはいった。

わたしたちは彼女が装着している無線経由で話していた。わたしは上を見ながら通路を歩いていた。ジャネットはわたしが与えた課題——入ってくる船の写真を撮ってくれといったようなこと——にかかりきりだった。

「脈打っている？」わたしはドンナの話をちゃんと聞いていなかったが、最後の言葉をくりかえせば相手は聞いているると思う、というのをどこかで読んだことがあった。

「聞いてなかったでしょ、フランシス」ドンナがいった。

くそ。

「ほんとうにわからないんだよ。どうして脈打っていることが重要なんだ？」わたしは天井を這うケーブルのあいだを懐中電灯で照らした。隙間があるようだった。

「表面に出ている静脈はふつう脈を打ってないのよ。動脈はべつよ。例外はあるけど、これは一種の適応じゃないかと思う。圧が高いと外に出やすくなるから、ホルモンが」

「ホルモンねえ」上には隙間がある。ケーブルの束と固い天井のあいだに人が隠れられるくらいのスペースがある。どうしてだ？

「肝肥大。肝臓が大きくなってる」ドンナが、ひとりごとのようにいった。

「彼女は内臓を調べられてることをなんとも思ってないのか？」とわたしはたずねた。

「わたしがここにいることも気づいていないと思うわ。目がわたしの動きを追っていないの。運動反射がほとんど見られないのよ」

わたしは足場を探していた。そして跳びあがってパイプをつかみ、悲鳴をあげた。

「どうしたの？」ドンナがいった。心配そうな声だった。

「ばかなことをしちゃったよ。熱湯のパイプだ。心配はいらない」左手のてのひらを火傷したのはまちがいなさそうだった。それほど熱いのなら、上を這いまわっている人物はそのパイプを避けるすべを知っているということだ。理屈に合わなかったが、そこに顔があったのはたしかだ。なにはともあれ、このわたしの失敗でドンナやジャネットがこの件に気づくことはなかった。

「できるだけ早く冷たい水に浸して」とドンナがいった。「ここの作業はもう終わるから」

夜になると、外の、いちおうは四本の柱に囲まれた空間で、住人が焚き火台でその日獲れた魚をフライにして売っていた。ドンナとジャネットとコズモとわたしは鉄製のベンチにすわって煌めく明かりを見ながら熱々のフィッシュ・フライを食べていた。太鼓の音が響き、歌声が聞こえる。

　コズモは、わが家にきたときは浮浪者のようなありさまだったが、いまはすっかりきれいになっている。まるで別人のようだが、切羽詰まったようすは変わっていなかった。

「彼女、話すことはあるの？」とドンナがたずねた。

　コズモは首をふった。「いや、ない。最後にはっきりした言葉をしゃべったのは十五年前だ。『エイヴォン・オロ・オロクン』という本が出回っているんだが、一部はニーチェのパクリだと思う」

「コズモ、わたしもここのドクターたちのいうとおりだと思うわ。死期が迫ってる」とドンナがいった。「残された時間はあまりないと思う。わたしがセットした……とにかく濃度が急激に落ちているの」

「もしオロクンが発散しているホルモンのおかげでわれわれが……従順な状態になっているのだとしたら、彼女が死んだらいまの暮らしは維持できなくなってしまうのかな？」

「それはフランシスに聞いて」とドンナはいった。「でも、いくつか選択肢はあると思う」

「たとえば？」コズモはドンナ以外の刺激をすべて遮断しているかのようだった。

「生命維持装置を使えば、ずっと生かしておける」とドンナはいった。

「彼女の同意を得る必要はないのか？」コズモがたずねた。

　ドンナは肩をすくめた。「わたしは〝多数の必要性は個人の必要性より重い〟って考える人間なの」

「ここでは個人にも多数にも同等の価値を置いているんだ。われわれは個人の自由を非常に大事にしている。ここの集団は個人の権利を踏みにじってまで生きのびたいとは思わないだろうな」

「選択肢のひとつとして、いっただけよ」とドンナはいった。「フランシス、意見はないの？」

「いま考えてる」

わたしはラゴスの明かりに目をやった。海に反射してきらきら瞬き、いつもの単純な暮らしにもどれと手招きしている。わたしは左手の包帯をまさぐった。

「考えてる」

みんなそれぞれの来し方を語ってくれた。エグザイル・パークの住人だ。北部で迫害されて逃げてきたゲイのカップル。無謀にも無所属で大統領選に出馬した人物。ヴィルヘルム・ライヒにインスパイアされていちばん高い屋根にオルゴンエネルギー送信機を設置した男。監視をだしぬく無料インターネット・プラグインを提供している男。過去を悔いている銃器密売人。ジャーナリスト、数え切れないほど大勢のジャーナリスト。すでに忘れ去られたと思われていたカースト制度の復活で東部から追放されてしまったオスの人々。百人のマドンナの絵を描いた画家——汚れた顔つきだったり堕落を示唆する雰囲気があったり光輪が汚れていたりセクシーだったり塵芥まみれだったり死体のように青ざめていたり、すべてそれぞれなにかを覆すかたちになっているといっていた。銃撃されて海に落ち、入江のプラスチックの岩に打ちあげられて、二十七発撃ちこまれていたにもかかわらず一命を取り留めた男。暗殺者から逃れてきたコズモのような人たち。暗殺者だった人たち、もちろん改心してここにいる。敵対するギャング集団から逃げてきた人たち。強引なディベロッパーに追いだされてしまった人たち。政治的にまずい内容の映画あるいは過激なポルノ映画の製作者。両方ともつくっていた人物もいた。右手の甲に〝思考〟、左手の甲に〝祈り〟というタトゥーを入れた殺し屋。

みんな人づてにエグザイル・パークのことを聞いて、すべてを賭けてここにきた人たちだ。海の水に浸り、入江の天国の門をくぐり、追放されたナイジェリア人のプラスチックの神オロクンの聖体を拝領すれば、すべてが許されるのだ。

わたしは顔が映っている写真をコズモに見せた。

「誰なのかも、どうしてそんなところにいるのかもわからない」と彼はいった。

「ここには反体制派はいるのか？　反乱分子は？　性犯罪者は？」とわたしはたずねた。

「わたしが知らない最下層階級のようなものがあるとか？」

「こんなことは前例がない」と彼はいった。「こいつは隠れ場所から狩りだす。これはあたらしいタイプの攻撃性のあらわれかもしれないな」

コズモは『オロクンの世界』という『エイウォン・オロ・オロクン』の英訳版をくれた。

「なるほど。宿題だな」とわたしはいった。

若きオロクンは各地を訪ね歩いていた。ナイジェリア北部に赴いたのは、自爆テロが頻発していたからだった。彼女はうち捨てられた農場にひそかに入りこみ、静かに待った。彼女の言によると自爆テロは一週間もかからずにぴたりと止んだという。

彼女は仮面をつけ、ローブをまとって世界を旅した。自分の外観を強く意識していたからだ。

彼女はたしかに愛というものを知っていた。彼女のそばにきた者はみんな彼女を愛し、彼女が肉体的快楽のために選んだ相手は息も絶え絶えになるありさまだった。ドーパミンが出すぎて気が狂ってしまった者もいて、彼女はほんとうに彼女が好きで愛してくれる者と彼女が分泌する化学物質に反応しているだけの者との区別がつかないことに気づいた。そして性欲を満たすことだけを考え、心は誰にも触れさせないと決心した。

彼女は南部にもどったが、ナイジェリア政府にわれわれの問題に首を突っこむなと警告された。彼女は国中に平和をもたらすこともできたが、政府はそれを望んではいなかったのだ。だから彼女は国を離れた。一カ所にとどまることはできなかった。エジプト、タンザニア、ガーナ、コンゴ民主共和国、ケープタウンにまでいった。長居しすぎると、人々がなぜ彼女に惹かれるのかわからぬままに彼女に群がり、彼女を窒息させてしまうからだ。

『どこへいってもわたしに引き寄せられる人々、そして国家の命を受けてわたしを追ってくる人々がいた。わたしは戦争マシンに効く解毒剤であり、それはつまり故意に起こされた法秩序の暴力的侵害で儲けていた者たちが金儲けできなくなることを意味していた。かれらは暗殺者を送りこんできた。殺し屋たちはことごとく涙ながらにわたしに告白し、許しを請うた。そのうちのひとりはわたしのためにクリアカンに寺院を建てて献納してくれた』

しかし彼女は疲弊し、孤独を感じていた。姿を消して休みたいと思った。

エグザイル・パークはそれにぴったりの場所だった。彼女はこの論争の的になっているプラスチックの塊のことを耳にすると、すぐにそこに赴き腰を落ち着けた。彼女には目的があった。

翻訳段階ではぶかれてしまったのかもしれないが、オロクンは平和について多くの言い分があったようだ。

『これはわたしの総合芸術だ』

『あなたのスタートにはずみをつける、それがわたしの役割だ。そのあとなにをするかはあなた次第。わたしの贈りものは平和、ひと息つくための一瞬の間』

『贈られた平和であなたはなにをする？』

総合芸術。

彼女は自分がまもなく死ぬことを知っていたのだろうか？　著作にそれを示唆するような記述はなかった。

わたしはふとゲザムトクンストヴェルクという建築用語を思い浮かべた。エグザイル・パークに築かれた社会はオロクンの芸術なのか？　ホルモンが消えても維持できるのだろうか？

振動。ジャネットが一瞬、目を覚ましたが、寝返りを打ってまたすぐに眠りに落ちていった。ドンナは身動きひとつしなかった。二人はわたしの愛の総計だ。

わたしは本に目をもどした。

コズモと合流したとき、彼はすでに二時間ほど屋根やケーブルシステムを調べ歩いていた。

「眠れなくてね」とわたしはいった。

コズモは肩をすくめた。「ここまでくまなく調べたんだが、まだなにも見つかっていない」

だがジャネットの写真には位置情報がついていたので、わたしはコズモをその写真が撮られた場所に連れていった。コズモはそこをじっと見つめてから、わたしの腹を見て節制具合をチェックした。きわめてよいとはいいがたい。

「上がってみよう」と彼はいった。「押しあげてくれ」

「熱湯のパイプがあるから気をつけろよ」とわたしはいった。

コズモが身体を引きあげ、わたしは彼のブーツが黒やグレーや赤のヘビのようなケーブル群の奥に消えていくのを見まもった。

静寂。ややあって這いまわる音。

「ああ、くそっ！」コズモの声ではなかった。

わたしはまだどうすべきか決めかねていた。誰を呼べばいい？　誰かに助けてもらわなければ上へはあがれない。

「フランシス！　気をつけろ！」コズモが叫んだ。

「え？」

ギシギシ軋る音、そして大きな音と振動。天井にひびが入り、割れて穴が開いた。ほこり、折れたパイプから噴きだす水、切れた電線から火花が飛ぶ。通路の照明がちらつく。そして迷彩をほどこした小型ジープがわたしの目のまえに落ちてきた。ジープがスプリングで何度かバウンドして落ち着いた。内燃機関、二人乗り、運転席に血迷った男。エンジンはかかったままで不快な排気臭が通路に満ちる。タイヤが回転してキキーッという音が響く。わたしのほうに向かってきた。わたしは壁にへばりついた。車が通り過ぎる勢いでわたしは一回転した。運転していた男の目は……あの写真の男とおなじだった。

ジープは通路を突っ走り、曲がり角にぶち当たりながらも軌道修正して視界から消えていった。

トーキングドラムの音が響いてわたしはわれに返り、人々が駆けつけてきた。エグザイル・パークに警察があったのか？

「フランシス」上からコズモの声がした。「これは絶対に見ておいたほうがいいぞ」

あとから断片的にかき集めた情報によると、あのあとジープは下へ向かい、壁をこすり、途中で男性四人と女性二人をはねて出口のネットに突っこんだ。一瞬、海上に宙づりになったが、ネットはジープの重さに耐えきれずに破れて防壁のかなりの部分とともに暗い海中に没した。

常時待機しているレスキューチームがあると聞いていたが、あとを追って海に飛びこんだ者はひとりもいなかった。人々が重きを置いたのは怪我人の対応とフェンスの修理だった。

それから数日、数週間と、大勢が浮遊物の監視をつづけたが、なにも浮かびあがってこなかったしポンプに詰まるものもなかった。人々は運転手はなにかほかの方法で脱出したか、死体がふくれあがってジープからはずれず、海底に沈んでいるのだろうと推測した。残念なことだ。いろいろ聞きたいことがあったのに。

コズモの話ではナイジェリアの哨戒艇(しょうかいてい)が数海里(かいり)先をうろついているのが発見されたが、交戦状態になるようなことはなかったという。特殊部隊が潜水して死体を探しているのではないかというような話も広まっていたが、どれも煙のように実体のないものばかりだった。

わたしたちはエグザイル・パークから追いだされてしまった。理由は以下の通りだ。

わたしはコズモに呼ばれるまま例の空間に上がった。そこにあったのは……巣、のようなものだった。スパイの巣。破壊活動家。破壊活動家のスパイ。巣にあったのは図表とタイマー付きの高品質円筒形タンクが十六本、そしてキーパッド付きのセキュリティボックス。ハイゲインの無線機器。身元につながる情報はいっさいなく、暗号化されたメモはあったがエグザイル・パークでもっとも優秀な暗号解読専門家たちも解読不能と認めざるを得ないしろものだった。ただいくつかの図表がプラスチックの島の支持構造物にかんするものであることは一目瞭然だった。支持柱のすべてがきちんと識別されていたし、柱が島の〝殻〟に埋まっている最下層にいたる道筋も把握されていた。

この男が残していったもののなかで、ひとつ誰でもわかるものがあった。イデオネラという言葉だ。これを見て、当然ながら、みんな震えあがった。遙か昔の話だが、二〇一六年に科学者が〝イデオネラ・サカイエンシス〟というバクテリアを発見した。ペットボトルを消化してしまうバクテリアだった。それまではプラスチックは非生分解性だと考えられていた。それからかなりの年月がたってもこのバクテリアはとんでもなく高価なものだが、イデオネラ種の変異体の助けを借りれば、いまでもたいていのプラスチックを消化することができるのだ。

エグザイル・パークを形づくっているものも含めて。

証明するすべはなかったが、破壊活動家はナイジェリア政府の諜報員と思われた。コズモたち一行について島の内奥までおりていくと、支持柱の根元は液化したプラスチックの水たまりだらけだった。柱ⅢとⅣは位置がずれていると技術者はいった。

議会は定員オーバーの超満員だった。まず狼狽、怒り、そして沈静。集団的ダメージは回復できるのか、それともパークから退去しなければならないのか？

大移動に反対する投票がおこなわれると、ほぼ全会一致で可決された。問題を解決するか死ぬかどちらか、ということだ。ナイジェリアにもどりたいという者はひとりもいなかった。

「でも、部外者にはこれまで以上に気をつけなくちゃならないわ」十五歳の声がいった。

全員がわたしたち一家のほうを見た。そうなることはわかっていたので、わたしは投票を待つことなく議場をあとにした。

三時間後、エグザイル・パークはコズモの小型ボートの泡立つ航跡の上でどんどん小さくなっていった。

ジャネットは一枚も写真を撮らなかった。


わたしは俗世にもどるとエグザイル・パークについて熱く語るエッセイを書いた。出版はされたが、誰も読んではくれなかった。わたしはナイジェリア政府にたいして批判的だったが、政府が圧をかけたとは思っていない。世間の大半は、よくいっても不服従の徒がつくった人工物、社会的無政府主義者の存在を示す実例になどなんの興味もない、ということなのだろうと思う。とにかくなんの脅威にもならないしろものだから、深夜に誰かが訪ねてくることもなければ、アラグボン通りの警察本部から呼びだされることもなかった。

数カ月後、コズモから連絡があった。オロクンが亡くなったという知らせで、海辺での葬儀のようすを写した静止画像を送ってくれた。どういうわけか、わたしは深い悲しみを覚えた。

わたしはその悲しみを一掃するため、そしてなんらかの記録を残すためにこれを書いた。が、うまくいかなかった。

エグザイル・パークのことはすっかり忘れていたし、ジャネットが写真展用の作品を選んでいるときもとくに興味を持つでもなかった。だがジャネットはドンナには相談していたようだった。

わたしは上等なスーツを着ていったことを後悔した。ほかの客はみんな、ドンナも含めて、カジュアルな格好できていたからだ。

ジャネットはこの作品群を〝エグザイル・パークのどん底暮らし〟と命名していたが、いうまでもなくこれは反語的な意味だ。被写体の顔にあふれる歓(よろこ)びを見れば一目瞭然。百枚の写真のうち半数は白黒。彼女には、わが娘には、見る目がある。

最後の一枚には泣かされた——夕暮れ時、小型ボートに乗ってエグザイル・パークのほうを見ながら、しぶきに目を細めているコズモの六フィートのショット、そしてわたしのエッセイからの引用文を記した銘板仕立てのキャプション。

その夜帰宅してから、いまエグザイル・パークがどうなっているのか検索してみた。エグザイル・パークは力強く歩みつづけているだけでなく、〝エグザイル・パーク・エクスペリメント〟というものまで生まれていた。十七もの国にエグザイル・パークの基本線に沿ったコミュニティができているのだ。どこもみんな繁栄しているようだった。

オロクンの夢。
彼女もきっと誇りに思っているにちがいない。

(小野田和子訳)

未来のある日、西部で

——ダリル・グレゴリイ

山火事の猛威が迫る近未来のカリフォルニア。自動運転車をハッキングされて盗まれながらも、煙のなかを徘徊しているかもしれない認知症患者を助けにゆく女性医師、今では珍しくなった本物の牛肉を運ぼうとするが畜産やガソリン車への酷薄な仕打ちに苦しむカウボーイ、ある有名人の死体損壊映像を偶然入手して一攫千金を企む投機師。三者の物語が絡み合いながら展開する。

ダリル・グレゴリイ（Daryl Gregory）は、一九六五年シカゴ生まれの作家。八八年にクラリオン・ワークショップを修了後、九〇年に作家デビュー。初長編 *Pandemonium* (2008) でクロフォード賞を、ノヴェラ "We Are All Completely Fine" (2014) で世界幻想文学大賞を受賞している。邦訳書に『迷宮の天使』（創元SF文庫）がある。

（編集部）

田舎の医者

その医者は万年睡眠不足だったので、ガレージのドアがガラガラ開く音で起こされてご機嫌なはずがなかった。まだ車を運転できる年齢になっていない子どもと二人暮らしの女にとって、それは警報音に等しかった。彼女はよろよろと窓際にいって下を見た。彼女の白のアウディがするするとガレージから出てきた。ハイビームが煙に乱反射している。すっかり目が覚めて、彼女は叫び、階段を駆けおりる。玄関ドアのロックをぜんぶ開けるのに手間取って足踏みする。なんでこんなにたくさんつけてしまったんだろう？　やっと外に出る。乾燥した芝生がチクチク足の裏を刺す。テールライトが砂まじりのスモッグのなかを進んでいく。このへんの速度制限にしたがったゆっくりしたスピードだ。彼女は叫びながら走ってあとを追う。空気で喉がざらつき、キャンプファイアの匂いが鼻孔(びこう)にあふれる。マスクなしで外に出るだけでもまずいのに、走るなどもってのほかだ。それでなくても泥棒が彼女を撃つ気にでもなったらどうする？

車が交差点にさしかかって慎重に止まる。追いつきそうだ。と思ったとたん、車は左折して走り去ってしまった。

ハンドルのまえには誰もいなかった。医者は罵(ののし)り言葉を二つ三つ絶叫した。

彼女は家にもどり、バタンとドアを閉める。咳(せ)きこんで灰まじりの唾を吐きだす。鼻孔にはキャンプファイアの匂いが残っている。大気質指数(AQI)はきのうより悪そうだ。彼女は家に空気清浄機のスイッチを入れ、警察に電話するようにいう。

911ボットがどのような緊急事態かとたずねる。彼女は警察に連絡したい、人間の警察に、生身の警察官に、と告げる。車がハイジャックされた、と。

チャットボットが謝罪する。「現在、警察官は全員、ほかのお客さまの対応中です。警察官と会話できるまでの待ち時間は……」少しの間。「不明です。プレミアム・カスタマー・コードをお持ちの方は、おっしゃってください」

「くそったれ」と医者はいった。これはプレミアム・カスタマー・コードではない。

医者の娘が二階からおりてくる。まだパジャマ姿だが、しばらく前から起きていたような顔をしている。娘は現在、北カリフォルニアで起きている大規模な山火事を列挙しはじめる。

「いまはやめて」と医者はいう。娘はミス・塵(モート)眼鏡をかけていないので、母親の顔にどんな表情が浮かんでいるか教えてくれるアプリは機能しようがない。長期間におよぶ心配と軽度の憂鬱(ゆううつ)の上にいま母親の顔に浮かんでいるのは心配と苛立(いらだ)ちがない交ぜになった表情だ。しかしミス・モート眼鏡なしでは、なにかやさしい言葉をかけるようながすアプリも機能しようがない。いや、いまは〝ドクター・汝自身を慰めよ(スーズ・ザイセルフ)〟の出番だ。といっても医者は自分自身それほどやる気満々なのかどうかよくわかっていない。あまりにも多くのことがいっきに起きてしまっている――離婚、こんな田舎のなかの田舎への引っ越し、あたらしい仕事、そのすべてが山火事シーズンのまっただなかで重なってしまった。娘は十分後には六年生の授業に出なければならないし、患者は待っている。車は絶対に必要だ！

娘が彼女を見つめている。医者は娘にきつく当たってしまったことを後悔する。「アウディ・マーフィーがハッキングされちゃったのよ」と医者はいった。アウディ・マーフィーというのは娘のもうひとりの親が車につけた名前だ。「でなければ、自分で家から逃げだそうと決めたか、どっちかね」

「ここは家じゃないよ」と娘がいう。

最後のカウボーイ

最後のカウボーイは農場のゲートをふさいでいる十人余りのデモ隊に向かってゆっくりとトラックを進めていく。かろうじて動いているだけだが、けっして完全に止まりはしない。トラックはすぐに取り囲まれてしまう。デモ隊は傘を振り動かし、知覚力がどうの共犯がどうの苦痛がどうのというお題目をくりかえしている。傘に映しだされた顔もお題目を唱えている。トラックのエアコンの音がうるさくてあまりよく聞き取れないが、デモ隊の連中は彼のトラック、ガソリンで動くトラックもお気に召さないらしい。

彼はまっすぐまえを向いたまま慎重に車を進めていくが、右手は銃の床尾に置かれている。女が二人、白シャツにそろいのサングラスという格好でどうやら双子のようだが、上に有刺鉄線を張った金属製のゲートのまえで仁王立ちになっている。まばゆい陽光を受けて、金属の表面がストーブのように照り輝く。カウボーイは傘のバーチャルのデモ隊にはなんの関心もないものの、摂氏五十度の熱気をものともしない生身のデモ隊には敬意を表して軽く帽子を傾ける。

このスローモーションの対峙が一分つづき、ついにトラックのフロントグリルが女たちに接触した。女たちはボンネット越しに彼を見ている。彼は目を細めてトラックをじわじわと前進させる。女たちのうしろでスウィング式のゲートが開くと、そこにはショットガンを構えた農場主が立っている。女たちは農場の敷地内に入るか——これは危険だ——脇にどくか、どちらかだ。女のひとりがボンネットをドンと叩き、彼の親を引き合いに出した罵り言葉を叫ぶ。女たちが脇に寄る。

背後でゲートが閉じると、農場主がトラックに乗りこんできた。最後のカウボーイは彼女にたずねる。「毎日こうなのか？ それとも俺がくるのを知ってたってことか？」

「毎日こうよ」農場主がいう。明るい目をした血色のいい女だ。彼女は、かつては何千頭もの牛を養っていた、いまは空っぽの草地のなかの長い道を進むよう指示した。そして税金のグチを、とくにカーボンインパクト税とあたらしい苦痛税のグチをこぼしはじめる。「あたしの苦痛はどうなるのよ？」

「ごもっとも」とカウボーイは応じて、トラックを納屋に乗り入れる。農場主が飛びおりて納屋の両開きの扉を閉める。これでプライバシーは望遠レンズからも抗議団体のドローンからも守られる。農場主はこの瞬間を記録するカメラは納屋に設置したものだけにしておきたいのだ。

床には大きな電気クーラーボックスが二つ置いてある。すでに荷詰めがすんで密閉されている。カウボーイは農場主に開けてくれと頼んだ――なにを運ぶのか自分の目で確認したいのだ。農場主は片方のクーラーボックスのロックを親指で押して、ふたを開けた。

でかい牛の枝肉だ。七、八百ポンドはあるだろうか。上等な肉だ。新鮮なピンク色の筋肉、見事な霜降り。未加工でも三万ドルはするだろう。もうひとつのクーラーボックスの肉もおなじくらい大きくておなじくらい上等だ。農場主が首をふる。「知ってる？　うちの子どもたちはほんものの肉を食べたことがないのよ。稼ぎの問題じゃないの。食べようとしないのよ」

恥ずべきことだとカウボーイも思う。

「なんでこんなに急に変わっちゃったのか、わけがわからないわ」と農場主がいう。「あたしなんか毎日肉を食べて育ったのに。たしかにヴィーガンとかヴェジタリアンとかいたけど、だいたいみんないいステーキとかチキン料理とか大好きだったわよ、それがいまは……ねえ？」首をふる。「学校の責任だと思うわ」

カウボーイは仕事を受けている牧場関係者全員とこの手の話をしていた。学校、でなければ政府、でなければメディアの責任。ぜんぶの責任なのかもしれない。そう遠くない過去のある日、かなりの数の人間がほんものではなくソイミートだのポテトミートだのラボ育ちの忌まわしいものだのを食べはじめた――そしてそのうち、誰も彼もがそれを食べるようになった。

「ああ、億万長者さまさま」農場主がいう。「億万長者がいなかったら、この暮らしはおしまいだもの」カウボーイは複数のカメラの存在に気づいていて、これは顧客向けのパフォーマンスなのかといぶかしむ。これがほんとうに昔ながらの牧畜のやり方なのか？　注文ビーフ、子役スターのようにもてはやされる早期去勢牛、誕生から死までノンストップで記録された映像、購入価格に含まれるビデオ代と著作権料。

農場主がフォークリフトに乗りこんでクーラーボックスをカウボーイのトラックの荷台に積みこむ。その衝撃で車体が沈みこむ。最大積載重量ぎりぎりだ。カウボーイはクーラーボックスに防水シートをかけ、そのまわりに農場主と二人でカモフラージュ用のニンジンが入ったクレートを積みあげる。

農場主が、かならず今日中に食肉加工業者に届けて欲しいと念を押す――それしだいで契約が変わってくるという。やっかいなことに加工業者がいるのはずっと北のほう、森林火災に近い地域だ。「あなたに火がついたら、あたしたち二人とも火だるまだからね」

「ちゃんと届けるよ」とカウボーイはいう。「俺の言葉は証書も同然だ」

「いいえ」と農場主がいう。「証書は証書よ」

カウボーイは無理してハハッと笑う。これ以上保険は掛けられないことには触れない。もしこの積み荷を失ったら完全に無一文だ。「ひとつ聞きたいんだが」と彼はいう。「この農場にはほかの出口はあるのかな？」

投機師と勝負師

投機師と勝負師は長年にわたって大金を儲けてきたパートナー同士だ。こういうパートナー同士にありがちなことだが、かれら（複数代名詞であると同時に自分の性別をノンバイナリーと認識している単一の人物の代名詞でもある）は年がら年中、口喧嘩をしている。が、ほとんどの場合、注意力の管理——アテンション・マネジメント——をすることで、口論はおさまる。なにに、いつ、注意力を注ぐべきなのか？　金。安全。愛。健康。いたってふつうの事柄だ。

かれらはまた、お互い切っても切れない間柄だということで折り合いをつけてもいる。投機師と勝負師は考え方の二つのモード、二組の深く染みこんだ習慣、二つの性、がひとりの人間のなかに存在している状態なのだ。かれらはひとつの脳と二本の手と椅子にすわりっぱなしのひとつの尻を共有している。べつに気が狂っているわけではない。生物学的にも法律上もひとりの人間だということはわかっている。ただ自分を複数の存在と考えたい、複数代名詞を使いたいと思っているだけだ。しかし投機師は、かれらはこの二カ月間ずっとつねにかれらだけですごしてきたのだから、狂気すれすれのところまできているのにちがいないと主張している。

投機師は実務家肌の人間だ。財政的には保守的で、勤勉で、責任をとることを恐れない。収入の大部分を担っているのもかれら。これは否定しようのない事実だ。勝負師の活動資金は投機師の努力の賜（たまもの）なのだ。勝負師はむこうみずで、ときにはすばらしい成果をあげることもあるが、見事に失敗することも多い。

とはいえ勝負師は投機師より人生を楽しんでいる。そして今朝はかれらが椅子にすわる番なのだから、すわっておとなしくしてろ、投機師、いまはお遊びの時間だ。

ああ、しかし、どのゲームにしようか？　選択肢は無限にある。過去百年のあいだに人間はあらゆる物質、非物質を株式市場や先物市場の取引対象にしてきた。自分のゲノムを暗号化してブロックチェーンに記録し、製薬会社に売りたい？　なんの問題もない。ほかの無数の人間のゲノムの株を所有したい？　好きなだけやれ。商品取引は気が進まないなら、イベントに賭けてもいい。サッカーのトーナメントから選挙、グリーンランドの氷床がいつ北極から分離するかまで、なんでもいい（最後のやつはもう手遅れだが、ひとつの例ということで）。商品もイベントもつねにあたらしいものが発明されている。

たとえば非代替性トークン（NFT）・ポニー。アイディア自体は何十年も前からある――ブロックチェーンにストアされているアルゴリズムのユニークなバリエーションとしてのバーチャルな馬、それを買ったり、売ったり、交換したり、ほかのアルゴリズムと〝交配〟したり、それにもちろんレースをさせたり。

　トラックソフトウェアは競走馬の組み合わせを変えた一千通りのレースをシミュレートしてオッズをはじきだす。たとえばネイチャーズミラクルという名前の馬がシミュレーション・レースで二百回勝てば大本命ということになる。つぎにトラックソフトウェアは一千通りのレースからランダムにひとつ選び、それが〝実際の〟レースになる。だがもちろんソフトウェアがネイチャーズミラクルが勝てなかった八百レースのなかのひとつを選ぶ可能性は八十パーセントある。ちょっとしたパリミュチュエル方式（勝った人たちに賭け金の総額が分配される方式）のお楽しみだ。勝負師は何年か前に二カ月かけて月平均四パーセントの投資収益率(ROI)を達成する統計モデルを開発していた。

　その時点で賭けは自動的にできるものになってしまった、つまり仕事だ、したがって退屈きわまりない。勝負師はそれを投機師に引き継いだ。では投機師の仕事は？　その鉱脈が空になるまで掘り尽くすことだ――実際、その鉱脈は数年後に空っぽになった。ＡＩを使った賢い金融アプリがどんどんベッティングプールに入ってきて投機師のシェアが少なくなってしまったのだ。ＲＯＩは悪化する一方だったので、投機師はそのプロジェクトをポートフォリオからはずしてつぎの仕事にとりかかった。

　しかし勝負師と投機師がのほほんとしているうちにデジタル・サラブレッド・ゲームはなにやら俄然(がぜん)、過剰で奇怪なものへと徐々に変化していった。馬のアルゴリズムが全ゲノムにまでアップグレードされ、一部は実在する馬に基づいたもので、バーチャル子宮内で育ち、バーチャル厩舎でケアされ、ＡＩあるいは人間が調教し、種馬として使われるという具合だ。バーチャル・ジョッキーのマーケットまでつくられた。要するに、変数の数がゲームがまったくあたらしいものになってしまうほど爆発的に増えてしまったのだ。賭けの環境がここまで複雑になると、オッズをそのまま受け入れて本命馬にしか賭けない人間とどっぷりのめりこんでいる人間が優勢になる。そういう人間の金がパリミュチュエル・プールをふくらませ、強欲な連中を誘惑するのだ。

　勝負師のような強欲な連中を。今朝、目を覚ました勝負師の頭のなかには、以前つくったモデルと相性がよさそうな非常に強力なあたらしい統計学的条件のアイディアが浮かんでいた。そこで投機師に椅子をよこせと要求し、仕事にとりかかったのだった。

　勝負師がコードの世界にどっぷり入りこんでいる最中に、ヘルパーＡＩのアーティが遠慮がちにコホンと咳払いの音を発した。

「いっただろう。邪魔するな。例外はなしだ」と勝負師はいう。

「申し訳ありません」とアーティがいう。「ですが、火災が十マイル以内に迫ってきたら知らせろということでしたので。いまベルデンの火災がその地点を越えました」ＡＩが風速や風向き、進行速度など詳細な情報をどっと吐きだす。

「五マイル以内になったら教えてくれ」勝負師はそういいながら、キーボードを叩きつづける。

「もうひとつあります」とアーティがいう。「あなたはわたしに信用市場の優良株をモニターするよう指示しました」勝負師は、そうだったかなと考える。指示した記憶はないが、勝負師が頼みそうなことではある。「最高評価を受けている人物のひとりが登場する映像がシャトー・マーモントにポストされています――とくに最後の十五分間は非常にエンゲージメントが高くなっています」

「誰だ？」

「銘柄コードTHXです」

「それは意外だな」

勝負師は去年、巨額の会費を払って、ハリウッド人種やハイテク関係の億万長者のあいだで人気の、入会資格にうるさい高級ソーシャル・ネットワーク、シャトー・マーモントに入会していた。セレブリティたちは自分たちだけでしゃべっていると思っているが、おいしい話はいずれパブリックネットワークに洩れていく。〝いずれ〟というのがキーワードだ。勝負師はこっそり使える情報を見つけるよう、前もってアーティをセットしていたのだ。

「よし。トイレタイムだ」と勝負師はいった。「バスルームのビデオをオンにしてくれ」暗い部屋の反対側でバスルームの明かりがつく。家の仕事棟は効率を重視したカスタムデザインだ。この一千五百平方フィートの空間には窓がなく、壁はしっかり防音防熱仕様で、空気は清浄でひんやりしている。聞こえるのはコンピュータのファンの音と空調システムの音だけ。床下の全固体電池はノイズレスだ。電池の下のファイバーケーブルのなかでは五マイル離れたレベル三のハブとのあいだでフォトンが音もなく行き来している。投機師と勝負師が、アーティとつねにコミュニケートしながらニューヨークやロンドンや日本の大規模な証券取引所と高頻度で取引できるだけの太いパイプだ。いまはもう、仕事をしているあいだ人間の声に煩（わずら）わされることはいっさいない。投機師はそれがあまり気に入っていないようだったが、勝負師は生産性が大いに上がると主張していた。いいか、トイレと仕事が同時にできるんだぞ——バスルームのドアを閉める必要さえないんだ。

投機師と勝負師が完璧に温まっている便座にすわると、アーティが壁をライトアップする。映しだされた映像は——

抑え気味の照明のキッチンに高齢の白人の男が立っている。九十代だが動きがシャープだしハンサムだ。映画スターの面影がはっきりと残っている。彼が長い調理台に歩み寄る。調理台には黒髪の三十代から四十代くらいの男が仰向（あおむ）けに横たわっている。顔はカメラから少しそれた方向を向いている。肌は青みがかり、くちびるは血の気がない。老人が引き出しから包丁を取りだす。それをカメラに向かって見せる。何十本もの映画でおなじみの、あの目の輝き。そして彼は包丁を若い男の胸に深々と沈める。

勝負師と投機師がギャッと叫ぶ。

それから四分間にわたって、老人は死体を容赦なく傷つけていく。映像の最後のほうで、誰か映像に映っていない人物、おそらくはカメラを持っている人物が笑い声をあげる。老人の顔に笑みが浮かぶ。あの誰もが知っている笑みだ——物思いにふけっているような、どこか得意げな笑み。

投機師と勝負師は心臓の鼓動が速くなっていることに気づく。二人とも自分の感情を分析するのは苦手だが、ショックを受けていることはわかる。かれらはその老人を見て育った。彼はハリウッドでもっとも愛された男として広く知られている。

「アーティ、これはほんものなのか？」とかれらはたずねる。

「現時点での分析では、加工されている証拠は見当たりません」

「あれはほんとうに彼なのか？」

「複数の顔、歩容、身体認証システムで一致と出ています」アーティは単独のプログラムではなく、何十ものコアサービス——自然言語解析パーサー、データマイナー、天気モニター、統計分析エンジンなど——がゆるく結びついているかたちで、そのコアサービスはそれぞれ独自にさらにこまごました、さらに専門的な仕事をしている（そしてそれぞれがランしているあいだ、刻一刻とかれらの口座から一ドルの何分の一かを引き落としていく）。投機師と勝負師がアーティと呼んでいるものは全体のコンテクストとメモリーとムード・モジュレーターを管理するオーケストレータだ。ＡＩのオーケストラは、ムードつまり気分に匹敵するものがあると非常にうまく機能することがわかっていた。〝恐怖〟やその仲間——心配、疑念、パラノイアといえるほどの恐れ——はあらゆるリスク計算に役立つのだ。自信と同様に。

「じゃあ、たしかなんだな」と投機師はいった。

「ほぼたしかといえます」アーティが答える。「映像の人物はほぼ確実に銘柄コードＴＨＸにあたる人物と一致します。過去五年間、モラル・レーティングで上位に入っている人物です」
「驚いたな」投機師と勝負師がひとりの人間としていう。
トム・ハンクスが人肉を食うとは。

田舎の医者

警察は手が空いたら電話してくるというが、医者はこれ以上、車のことを心配してメンタル・エネルギーを浪費するわけにはいかない——授業ははじまってしまうし、患者は待っている。彼女は娘にいつもの朝食、オリーヴオイルをかけたトーストとマンチェゴチーズ（娘が六歳のときから毎朝食べるといってきかない組み合わせ）をわたして、上で着替えてカメラをオンにするようにいう——お願いだから順序よくね！ありがたいことに娘の偏食ぶりは筋金入りだ。それに服装もちゃんとしている。

ところが医者のほうはお世辞（せじ）にもちゃんとしているとはいいがたい。きのうとおなじトップスを着て、先週からずっと穿（は）きっぱなしのサルワールを穿き、リビングに走っていって仕事にログインする。

カレンダーがその日、最初の患者との面談を開始する。自認性別〝彼〟、六十五歳、はハンチントン病で、ここから十五マイル離れたモデストに住んでいる。彼はひとりで外出できる数少ない患者のひとりで買い物もできる状態だが、この煙のなか外に出る者はいない。彼の背後の部屋は清潔できちんとしている。彼女が気分はどうかとたずねると、彼は「ええ、いいですよ、ドク」と答えた。彼女は訂正しない。訂正するのは何週間か前にやめた。法的にいうと彼女はここでは医者ではない――いまはカリフォルニア州内科医師外科医師免許が出るのを待っているところだ――が、彼女の患者にとっては定期的に診察を受けられるただひとりの医療専門家だ。保険会社が彼女に割り当てた患者は全員、なんらかのタイプの認知症状がある――ハンチントン病、アルツハイマー型認知症、レビー小体型認知症、ウェルニッケ・コルサコフ症候群、FTD、CJD、NPH……多種多様な認知機能異常だ。彼女をドクとかドクターと呼ぶことで患者が安心できるならそのままにしておこうと彼女は思っている。

彼女自身、しばらくのあいだ自分が医者だということは忘れていた。東部にいた二十年前、結婚してべつのものになる前のことは。彼女は農場主になった。母親になった。かぎ針編みをする時間のある女になった。このVHVの仕事は完璧なものとはとてもいえないが、なにかの役には立っている。彼女はなにか役に立つことをするのが好き。そして嫌いなのは問題山積で一日をスタートさせることだ。

彼女は患者の運動障害から気分の徴候までチェックリストの項目すべてにざっと目を通す。彼は言葉の問題を抱えているが、彼女の質問にはちゃんと答えられている。と、彼がいう。

「あなたはお変わりないですか、ドク？」心配そうな声だ。

「ええ」彼女は嘘をつく。「気にかけてくださってありがとうございます」

医者は予定より三分早く、通信を終える。アウディのアプリを見つけるが彼女の顔も網膜も皮膚も認証してくれず、利用を拒否するばかりだ。どういうこと？ 彼女は別れた夫がこのアプリを使うのを見ていたことがあったので、便利そうなウィジェットがいろいろ入っていることは知っていた――〝わたしの車を見つける〟というやつがいまは最高に使えそうだ――が、これまでそれを使う機会は一度もなかった。

時間切れだ。彼女はつぎの患者の往診をする。そしてつぎの患者も。そのつぎは好きな患者のひとりコリーンだ――自認性別〝彼女〟、八十二歳、レビー小体型認知症。医者とおなじ町に住んでいる唯一の患者だ。

コリーンはカメラのまえで待っていなかった。医者はべつの画面をつぎつぎと見ていくが、彼女の姿はどこにも見当たらない。医者は声をかけてみる。「コリーン！ バスルームにいるのかしら？」カメラがないのはバスルームだけだ。医者は答えを待つあいだにアウディに電話する。警察とおなじ鼻持ちならない自動応答だ――ボットはお力になれません、誰も応答できません、誰かに折り返しお電話させましょうか？

コリーンはまだ姿を現さない。医者はトラッカーを呼びだす。コリーンのリストバンドは寝室にあるはずだが、画面には映っていない。コリーンがどうにかしてはずしてしまったのか、さもなければリストバンドをつけたままクローゼットに隠れているとか？ まだちゃんと彼女の手首についていてくれますように、と医者は祈る。コリーンは幻覚と徘徊の傾向が強い。彼女はこれまで何回か、昔の勤務先のインディアナ大学まで徒歩でいこうとしたことがある——東へ二千マイルも離れているというのに。また出掛けてしまったのだとしたら？医者はさらに一分ほど彼女の名前を呼んでみるが、答えはない。

彼女は地図を調べる。コリーンのアパートメントは一・四マイル先だ。二十マイルだったら訪問は考慮の範囲外。二ブロックなら考えるまでもない——すぐさま飛んでいく。だがこの中途半端な距離、この天気、シンプルに判断に迷う。

法律上、彼女がノン・バーチャルの往診をすることは許されていない——VHVの最初のV、つまりバーチャル・ホーム・ビジットのバーチャルの部分は絶対に守らなければならない。やったとしても報酬はゼロだ。患者に緊急事態が起きたと思われるときは911に電話することになっている。その電話を受けた警察や医療サービス提供者が、彼女の雇用主でもある保険会社に請求書を出す。911に電話した被雇用者は雇用を打ち切られる。

コリーンはまだ画面に現れない。

よし、さっといってさっと帰ってこられるかもしれない。この町を走っているバスはモデスト行きだけだから、彼女はすぐにオンデマンド便を調べる——そして離婚したときなぜアウディをとったのか思い出す。レンタル料金は天文学的数字なのだ。さらに悪いことに、現在の待ち時間は最短で一時間。一時間待つ〝オンデマンド〟ってどういうこと？　これではまるでイタリアンレストランに入って冷たいラザーニャを出せというようなものだ。

歩くしかない。

くそっ。

ＡＱＩは百八十。

ダブルくそっ。

医者は二階へ駆けあがると少しはプロらしい格好に着替えてフィルター・マスクをつかみ、腕にピシャッとスクリーンを装着する。そして娘の部屋に入って事情を話し——娘が授業に出ていないことに気づく。スクリーンに出ているのはウェザーマップと森林火災のライブ映像だけだ。

「こら！」と医者はいう。娘は火災の映像を見つめたままだ。「メガネをかけて、こっちを見なさい」

娘が溜息(ためいき)をついてミス・モートをするりとかける。そして母親を上から下まで見る。「ふうん」と娘はいう。「怒ってるんだ」

「ええ、そのとおりよ」

「マッズが危ないの」と娘がいう。マッズというのは娘がもうひとりの親を呼ぶときの呼び名だ——ママたち、あるいはダディたち、あるときは女性で、あるときは男性、そしてつねに複数形。娘は人の表情から感情を読み取るのは苦手だが、親が使う柔軟な代名詞については本能的に理解している。

「それはかれらのことがいちばん大事だわね」と医者はいう。「メッセージは送ったの？」

「返事がこないの」

「まあ、びっくり」と医者はいう。

「皮肉」と娘がいう。

医者は元夫のことを、しかも娘のまえで、けなすような真似をしてしまったことを後悔する。そういうことはすまいと自分に誓っていたのに。「いいから授業にもどりなさい。わたしはちょっと用事ができちゃったから。一時間でもどるわ。ああ、もしかしたら二時間かかるかも」

「出掛けちゃうの?」娘の声が高くなっている。

「大丈夫よ」と医者はいう。「火災はここから二百マイルも離れているんだから。ここには煙がきてるだけ」

「やだ」娘がいう。怒っている。「いっしょに、いく」一語一語、吐きだすようにいう。

娘は感情の調節がうまくできないという問題を抱えている。調子がいいときでもルーティンが崩れるとカッとなってしまうことがあるが、離婚と引っ越しがあって以来、四フィート二インチのベスビオ火山になってしまっている。戦いが一日中つづくこともある。医者は一日中戦ってはいられない。

「わかった」と医者はいう。「マスクをつけて、お水、一リットル持ってね」

最後のカウボーイ

ハンドルを持つ最後のカウボーイの手はすべりがちだし目がかゆい。北へ進めば進むほど煙が濃くなってくる。トラックのエアコンは出力全開になっているが煙の粒子が運転台に入りこんできていて松が燃える匂いがする。忠良なるフォードは全力で山道を登っている。積み荷が重いのでガソリンの残量はどんどん減っていく。

彼はフォンを取りだす。神の思(おぼ)し召しどおりにほかのデバイスとは一線を画(かく)している金属とガラスでできた長方形のものだ。道沿いのガソリンスタンドを探そうと地図をスクロールする。選択の余地はあまりない。カリフォルニア、とくに北カリフォルニアの旧道は不便になってしまっているが、二十マイルほど先のハイウェイからそれほど離れていないところにひとつあるので、彼はそっち方向へ車を進める。

煙が太陽を隠し、道路もかすんでくる——火災シーズンの偽りの黄昏(たそがれ)というやつだ。カウボーイはフォグランプを点(つ)けてゆっくり進んでいく。うしろから電気自動車が迫ってきて、いっきに追い抜いていく。レーダーやらライダー（パルスレーザー光を出すレーダーに似た装置）やら粒子をものともしないやつを搭載しているのだ。無謀運転だろうが、と彼は思う。

彼は地図がいうとおりの場所でハイウェイからおりたものの、なにも見えない。が、ついに灰のスープのなかでなんとか見えるようにと苦闘している76ガソリンスタンドのオレンジ色の看板が目に入る。ガソリンスタンドといってもただの小さな店で、昔ながらの小型のポンプがひとつとたくさんの充電プレートがあるだけだ。

彼はバンダナをひっぱりあげて口を覆いトラックからおりる。熱気が鉄床（かなとこ）のようにのしかかってくる。彼の片手はホルスターに置かれたまま、もう片方の手にはフォン。ポンプに向かってスクリーンを振る。なにも起きない。もう一度振ると、ポンプのスクリーンにメッセージが表示された。

〝やあ、この惑星殺害毒販売マシンはエシカル・アースが徴用しました。二百五十ドル支払ってロックを解除すると、わたしたちがあなたの名前で気候変動難民を支援している地元のチャリティ団体に寄付をします〟

いったいどうなってるんだ？ 「いやだね」とカウボーイはポンプに向かっていう。「**絶対に**いやだ」

小さな店のほうへいってみるが、なかには誰もいない。店員が常駐するようなスペースすらない。壁から壁まで自販機で埋まっている。この世界、どうなってしまうんだ？ 外を見ると一台の車がやってきて充電プレートの上に止まる。プレートが光る。もちろん、あっちは稼働しているのだ。

カウボーイはその車のドライバーの力を借りようかと考える。らしくないことだが、ドライバーが地元の人間ならなにがどうなっているのか知っているかもしれない。まちがったアプリを使っている可能性もある。とにかくガソリンが必要だ。

カウボーイはその車のほうへゆっくりと歩いていく。灰が積もってグレーになっているが、白のクーペだ。バンダナを下げて顔を出し、運転席側の窓をコンコンと叩く。フロントシートには誰もいない。彼は両手でひさしをつくって窓に押しつけ、後部座席をのぞきこむ。クラクションが鳴って、彼は飛びのく。ヘッドライトが点く。

「なんだよ、盗む気なんかないのに」

車はよろめきながらプレートを離れて一目散に出口に向かう。まるで仔馬のようなびくつき方だった。

カウボーイはガソリンスタンドにぽつんと立っている。ガソリンポンプを見つめる。頭のなかでそいつを撃ち抜く。

彼は憤懣やるかたない思いでトラックに乗る。またフォンをスクロールしてべつのガソリンスタンドを探す。この道を四十マイルほどいったところに、ひとつある。そこへいけばガソリンを入れられるかもしれない。だが、そこへいってもここおなじようにポンプがランサムウェアに乗っ取られている可能性もある。

人はこういうことに耐えられるようにはできていない、と最後のカウボーイは思う。これは路上強盗に遭ったようなものだ。とはいえガス欠の危険を冒すわけにはいかない。肉を届けなければならないのだ。

彼はトラックからおり、ポンプに向かってフォンを振る。

〝お帰りなさい！　最低寄付額は四百ドルになっています。一回めで払うべきでしたね！〟

投機師と勝負師

「もう一度、再生しますか？」とＡＩがたずねる。

もちろん投機師も勝負師も、もう一度見たいと思ってはいるが、時間がない。この種の映像はいつ公共ネットワークにリークされてもおかしくない。動くなら、と勝負師は考える、動くならいましかない。

投機師は疑念を捨てきれずにいる。映像が改竄されていないとしても、映画の一場面だとしたらどうする？　死体が小道具だったらどうする？

もしそうなら、と勝負師は考える、とんでもなくリアルな小道具だ。あの死体には深みがあった。骨。凝結した血。取りだせる内臓。問題は、と勝負師は説得にかかる、映像や死体が本物かフェイクかではない。問題はそれがＴＨＸの評価に影響を及ぼすかどうかだ。本物の映像はフェイクかもしれないという可能性があるからダメージは少ない。フェイク映像はたとえ雑なものであっても、内容がすでに一般的にそうではないかと思われていることに沿うものなら信用評価は下がることになる。勝負師はこのケースはどちらを信じるかの二項対立だと考えている。〝トム・ハンクスは国宝だ〟vs.〝セレブリティはみんな堕落している〟

評価市場は、ボクシングの試合でどちらかのボクサーに賭けるように、どちらかの信念に賭ける、そういう場だ。

しかしわたしたちはこれで金を儲けたいと思っているのか？　と投機師がたずねる。わたしたちはトム・ハンクスが好きなのに。

もちろんわたしたちは彼が好きだ、と勝負師は切り返す。でも、いまはそれは関係ない。勝負師は針路を変える。いいか、わたしたちがなにをしようと、この映像はいずれ外に出る。そうすればほぼまちがいなく評価が下がって誰かが儲けることになる——その誰かがわたしたちだっていいじゃないか。

でも、ただ信じられないというだけじゃない、と投機師がいう。ハンクスは昔からとても愛されていて、彼を疑う人間はいない。昔からのカリスマ性も変わらない。彼がカメラのまえに立って釈明すれば、疑った人間ももどってくるだろう。反騰で評価はすぐに元通りになるだろうし、前より高くなる可能性もある。

ああ、でもギャップが！　勝負師が勝ち誇ったようにいう。二時間、欲しい。二時間ではっきりさせて、たんまり儲けよう。

確実なのか？

ほぼ確実だ。

勝負師は、ほぼ、の世界に生きている。かれらは〝ほぼ確実にそうなる〟が突然〝ほぼ確実にそうならない〟に、そして〝そうならない〟に変わる転換点で金を儲けている。肝心なのはその変化を見極め、いつどちらにするかを判断することだ。たいていの人間はどちらにするか決めていて、それに固執する。このサラブレッドは無敵だ。カリフォルニアの不動産はつねに儲かる。きみはわたしと別れたりしない。みんな大多数の意見が変わるか自分がズタボロになるかするまでしがみついている。要するにたいていの人間は人気馬しか買わない。まさにカモなのだ。

ついに投機師が両手をあげて（これは比喩的表現だ）降参する。わかった。苦労して稼いだ金でいちかばちかやってみるか。

勝負師は大興奮でオーッと声をあげる。「アーティ、THXの現行価格は？」

「一株当たり八百五十三。三十分前の八百五十八から下がっています」

「どこでもいい、借りられるところから一千五百株借り入れてくれ」勝負師はAIに指示する。「で、そのあとすぐに売ってくれ」

アーティはコマンドを実行せず、懸念を表明する。だいぶ前に勝負師と投機師が条件指定した感情設定にしたがっているのだ。「約一千二百八十万ドルになりますが」とアーティがいう。「ほんとうにそれでよろしいですか？」

投機師は悩む。株価が下がれば利益が出る、上がれば損失が出る——が、株価に上限はない。もし高騰したら、なじんだシャツもズボンも下着も失うことになる——着るものぜんぶ失って丸裸になる。

アーティが控えめに咳払いの音を響かせる。

「承認する」と勝負師がいう。「さあ、〝アメリカのお父さん〟を空売りするぞ」

田舎の医者

医者は歩きながら、娘の手を握りたいという衝動と闘っている。娘はもともと身体的接触を好まないが、二年前だったら歩道から出ないようにするために手をつないでいただろう。煙は濃い、サンドペーパーのような霧になっている。行く手で木々が物質化する。立ち並ぶ家が大きな船の船体さながらにゆっくり前進していくように見える。上の方は灰の雲のなかだ。太陽はオレンジ色のかすみになってしまっている――それなのにまだとんでもなく暑い。

医者はいう。「どうしてこんなにひどくなっちゃったのかしら?」

「大人が地球をめちゃくちゃにしたからでしょ」娘がいう。

「けさのことをいってるの」

「風向きが変わったのよ。それでベルデンの火災とメドウズの火災が合体しちゃったの」これは二百マイル北からの天気レポートだ。娘はフィルター・マスクの上にミス・モートをかけているが、どうやらずっとオンにしているらしいと医者は思う。もっとちゃんと人とかかわりたいからではなく、歩きながらスクリーンを見ていられるから、という理由でオンにしていることは充分ありうる。娘はこだわりの強い気質を受け継いでいて、きょうはまえに住んでいた家の近くの火災に興味の照準が合っているのだ。

「心配しなくても大丈夫よ」と医者はいう。「火災シーズンは毎年きてるんだから。マッズは大丈夫」

患者のコリーンのこともそんなふうに思えたらどんなにいいか、と医者は考える。もしこの熱気と煙のなか、外へ出ていたら命にかかわりかねない。

医者のシャツが鳴っている。袖を軽くはたくと人間のものではありえないあまりにも穏やかな、なだめすかすような声がいう――アウディ・フォルクスワーゲン・タタにお電話ありがとうございます。ボットはなぜ最初に警察に電話したのかと問いかけてくる。医者は相手がその事実を知っていることにとまどう。警察のＡＩがアウディのＡＩと噂話をしてるってこと？　それとも両方、おなじひとつのＡＩってこと？

「わたしの車が盗まれちゃって」と医者はいう。マスクをしているので声が少しくぐもっている。「止めたいんだけれど」

ボットは、安全上の理由で車が動いているあいだは止めることはできないが、プライマリーオーナーはアプリを使って車のさまざまな機能をコントロールすることができるという。ライトを点滅させる、クラクションを鳴らす……等々、しばらくのあいだリストの読み上げがつづく。

「わかったわ。じゃあ、それをやらせて」

「この機能を使えるのはプライマリーオーナーだけです」

「わたしがプライマリーオーナーよ」

ボットは、彼女は登録オーナーだが、プライマリーオーナーではないという。

「なにいってるの？　わたしはその権利を持ってるのよ。あれはわたしの車よ」

たしかに彼女は物体としての車のオーナーではあるが、車のソフトウェア・サブスクリプションのオーナーではない、とボットが説明する。そして、車はサブスクリプションなしでは機能しない、また前のオーナーの同意がないと、あらたにソフトウェア・サブスクリプションのオーナーになることはできないという。

医者は悲鳴をあげ、黙り、また悲鳴をあげる。

娘がミス・モート越しに彼女をじっと見ている。

「いまのはテクニカル・サポートにたいする正しい反応なのよ」と医者はいう。

「このメガネは冗談をいってるのかどうか教えてくれないんだもん」

「わたしは大まじめよ」

「了解」

医者は元夫がわざと妨害工作をしたとは思っていない。彼女の前パートナーはいろいろなものを併せ持っているうえに相反する部分が多々ある人物だ――聡明なのに鈍いし、仕事に取り憑かれているくせにやたらとあたらしいことを経験したがるし、ふだんはあまり喜怒哀楽を表に出さないのに突然、感情をあふれさせたりするし、競争が大好きなのにステータスというものを軽蔑している。かれらは、自分たちが親だということを忘れているとき以外は、いい親だった。ひとついえるのは、かれらは意図して無慈悲な態度をとったりはしない、ということだ。医者が電話すれば（そしてあのいけすかないＡＩバトラーの壁を突破してかれらと話せれば）かれらが力になってくれるのはまちがいない。とはいえ、あの離婚騒ぎのあいだにログインの引き継ぎをするのを忘れていたとは、なんたることか。

冷静にならなくてはいけない。だが燃えさかる世界でマスクをした状態で深呼吸するのはむずかしい。医者は地図がコリーンが住むアパートメントに着いたと表示するまで、黙々と歩きつづけた。灰が鼻孔にこびりついている。水をがぶ飲みする。娘にもそうさせる。

「これから大ベテランの女医さんになるけど、いいかしら？」医者は精一杯、冗談めかしていい、メガネが嘘を見抜いたりしませんように、と祈る。「これから歴史の本に往診って書いてあることをするからね」

「ヤッホー」と娘がいう。

最後のカウボーイ

予定より遅れていて、いまカウボーイは食肉加工業者の業務時間が終わる前に届けなくてはと、必死で運転している。エンジン全開で山道を登っていく。ヘッドライトで煙を切り裂いて走る。彼は、午前中、谷間の霧のなかをやたら注意深く運転していた自分に腹を立てている——いま山のなかで遭遇している濃い霧にくらべたら、あんなものは霧とはいえない。ランサムウェアに金を払ってしまった自分にも腹を立てているが、ほかにどうすればよかったのかはわからないままだ。この仕事を受けてしまったこと自体、腹立たしい気もしている。

加工業者の店はフェザーリバー・ハイウェイをずっと上がっていった先のベルデンという小さな町にある。二車線の道路は曲がりくねっていて狭くて険しい。片側はダイナマイトで爆破した岩、反対側は壁のようにつづく松林。木を見るとついこれはよく燃えるなと思ってしまう。カリフォルニアは俺と牛肉をバーベキューにしようとしているのか、と彼はひそかに思う。

俺はこんなところでなにをしているんだ？

これは彼が望んでいた暮らしではない。なにもかもがあまりにも複雑すぎる。変化のスピードが速すぎる。彼は最初のパンデミックのときに生まれ、高校時代は二度めのパンデミックでそのほとんどが失われてしまった。人にあまり関心が持てないのはそのせいかもしれない。父親は人事福利厚生の専門家で、母親はブランドコンサルタントだった。しあわせな暮らしだったが、彼にはしっくりこなかった。彼は祖父の時代、一九八〇年代の暮らしに憧れていた。祖父が持っていたのは二エーカーの土地とガソリンで動く芝刈り機と三チャンネルしか映らないテレビ。それ以上のものは必要としていなかった。

影がひとつ、彼の左側から霧のなかを突進してくる。いや、ひとつではない、いくつも。最初の影がトラックの横腹に当たる。彼がブレーキを踏むと毛皮と角の塊がボンネットの上をころがってフロントガラスにぶち当たる。エアバッグがふくらむ――ハンドルから手が離れて、彼はシートに押しつけられる。前輪が道路からはずれて車体がガクンと沈み、傾く。

カウボーイの頭がサイドウィンドウに当たった、と思うとガンッと大きな音が響く。トラックがなにか固いものにぶつかったのだ――木か？　岩か？　彼はヒビの入ったフロントガラスから外をのぞく。ぶつかってきた動物は滑り落ちてしまっている。見えるのは木々と煙だけだ。耳がガンガン鳴っている。

運転席側のドアはひしゃげているが、彼は助手席側のドアから外に出る。熱気はますますひどくなっている。なにか音がしている。遠くで轟く、無線の雑音のような音。森が燃えている音だ。

彼は窪地のようなところに立っている。谷間というわけではないが、水路よりは深い。トラックは横倒しになっている。クーラーボックスのひとつは荷台から飛びだして十フィートほど先に落ちている。蓋はしっかり閉まっているようだ。

ああ、くそっ。

頭上の道路にヘッドライトが見える。車が一台、止まっている。誰かが呼びかける。「下にいる人！　みんな大丈夫ですか？」

カウボーイは斜面を登りはじめる。簡単ではない。目がかすんでいるし、胸の筋肉を傷めてしまっている。均整がとれた体格のマスクをした白髪頭の老人が手を差しだして引っ張ってくれる。

「鹿の群れが」とカウボーイはいう。「いきなり飛びだしてきて」

「火事から逃げてきたんだろうな」と老人がいう。「きみ、大丈夫か？　頭をぶつけたんだろう」

カウボーイは額を触る。指を見ると血がついている。彼はあらたな事実を受け入れなければならないようだ。火が迫っている、思ったより近くなっているという事実。そして彼のトラックとクーラーボックスはレッカー車がないと引きあげられないという事実。

「ふう。どうやら万事休すって感じだな」

「まだ息をしてるじゃないか」と老人がいう。「しかし、ここは離れたほうがよさそうだ」

車のなかで老人がマスクをはずす。カウボーイが思っていたより年を取っている。八十は超えているだろう。電気自動車もあたらしくはないがアメリカ製だ。老人は自分で運転している。南の方角へ山を下り、火災から遠ざかっていく。延焼区域の外でいちばん最初に車を止められる場所は自分の家だ、と老人がいう。そこで傷の手当てをしてトラックの回収方法を考えよう、と。カウボーイは見ず知らずの人間から施しを受けるのをよしとしない男だが、この老人はいかにも親切で正直そうな温顔（おんがん）の持ち主だし、どこかで見たことがあるような気がしないでもない。

老人がハンドルを切ってハイウェイをおり、木々のあいだをうねうねと走る一車線の道路に入る。老人は、こんな天気のなかどこへいこうとしていたのかとカウボーイにたずねる。

カウボーイはふだん自分の仕事のことはあまり話さないほうだ。世間にはアンチ肉食志向の人間があふれている。しかしこの老人は伝統を重んじるタイプのようだ。

「まあ、牛追い（交通渋滞の意味もある）の最中というか」老人は興味津々でつぎつぎと的を射た質問をしてくる。老人と話しながらカウボーイは何度も愕然（がくぜん）とせずにはいられなかった。昔ながらのやり方がどうしてこんなに急に消え失せてしまったのか？　何百年も肉を食べてきたのに、どうしてそれが急に社会的犯罪ということになってしまったのか？

「世のなか、そんなものだ」と老人がいう。「わたしが若い頃はゲイ同士の結婚なんてものはなかった。みんなそんなことは起こりようがないと思っていた。ドレスを着た男の子なんか、テレビでお笑いの種にされるような存在だった。それが急にゲイ同士の結婚は避けて通れないものどころか当然のことになったんだから」

「それは、誰が誰と結婚しようと自由でしょう」とカウボーイはいう。「俺がいってるのはそういうことじゃないんですよ」

「オーケイ、じゃあ、マリファナだ。幻覚剤。自殺幇助（ほうじょ）。昔はそういうものが合法化されるなんて誰も思っていなかった。ましてすべての州で合法化されるなんてね」

「でもそれは……」目の奥がずきずきと痛みだして、カウボーイは考えがうまくまとまらなくなってきていると感じる。「それは常識ってもんでしょう」

「一事が万事、潮目が変わったあとはそういうふうに見えるものなんだよ」

「俺がいってるのは精神的なことです」そんな言葉が自分の口から出てきたことに彼は驚く。

彼はけっしてロマンチックな人間ではない。「神聖なことなんですよ、ひとつの命がほかの命を支えるために自分をさしだすというのは。みんな、自分たちがなにを失おうとしているのか、わかってないんだ。植物肉だのラボ肉だの、そんなのはべつものですよ。魂がない。絶対に味がちがう。あなただってわかるはずです」

老人がじっくりと彼を見る。そして道路に視線をもどす。「かもしれないな」と老人はいう。「かもしれない」

二人はさらに細い砂利道を走っている。いつ切り替わったのかカウボーイにはわからなかった。ドライブの終点は広い牧草地だった。茶色くなった草が短く刈られている。火災シーズンに適した賢明な対策だ。牧草地のまんなかに大きな平屋の家がある。周囲の地面はぐるりと幅広くセメントで固めてある。ここでは煙はいくらか薄い。その分、午後の太陽がより明るく輝いて目を射る。

家のドアのまえで老人がいう。「うちにはうちのルールというものがあるんだ」老人はカウボーイの腰のホルスターに目をやってうなずく。「できれば」

カウボーイとしては気にくわない。が、ここは老人の家だし、等々考え合わせてブツを手渡す。老人はそれをガーデニング用の道具が詰まった大きなプラスチックのボックスに入れて蓋を閉める。

「散らかってるが、勘弁してくれ」と老人がいう。「ひとり暮らしが長いんでね」

投機師と勝負師

「八百二十」とアーティがいう。彼は価格が動くたびに報告するよう指示されている。チキンレースに突入して一時間——投機師と勝負師vs.かれら以外の評価市場参入者全員のゲームがつづいている。椅子にすわっているのは勝負師で大きなスクリーンを見つめ、両手は肘掛け(ひじか)を握りしめたままだ。早々にキーパッドに触れることはありえない。投機師はいわば手で目を覆って助手席にすわっている状態だ。

「八百十九」

投機師はなにかがおかしいと確信する。価格はかれらが売った時点から三十四ドル下がっているが、価格変化のほとんどは最初の二十分で起きていて、あとの四十分はじわじわと下がりつづけている。ときには五セント未満ということすらある。映像が影響をおよぼしていないのは明らかだ。いまどき口コミ動画など誰が気にするというんだ?

アーティがいう。「郡当局からこの地域に避難命令が出ました」

「気にするな」と勝負師はいう。避難命令は年に二度は出る。「まだ五マイル以内にはきていないんだろう?」

「はい、ぎりぎりのところです。しかし風速とウインドシアが有意に増大しています。もうひとつ、THXの直近の価格が八百二十五に上昇しました」

投機師が甲高い叫び声をあげる。上昇に転じた！　底を打ったんだ。買いもどせ！

落ち着け、と勝負師は思う。もしいま保有ポジションを巻き戻したら、売った株をぜんぶ買い戻してオーナーに返したら、一千二百八十万ドル投入して五十万ドル程度の利益しか確保できないことになる。勝負師はたかが四パーセント程度のROIのためにこの手を打ったわけではなかった。

勝負師はアーティに映像の拡散具合をたずね、まだ公には出回っていないとわかってほっとする。この価格変動はどんどん生産速度を上げていく噂製造工場のようなものだ。世間にトム・ハンクスになにか起きているらしいという噂が広がるが、それがなんなのか、はっきりしたことは誰も知らない。知っているのはシャトー・マーモントのメンバーだけで、かれらは庶民にはなにも教えない。

「現状維持だ」と勝負師はいう。

だが投機師は心配でしょうがない。ハンクスが、あるいは彼の側近が映像のことを知って先手を打ってきたらどうする？　記者会見でも開かれたら利益はぜんぶ吹っ飛んでしまう。

こうして絶えず質問したり議論したりは疲れるが、それが投機師と勝負師が見つけた唯一の疑念と不安への対処法だった。かれらは昔からそのへんのことが苦手で、他人の感情的反応にはいつもとまどってばかりだった。残念ながらその欠点は娘に受け継がれてしまっている。しかしかれらは娘も複数形を使うようになって欲しいとはかならずしも思っていなかったので、アーティのサブシステムをいくつか組み合わせてメガネにインストールした――一種の感情サポートAIだ。娘はまだあれを使っているのだろうか？　あのメガネをかけるとマッズのことを思い出したりするのだろうか？

「八百十五」アーティがいう。

勝負師は考慮中の問題に意識をもどす。

「たったいま、二つの公開SNSで映像を発見しました」AIがいう。「価格が七百九十二に下がりました」

勝負師はオッと軽い驚きを洩らす。また三十万ドル儲けた。

「もうひとつ」とアーティがいう。「火災の最前線は現在、四マイル先まできています」

「え、さっき五マイルといったばかりじゃないか！」

「風速が急激に――」

壁がビーッという警告音を響かせる。電気が送電線網からバッテリー電源に切り替わった合図だ。

「――増大しています」

なんてことだ。かれらは椅子の背にもたれて天井を見あげる。考えてみると、一時間くらい前から仕事棟に騒音が洩れてきていた。部屋はしっかり防音されているのだから、これは異常なことだ。仕事部屋の外の世界のことは見えず聞こえずということをめざして設計されたものなのだから、相当な音ということになる。

けっきょくそれがどれだけ役に立っていたんだ？ と投機師が苛立たしげにたずねる。

「仕事棟を離れる」と勝負師がＡＩにいう。「ひきつづき最新情報を入れてくれ。まだ巻き戻しはしない」

アーティは答えない。投機師と勝負師はフォーム・バッフルで全面を覆った短い廊下を走ってパッド入りドアを抜け、キッチンに入る。家がばらばらになりそうな音がしている。キャビンの木材がキーキー軋り、呻く。ストーブの上に吊してある銅底鍋の蓋同士が当たってカンカンと警報のような音をたてる。キッチンの南側の窓が窓枠に当たってガタガタ鳴る。窓から見える裏庭には煙は見えないが、あらゆるものが黄色みを帯びている。木々が、なかには三十フィートを超えるものもあるが、激しく揺れている。その上の空は煙で灰色になっているが、うっすらと赤みを帯びている。

勝負師と投機師はリビングに入り、ぎょっとして出窓のまえで立ち止まる。森林限界線が炎の壁になっているのだ。その上の空はどうしてそんなことにと思うほどに大きく変容していた――かれらが目にしているものの色もスケールもそれまでとはあまりにも大きくかけ離れてしまっている。かれらは玄関ドアに近づき、ハンドルに触れる。そして思う――これは利口なやり方じゃない。だが、見なければ。

あたらしい山が出現していた。上下が逆さになった山が。上辺の幅は半マイルほど。火と煙が激しく沸き立つ、ずんぐりとした円錐だ。炎はまるでみずからを鞭打って狂乱状態へと追いやっているかのようだ。その上を覆っているのは巨大な黒い積雲で、背後の光を完全に遮っている。積雲のなかで稲妻が光る。

なにかが引き裂かれるような音がして、かれらは思わずあとずさる。ガレージの屋根が突然めくれあがってちぎれる。屋根は宙高く舞いあがり、パタパタはためきながら破片を撒き散らす。そして燃えさかる木々の上へと吸いあげられ、渦巻く炎の塊のなかに消えていく。

田舎の医者

コリーンのアパートメントのドアには鍵がかかっていなかった——よい徴候とはいえない。医者は数回、彼女の名前を呼ぶが返事はない。彼女はなかに入り、娘もそれにつづく。

リビングは、医者もバーチャル往診で好ましく思っていた温かみのある空間だ。本棚を見ると、生物物理学のテキストがびっしり詰まっている。コリーンはその分野の専門家だった。折りたたみ式のテーブルのまえにはアームチェア、テーブルの上の皿には朝食のサンドイッチの残り。まだちゃんと食事をとっている。これはいい徴候だ。

医者は娘にここで待つようにという。娘は自分の足元を見つめている——ということは実際にはメガネの内側を見つめているということだ。手を握ったり開いたりしているのは不安な証拠。

「心配ないわ」と医者はいう。「すぐすむから」

医者はコリーンの名前を呼びながら寝室に入っていく。彼女を怖がらせたくはない。ベッドは整っていない。寝室とつながっているバスルームは空っぽだ。シーツのなかにコリーンのブルーのリストバンドがあるのが目に入る。そうそう取り外せないようにできているのに。コリーンが外に出て、煙のなか、授業に間に合うように大学にいこうとしている姿が頭に浮かぶ。

と、パシャッという水音が聞こえた。「コリーン？」

医者はバスルームに入っていって、シャワーカーテンを開ける。コリーンがバスタブのなかにすわっている。胸まで水につかってタブレットで映像を見ている。老女が顔を上げる。

「この、トム・ハンクスの、見た？」

医者はバスタブの横にひざまずく。水は冷たい。「ねえ、いつから入ってるんですか？」老女に手を貸して立ちあがらせ、身体を拭いてやる。そしてドレッサーの引き出しを開けて服と下着を見つける。

コリーンがすまなそうに微笑む。「ごめんなさいね、あなたの名前が思い出せなくて」

「毎週、スクリーンでお話ししてますよ。わたしのことはドクって呼んでらっしゃいます」

「あら！　ＭＤそれともＰｈＤ？」

医者はコリーンが服を着るのを手伝ってやりながら、コリーンの〝現在の〟研究——融合タンパク質とか、腫瘍凝縮物とかいうものにかんする研究——の話の相手をする。医者はなぜコリーンが定年退職後インディアナを離れて西部に移ってきたのか、いぶかしく思っている。なぜひとり暮らしなのか？　この先、誰が彼女の面倒を見るのか？　認知症は直線的に進行していくわけではないし、レビー小体型認知症は心も体も蝕んでいく。ある週はとくに問題なくすごせても、三日後には自力で食事が取れなくなってしまったりする。そしてその急激な衰えぶりに——これはかならず起こる——家族は例外なく愕然とする。

医者がコリーンの静脈が浮かびあがっている足にソックスを履かせていると、コリーンがいう。「あら、こんにちは。大丈夫？」

医者の娘が寝室の入り口に立っている。まだメガネとマスクをつけたままだ。両の拳を固めている。涙が頬を伝い落ちる。

医者は娘のそばにいく。「どうしたの？　なにがあったの？」

「遅かったの」娘が泣きながらいう。「遅すぎたの」

「なんのこと？　なにが遅すぎたの？」

娘がメガネをはずす。目には涙があふれている。娘は母親にメガネの内側を見せる。

医者はそれをじっと見つめる。「これ、なんなの？」

「旋風」と娘がいう。「火災旋風」

最後のカウボーイ

老人の家に入ると電話が鳴っている。カウボーイの祖父の家にあった電話のようなほんもののベルが鳴る金属的な音だ。老人は、大事な用件ならまたかけてくるといって無視する。電話が鳴り止んで、カウボーイはほっとする。頭がぼうっとしているのだ。

老人が長いカウチの上の本をどかして、すわれという。クッションが血だらけになってもかまわないからと。冗談だ。そして部屋の奥へ歩いていき、隣の部屋に入ってポケットドア（開けると壁のなかにおさまる引き戸）を閉める。ドアは光沢のある赤に塗られている。

カウボーイの頭がうしろに反(そ)っていく。大きな部屋だ。梁(はり)がむきだしになった高い勾配天井。壁はどの面にも棚がしつらえてあり、その多くにタイプライターが置いてある。ぜんぶで三十台はあるだろうか。パステルカラーの小型電動タイプライター。キーが丸い大きくて不格好な手動タイプライター。蝶番(ちょうつがい)式の蓋がついた木箱に収まっているのもある――歯車やダイヤルが見えていて、なんだか機械式のコンピュータのようだ。空気はひんやりしている。あの爺さん、どれだけ金持ちなんだ、とカウボーイは思う。

赤いドアがスライドして開く。老人がトレイを持って入ってくる。そのトレイをテーブルに置き、ドアを閉めてまた持つ。ぎごちないゆっくりとしたダンス。老人はトレイをカウチのそばのコーヒーテーブルに置く。

トレイには氷水が入ったピッチャーとコップ、そして白いプラスチックの救急箱がのっている。老人がコップいっぱいに氷水を注ぐ。カウボーイはいっきに飲み干す。冷たくて頭がキーンと痛くなる。老人が笑いながらおかわりを注ぐ。

カウボーイは老人に、犬を飼っているのかとたずねる。

「ええ?」

カウボーイは赤いドアのほうを見てうなずく。「俺もああしてたんだ。犬が入れないようにドアを閉めておかなくちゃならなかった」

「いや」老人は困り顔で答える。「あれはただの……習慣だ」

どこか遠くの部屋で、また電話が鳴りはじめる。「ここの番号を知っている人間は二、三人しかいないんだ」と老人がいう。「出たほうがよさそうだな。きみはここにいてくれ。すぐにもどる」カウボーイは老人がほんものの固定電話を、つねにおなじ場所にある受信機を持っているのだと気づく。

老人はとくに急ぐでもなく、電話がさらに五回鳴ったところで受話器を取る音が聞こえた。少し間があってから老人がなにかいう。信じられない、という口調だ。なにをいっているのかは、カウボーイにはわからない。と、老人の声が怒りを帯びたものに変わる。それまでのやわらかい物腰では感じられなかった気骨がにじむ声だ。その直後、ドアが閉まって声が聞こえなくなってしまう。

カウボーイは立ちあがった。ふらつく身体を安定させる。まだ少し頭がくらくらするが、冷たい水のおかげでだいぶよくはなっている。彼は赤いドアに目をやる。ちらっとふりかえる。老人がもどってくる気配はない。

彼はドアに歩み寄り、開ける。

広々した昔風のキッチンだ。なにか湿っぽい、フルーティな匂いがする。光はシンクの上の窓から入ってくるだけだ。調理台になにか大きなものがのっていて、テーブルクロスがかけてある。牛肉の四半部くらいの長さ、厚みだが、形はまったくちがう。

カウボーイはテーブルクロスをたぐって引っ張る。

人間の死体だ。さばいてある。カウボーイはけっしてこわがりというわけではない。食肉処理場で働いて食肉加工機のあいだをうろついていたこともある。が、これを見るのは初めてだ。胃が昼食を吐きだそうとして、彼は腕で口を覆う。

胸はきれいに開かれ、肉が肋骨（ろっこつ）からはずされて白い骨がむきだしになっている。内臓はほとんど取りだされているようだ。

背後で音がした。カウボーイはホルスターに手をやり、銃は外にあることを思い出す。

「いやはや」老人がいう。「どうしたものかな」

投機師と勝負師は玄関ドアを開け、火災旋風という否定しようのない事実を目の当たりにして凍りつく。そしてドアを閉める。風がドアを押し開けようとする。

家は旋風に耐えるようにはできていない。まして摂氏千度以上で燃え、時速百五十マイルで回転する旋風など耐えられるはずがない。この家に地下はない。エムおばさん（『オズの魔法使い』の登場人物）の竜巻用地下室などない。浅い床下は家用のバッテリーとケーブルでいっぱいだ。

逃げるしかないが、車がない――何カ月か前に妻と娘が乗っていってしまった。やることリストに〝車を買う〟も入っていたが、これまで必要性を感じていなかった。食料品は週に一度、配達してもらっているし、ほかのものは必要に応じてFedExやUPSで配送してもらえば事足りる。

投機師と勝負師は叫ぶ。「アーティ、911に電話だ！」答えはない。「アーティ？」かれらはいちばん近くにあるスクリーンに駆け寄る。アームチェアに組みこまれているやつだ。スクリーンは生きている、ということは電気はまだ通じているということだが、インターネットには接続できていない。どういうことだ？　ファイバーケーブルは地中を通っている。消防隊が防火帯をつくる作業中に切断してしまったのか？　それともハブが燃えてしまったのか？

　ポジションを巻き戻ししていないことを思い出したのは勝負師だった。かれらはまだ借り入れた一万五千株を抱えたままなのだ。

　投機師が黙れという。注意すべきことに注意を払っていなかったから、こんなことになったんだぞ。マズローの欲求階層説を知らないのか？　投機師はスクリーンのコントローラーをつかんで広帯域のモバイル用に切り替えようとする。尾根の反対側には電波塔がいくつも立っているから、一基ぐらいは燃えていないものがあるにちがいない……。

　が、だめだ。バーが一本も出ない。

　ここは山のなかだから受信状況は問題だらけだが、ファイバーケーブルがあるので広帯域に頼る必要はなかった——衛星のバックアップもマイクロ波も、とにかく地元の住民が頼りにしている伝書鳩なみのテクノロジーは必要なかったのだ。

　びくついている場合じゃない、と勝負師は考える。

　最悪の事態だ！　と投機師は答える。わたしたちはここで死ぬことになる！

　なにか重たいものが出窓を突き破る。ガラスが部屋中に飛び散る。かれらは両手をあげるが、まにあわない。両手をおろしたときにはパティオに置いてあった錬鉄のテーブルが部屋のなかにあった。

　道路に出られれば、と勝負師は考える、バーが何本か立って助けを呼べるかもしれない。

　旋風はまっすぐこっちに向かっている。あの速さには太刀打ちできない。

なにか聞こえないか……ビーッビーッという音が？　投機師と勝負師はあたりを見まわす。煙探知機か？　いや、ちがう。外から聞こえてくる。しつこく鳴りつづけている。

かれらはおずおずと玄関ドアに近づく。ドアはガタガタ震えている。驚いたことにインターホンはまだ機能していた。小さなスクリーンを見ると、芝生に白い車が止まっている。ドアからわずか六フィートのところで、ヘッドライトが点滅している。クラクションが三秒間、いや四秒間、鳴りつづける。そして三回、短く鳴る。まるでモールス信号のようだ。投機師と勝負師は思う、あれはアウディ・マーフィーじゃないか？

最後のカウボーイ

老人が両手をあげて一歩まえに出る。「まあまあ、落ち着いてくれ。きみが思っているようなものじゃない」

「そこを動くな」とカウボーイはいう。この年寄りなら倒せる、と彼は確信している。武器を隠し持っていたら話はべつだが。

「よく見てくれ」老人がいう。「誰かに似てないか？」

カウボーイは老人に背中を向けたくないと思う。が、横に動いて死体の顔を見る。若い男で、たしかに見覚えがあるような気がする。死んではいても、その目、そのクリクリにカールした黒髪。

「なんだこれ」とカウボーイはいう。「『ボザム・バディーズ』（トム・ハンクス主演の米TVホームコメディ）に出てたやつじゃないか」

老人がたじろぐ。「あれを覚えてるのか？ まあいい。それはわたしなんだ、わかるだろう？ 誰かが冗談で送ってきたんだ」

「どうして銅像を持ってるんだ？」

「オスカーだよ。ほんものじゃない。ぜんぶほんものじゃないんだ。いいか——」老人が調理台に近寄ってくる。カウボーイは拳を固める。

「ゆっくり動くから」と老人がいう。「つまり、ほとんどいつもどおりのスピードで動くということだがね」老人は手をのばして死体の指を一本引っ張り、それを逆方向に曲げる。ポキッと音がして指が取れる。

「やめろ！」カウボーイはいう。

「見てごらん」老人はその指を口に入れてかじる。

カウボーイは老人を壁に押しつけて指を取りあげる。冷たい。

老人は苦しげな顔をしながらもしゃべろうとする。カウボーイはフォンを取りだしていう。

「警察を呼ぶ」

「野菜なんだ」老人がいう。

「え？」

「ひと口、食べてみてくれ。肉みたいな味ということになっているが、食べればちがいはわかる」

カウボーイは指をしげしげと見る。折れた端はピンク色で白い骨が突きでている。匂いを嗅いでみる。彼が知っているどの肉の匂いともちがう。

老人がうなずく。「さあ」

カウボーイはひと口かじる。噛む。「まいったな。リブアイみたいな味だ。リブアイと……セロリの味がする」

「そうなんだ、わかっただろう？」

カウボーイはいきなり笑いだす。「俺、あんたが——あんたが、てっきり——！」

老人も笑っている。「きみだけじゃないさ。ネットに出回っているんだ」

カウボーイは死体の空洞に手を入れる。「いいかな？」

「わたしひとりじゃ、とても食べきれないよ」それをきっかけにまた二人ともゲラゲラ笑いだす。

少ししてから老人が頼みごとを口にする。広報の連中がカンカンになっていて、いわゆるネット上の論争というやつにASAP（できるだけ早く）で対処してくれといわれている。なのでフォンで映像を撮ってくれないか？　どうしても一般向けにひとこといわなくちゃならないんだ。

カウボーイはいう。「やらせてもらいます。光栄です」

田舎の医者

医者の娘がコリーンの寝室のなかを歩きまわっている。この三十分ほどのあいだにさまざまなことが起きていた。ついに娘が「やったぁ――」と叫ぶ。彼女のもうひとりの親が発した〝いまつながった〟という意味の「おおっ」、その彼女バージョンがこれなのだ。

「かれらは無事なの?」と医者はたずねる。

「マッズはいま圏内に入ったよ。なんかいってる。ちょっと待って」娘はミス・モートをかけている。

コリーンがいう。「なにがどうなっているんだか、さっぱりわからないわ」さっきから何回もそういっている。

「娘がわたしの車をハッキングしたんです」と医者はいう。「それで元夫を助けるために、その車を元夫のところにいかせてね」医者は説明が必要になる複数代名詞は使わない。

娘がいう。「心配しないで、マッズ。もうルートを入れたから。火のないところを通るルートよ」少しの間。「それは、ここよ。ほかにどこへいくっていうの?」また間。「それは大丈夫。ママは仕事してるから。すごいんだよ」

「さっきも聞いたけれど、マッズって誰なの？」とコリーンがたずねる。

娘がメガネの上から母親を見る。「ねえ、かれらは二時間で着くよ。かれら、破産したって」

「なに、それ！」

医者の娘は、医者がコリーンの夕食用にチキンサラダもどきをつくるあいだ、マッズと話しつづけていた。そして二人がマスクをつけると、コリーンがどうしても娘と握手したいといいだす。「きてくれてありがとう」とコリーンがいう。「またいつでもきてね」

帰り道、煙の濃さは変わっていないが暑さは少しやわらぐ気配を見せている。とはいえ二人とも汗だくになるのはまちがいなさそうだ。医者は客たちが着くまでにあと十人余りのVHVをすませなくてはならない。

娘がいう。「まだマッズを愛してるんでしょ？」

医者はマスクの奥から溜息を洩らす。「これからもずっと愛しつづけると思うわよ、たぶん」

「またいっしょになるの？」

「いいえ！　それは絶対にないわ」

娘が立ち止まる。そしてメガネをかけなおして、いう。「こっちを見て。マスクをおろして」

医者はぐるりと目をまわすものの、娘のいうとおりにする。

娘がいう。「絶対に？　それともほとんど絶対に？」

医者は考える。もし元夫から学んだことがあるとすれば、それはこの世に絶対などないということだ。絶対は人気馬にしか賭けないやつと完璧におめでたいカモがいうこと。

「ぎりぎりほとんど絶対」と医者はいう。

娘はメガネのなかの囁き声に耳を澄まし、小首を傾げる。「それ、買い」

（小野田和子訳）

クライシス・アクターズ
グレッグ・イーガン

気候変動はでっちあげの陰謀だと信じる過激な秘密組織の末端に属するカール。あるとき、災害ボランティア団体への潜入を求められ、サイクロンが接近する島国に向かうが……

〝クライシス・アクター〟とはもともと災害訓練などで被害者役を務める人々のことを指すが、転じて陰謀論者が「偽（にせ）の被害者を演じて事件をでっちあげる人々」を指す言葉としても用いられている。

グレッグ・イーガン（Greg Egan）は、一九六一年生まれのオーストラリア作家。ノヴエラ「祈りの海」で九九年ヒューゴー賞・ローカス賞を受賞。日本では『万物理論』『ディアスポラ』で二〇〇五年と〇六年の星雲賞海外長編部門を、「祈りの海」「しあわせの理由」「ルミナス」「暗黒整数」「不気味の谷」でそれぞれ〇一年、〇二年、〇三年、一〇年、二〇年の星雲賞短編部門を受賞している。邦訳書に『宇宙消失』『万物理論』（以上創元SF文庫）『順列都市』『ディアスポラ』（以上ハヤカワ文庫SF）など多数。

1

「中年の危機の訪れを一年遅らせるごとに、寿命を二年延ばすことになる。単純な算数だ」といわれてカールは笑ったが、父は真面目な表情をほんの少しも変えなかった。いまの言葉は、冗談のつもりではなかったのだ。

「わたしは人生の折り返し点をとっくにすぎている」父は平然と話を続けた。「だが高調波というものによって、わたしにはまだそれを変更できる可能性がある。人の生涯を細かく断片化すればそれはいずれも山と谷であらわされ、量子力学の教えによれば、わたしたちはその波動の形状を修正することができる。波動の位相をひと突きして、従来は不可避と見えていたもろもろの結果を変更することが」

カールは最初、会話を口論に持っていったりせずに現実のほうへ引き戻すべく、ここはぐっとこらえようという気持ちになったが、そこで父の肘掛け椅子の後ろにある本棚のてっぺんに、アイスクリームの容器くらいの大きさの広口瓶がのっていることに気づいた。

「量子力学はそんな話はなにもしていないよ」とぶっきらぼうにいう。「あのゴミ薬にいくら払ったの？」

カールの視線をたどって父がふりむいた先にあるのは、〈調波強化剤〉。「余計なお世話だ。だいたい、地質学で学位を取ったおまえがいつ量子力学の専門家になった?」

「専門家じゃないけど」カールは答えた。「物理学の基礎を学ぶくらいの講義は受けた。父さんは英国史専攻じゃないけど、もしインターネット上のペテン師からイギリスの王位継承順位は総合格闘技の金網デスマッチシリーズで決められると聞かされて、父さんからそれはまるっきりの嘘だといわれたら、進んで父さんの知識を信じるけどね」

父はうなり声をあげた。「ではおまえは、フーリエ解析をバッキンガム宮殿での総合格闘技戦並みのたわごとだという気か?」

カールは本棚のところに行って、広口瓶を手に取った。価格シールを探すつもりだったが、気がつくと瓶に貼られた効能書きに目を通して怖気を感じていた。「フーリエ解析についても学んだよ」カールはいった。「地震学に必要だからね、そのほかいろいろにも。だから最大限の確信を持っていうけど、フーリエ解析は父さんの人生が『調波からできています』なんてことも、『微晶質石英』充満の錠剤を服用することで『最終波節を先延ばしできます』なんてこともいっていない。さてこんどは、ぼくの領分の話をするよ。これは砂だ。父さんが買ったのは大瓶ひとつ分の砂だよ」

「わかったわかった、その中身は特別なものなんかじゃないさ!」父はいい返した。「ただし、この砂は何千年も光の当たらない場所にあって、結晶格子欠陥にエネルギーを蓄積していた点が違う。それを信じないというなら、おまえは学位を返上すべきだろうな、これこそはもっとも精緻な古代の遺物の年代決定法を支える科学なのだから」

カールは一瞬当惑した。瓶のラベルを読み直すと、年代決定のルミネセンス法を、多少なりとも正確に記述した一行があった。

「それはどうでもいいところだから」カールはいった。「確かに、埋まっていた石英の結晶の発する光がどれだけかを調べることで、堆積物の時代を知ることができる。だからなに？　そんなのは、この連中がウィキペディアをちょっと調べて、その結果が砂粒薬にお墨付きをあたえるかのように触れこめるというだけのことだ」

「おい、そんなことをいったら、この業者はなにひとつ裏付けに使えなくなるだろうが！」父の口調は興奮気味だった。「ほかのありとあらゆる点でそこに書いてあることは正しいかもしれないのに、おまえは健康商品を信じたくないばかりに、そんなことを問題にして心を閉ざしているんだ」

「ほかのあらゆる点？」カールは反論する。「その砂についていえる正しいことは千もあるさ！　それを全部、砂粒薬の瓶に書いても、砂が病気に効くようになったりはしない」もういちどラベルを見て、「関節炎にも、高血圧にも、過敏性腸症候群にも……」

父は両手を掲げた。「この話はもう終わりにしないか？　おまえが訪ねてきたから、朗報を聞かせてやろうとしたのに、わたしを子ども扱いするんだからな。おまえに話したわたしが馬鹿だった」

頭に血がのぼったが、カールは自分が悪いことをしたように感じていた。正しいことをいったのをあやまるつもりはなかったが、話題を変える気にはなった。カウチに戻って腰をおろすとカーペットを見つめる。暑さと闘っているエアコンの音だけが聞こえた。

「キャロラインの誕生日が来週なんだ」カールはようやくそういった。「九歳になる。今度の土曜にパーティーがあるけど、来てくれる？」

「もちろんだ！」父が答えた。怒りはすっかり消え去っている。「プレゼントはなにがいいかな？　あの子が最近夢中なのはなんだ？」

そういう話になるとは思っていなかった。子どもの本やおもちゃにはあたえる時期がそれぞれきっちり決められているし、娘のいまの親のどちらかを激怒させる可能性がもっとも少ない品物のリストをあげて、父がそれを全部却下するというような別の地雷原に踏みこみたくもなかった。

「商品券を買ってあげてよ」とカールは勧めた。「子どもの成長はすごく早いだろ」と冗談めかして、「一週間前にほしいといっていたものを買ってやっても、こんなのはもう、全然赤んぼうむけなのがわからないの、とかいって大泣きするんだからさ」

2

娘の誕生日パーティーから帰宅したカールがラップトップの電源を入れると、〈RS(レジ)スタンス〉チャンネルに新しいメッセージが届いていた。日付と曜日を頭の中で計算し、寝室のクローゼットの底にあるガラクタの山から木彫りのチェスセットを引っぱり出して、白のクイーンの駒の特徴的な大理石模様がはっきり映るように、ラップトップのカメラの前にかざした。

ロックが解除されると、表示されたメッセージはGIFファイルだった。内容は、ちょっと見ただけでいいたいことが全部伝わるような、ぎくしゃくした動きの政治漫画アニメだ――だが、落書きのような背景の一画の濃淡には、ひどくゆがんだ文字が組みこまれていて、それはごく一部の人間かアルゴリズムでなければ気づけない。カールは鏡筒を画面にむけて、ゆがみを反転させた文字を読みとった。なにも書きとめたりせずに細部まで暗記して、アプリを終了する。アプリは終了前に、触れたすべてのバイトをゼロにした。

カールはしばらくすわったまま、今回の任務について考えこんだ。自分がもっと大きな仕事を任せられると証明するには、あと何回、些細な課題をこなす必要があるのだろう。娘を一時間肩車しながら、元妻の家のリビングに張りめぐらされた飾り付けに娘がぶつからないよう数歩ごとにかがんでいたせいで、膝が痛い。キャロラインとすごす一分一分が愛おしかったが、娘が必死になってしがみついてきたときには心配になった。少し下におりてお友だちと話しておいでというたびに、親子の縁を切ると脅されたかのようにしょげてしまったのだ。

メッセージには、シドニー郊外のペンリスの所番地と、明日の午後三時から四時のあいだという時間指定が書いてあった。カールは制服が洗濯してプレスされていることと、作業道具類が準備できていることを確認した。

日曜の午後、カールは渋滞に備えて早めに出発したが、M4の流れはおおむね順調だった。車の前方に空きができるたびに、灼(や)けつくアスファルトの上で陽炎(かげろう)が揺らいだ。予定の十五分前に到着したのであたりを一周して、通りがかりの人に応対することになった場合にそれがどんな人たちか感じをつかもうと思ったが、街路にも家々の庭にもほぼ人影はなかった。駐車できそうな場所をあらかじめ三つ選んであったうちの、最初に着いたところにほかの車はいなかった。

〈C(カル)チュアエアコン〉の帽子を被って、サングラスを掛けかえ、逆立った顔の毛を頬になでつける。車のドアをあけると、サウナに入ったかのようだった。（なんで内通の来る件は、いちばん暑い郊外の、一日でいちばん暑い時間ばかりなんだよ）一ブロック歩いたころには汗まみれで、先はまだ五ブロックあるが、標的のすぐ近くで自分の車を目撃されたくはなかった。

目的の家はオフホワイトの煉瓦(れんが)造りの二階建て量産型高級住宅(マクマンション)で、ソーラーパネルに覆われた屋根がきしんでいた。カールは玄関ドアをノックはしなかった。そんなことをしたら、まっすぐ仕事に取りかかるのよりも近所の注意を引いてしまうだけなのは経験から覚えた。エアコンの室外機は建物の側面にあり、そこまでは行く手をさえぎる門扉も防犯カメラもないことを、内通情報が保証していた。白い木綿(もめん)の手袋をはめると、泥棒が指紋を隠そうとしているみたいでどうにも気後れしてしまうが、本物のメンテナンス要員だって本人と装置を保護するために手袋をはめるのだ。

　電源を落とし、ねじをまわして金属カバーを外すと、脇に置く。フィルターは十六個の別別のねじで留められていて外すのにずっと時間がかかった。フィルターが支持枠以外のどこにも触れないよう念を入れながら、慎重に持ちあげる。物理的な損傷が生じたら、何者かが装置に細工をしたことがわかってしまう。

　フィルターを外すと、剝きだしの触媒は回折した虹色にきらめいて、捨てられたＣＤで作った不思議な芸術作品のようだった。そこに示された純粋な技術的成果に、それがいかにまちがった方向の産物であろうとも、カールは驚嘆せざるを得なかった。この種の精細に作られたフラクタルを生成し、小さな森のすべての葉っぱの表面積に相当するそれを一立方メートルに詰めこむという話が最初に論じられるのを耳にしたとき、カールは荒唐無稽だと思ったが、それは実現したのだった。しかもお手ごろ価格で――少なくとも、富と虚栄心がじゅうぶんにある人々にとっては。

　カールは道具箱からボトルを取りだすと、虹色の立方体の上部表面じゅうに広がるように気をつけながら十数滴を垂らした。炭化水素と分岐した側鎖を持つアルコールの混合物は触媒の活性部位と結合するように作られているが、触媒自体が二酸化炭素と水蒸気から生成する産物と違って、この混合物はその場に固着したままになる。四十八時間以内に、フィルター全体が修復不能に汚染されて、新品同様にぴかぴかの高価な塊と化すだろう。

この家の住人たちは、カーボンニュートラルな航空燃料を一滴回収しそこねても、大して懐（ふところ）が痛まないだろう——どのみちその程度の量では、当人たちの生涯のあいだにはエアコン本体の価格にも届かない——が、そんなぽんこつ機械に自分たちの金を浪費したことには腹を立て、保証期間切れであることに気づいたら部品交換に出費するのも嫌になって、この製品（テクノロジー）の悪口を友人たちにいいふらすだろう。環境問題に対する自分たちの意識の高さを示してくれるはずだった機械が期待に沿えなかったなら、次善の策は、被害者という有利な立場から、この製品は企業が環境保護に取りくんでいるふり（グリーンウォッシュ）をするための広告塔にすぎず、製造時に排出した分の二酸化炭素を回収する前に壊れてしまうと糾弾（きゅうだん）することだ。

カールがすべてを元どおりにして、家の正面へむかいはじめたところで、隣家の車がこちらから遠い側の私道に乗りいれる音がした。後退して壁の陰で耳を澄ますと、車のドアがバタンと閉まって、子どもたちがわめきあうのが聞こえた。気温は摂氏（せっし）五十度はあるはずだが、子どもたちは取っ組みあってぐずぐずし、家に入るまで果てしなく時間がかかった。

胃酸がこみ上げてきた。内通情報は、この家の住人から予定を聞かされるほどの面識がある近所のだれかがもたらしたに違いなく、だとするといらだたしい隣家の家族が匿名の情報提供者ということもじゅうぶんあり得る。仮にそうだとしたら、この家族のだれかが自ら任務に取りくむ危険をおかせない理由はよくわかる。ほかの地元民に見られたら、だれなのかすぐにもわかってしまうだろうからだ。だが隣家に情報提供者がいなくて、カールの姿を目にした場合、エアコンが壊れて不機嫌になったこの家の住人がお隣さんとひと言（こと）話をするだけで、破壊工作の可能性が浮かびあがってくるだろう。

両腕を汗が流れ落ちるままに、カールは子どもたちの罵り声がくぐもって、とうとう隣家の玄関ドアが閉まる音がするまで待った。それから隣の家にはちらとも目をくれずに街路まてまっすぐ歩を運び、隣家の反対方向に曲がると、自分の車を目指した。もしだれかに見られていたとしても、印象には残らなかっただろう。それにもしカールが第一線の任務への昇格を望むなら、いたずらと変わらないような作業での些細な不測の事態にうろたえるわけにはいかない。

(C4爆薬を渡してくれればいいのに)カールのその望みは祈りに似ていた。(もうじゅうぶん、能力は示したのに。びびったりなんかしない。破壊に値する対象をあたえてくれ)

3

カールはその日の夕方、ブログを更新し、嫌がらせ屋や気候破局説論者はブロックしたが、単に頑固な相手には長文でリプライした。

『地球加熱が自然のサイクルの一部だとしても、おれたちは傍観して焼け死ななきゃいけないっていうのか?』〈虚心坦懐マン〉の質問。

ホストとして〈エピクテトス〉を名乗るカールは、懇切丁寧にレスをした。『わたしたちはひとりの死者も出すことがあってはなりませんが、人類の現在の行為は完全に誤誘導されています。二酸化炭素は植物の食物であり、暑さに呼応して二酸化炭素の濃度が上昇するなら、それは自然のフィードバック・プロセスの一部として森林の成長を早めるものであり、地球を長期的平衡(へいこう)温度に戻すことになるのです。二酸化炭素排出の削減、ましてや大気中からの除去は、人類すべてが食べていくのに必要な収穫量の維持という点からも、気候そのものに対しても、ともにまったくのまちがった行為です。暑さが厳しくなると、植物は気孔(きこう)――植物が呼吸するための孔(あな)です――を狭(せば)めますが、それは通常の代謝(たいしゃ)を維持するだけのために余分な CO_2 を必要とし、加えて不可欠な発芽を継続できるようさらに多くを必要とすることを意味します。わたしたちが好きなだけ多くの植樹をするのはいいのですが、成長のためにじゅうぶんな CO_2 をあたえてやらなければ、植物が気候を制御下に戻すことはないでしょう』

〈虚心坦懐マン〉はこのときネット上にいなかったが、〈宴会屋〉が口を出してきた。『もし地球が昔、化石燃料を燃やして手伝ってくれる人もいないのに気温上昇から回復したんだったら、なにを騒ぐ必要があるの？　今度もまた回復するだろ？』

『自然のサイクルによる回復でさえ数千年を必要とします』〈エピクテトス〉はリプライした。『二酸化炭素回収は、その期間を倍にしてしまうでしょう！』

〈宴会屋〉はしばらくおとなしくしていてから戻ってくると、対応不能(ギッシュ・ギャロップ)なほど大量の生半可(なまはんか)な科学知識と、似非(えせ)参考文献と、意図的な曲解に満ちた投稿をした。カールはコメントを削除し、この男をブロックした。

いま何時かと思ったら、夜十一時をすぎていた。朝には二週間のコンサルティング業務の面接がある。有能なところを見せなくてはいけない。大学からの退職金も心細くなりつつあり、不当解雇の訴訟を勧めてきた弁護士たちは自分を食い物にしているだけなのではという疑いも芽生えはじめていた。

カールはブログを閉じたが、椅子から動かなかった。半可通（はんかつう）どもとネットで言い争い（レスバ）をし、郊外住宅地でこそこそと金持ち連中の玩具を壊してまわるのには、もううんざりだった。カールの生活はいま、そんなことに時間を浪費していられるような状況ではないのだ。

カールは鏡筒を取ってくると、〈RS（レジ）スタンス〉を立ちあげて、組織における自分の細胞（セル）のリーダー宛てにメッセージを書きはじめた。『わたしはもっと大きな仕事をする準備ができています』鏡に映しながら、指先でトラックパッドに不格好な筆記体で書いていく。『わたしは頭が切れて、信頼が置けて、やる気があります』カールは顔をしかめて、気恥ずかしいのたくり文字を消去した。求人に応募しているわけではないのだ。『お手持ちの最難関の仕事を振っていただけば、やり遂げてみせます。どれほど危険で、どれほどの犠牲をわたしが払うとしても』破壊対象のダムや水素工場の名前をあげることなしに、これ以上明確に自分の意志を伝えることはできなかった。

そのメッセージを送信した。過去の経験からすれば、数日中に返事が来ることはなさそうだったが、カールはラップトップの電源をすぐには落とせずにいた。歯をみがきにいって、自分の使った言葉を反芻する。必死すぎると思われなければいいのだが。警官が細胞に潜入したら、いまの自分と同様に、もっと大きな犯行に加わらせてくれとしつこくいい続けるのではないか？

ラップトップのところに戻ると、メッセージがカールを待っていた。うなじの毛が逆立つ。相手にしてもらえないのが当たり前になりすぎていたので、ウィジャボードから返事をもらったような薄気味悪さを感じた。鉱物標本の棚のところに行って、ナラボー平原で見つけた球粒隕石のかけらを持ってくると、カメラの前にかざした。

メッセージはどこかの家の芝生で猫がおもちゃのロボットと戦っているGIFだったが、木の葉が草の上に落とすまだらな影を補正すると、返事が浮かびあがった。『デマ宣伝を暴くために潜入捜査をする気はあるか？　危険に身をさらすと承知の上で』

不安で胃にしこりを感じたが、気持ちは高揚していた。つまらない任務の数々が、ようやく報われた。組織はカールに、大がかりな茶番劇の実態を世の中に暴かせてくれるというのだ。

リビングを行ったり来たりして、返答の文章を一生懸命に作る。熱烈なイエスであることは必要だが、より多くの情報を引きだすものであることも必要だ――組織のいうデマ宣伝が具体的にどれのことか、そしてじっさい自分になにをどうさせたがっているのか、カールにはさっぱり見当がついていないという事実を漏らさないようにしつつ。

4

〈サイクロン緊急事態対処ボランティア（CERV）〉の訓練コースは、救急処置証明書の取得からはじまった。カールはフィールドワークで必要になることがあったので、それをすでに持っていて更新も怠（おこた）らなかったが、講義にはきちんと出席して、人脈形成（ネットワーキング）の機会をひとつも逃すことがないようにした。

シドニー郊外のライカートにある昔は教会だった集会場で、インストラクターの女性と訓練用マネキン人形（レサシアン）のまわりを二十人の参加者が囲んだ。ボランティアは二十代から五十代までいるようだ。どうせ二、三のかんたんな手掛かりを見れば、ここにいる全員に二酸化炭素回収論の狂信者や信奉者のレッテルを貼れると思って、カールは外見でその人たちを判断すまいとしたが、〈絶滅への反抗（エクスティンクション・レベリオン）〉市民運動のタトゥーがひとつも目につかないのは当て外れだった。

集会場の床は板張りで音がよく反響するせいで、すべてが地域の演劇グループめいた、大真面目なアマチュアのような雰囲気だった。応急処置の手順はカールが最後に再教育講習を受けて以来なにも変わっていないようだったが、インストラクターの話に終始きちんと注意を集中した。カールは採用時のあらゆる局面で、心底本気なやつだと思われる必要があった。

休憩時間（ティーブレイク）になると、カールはほかの参加者が話しかけやすいように紅茶沸かしから数歩離れたところに立って、訊（き）かれるままにほんとうのことを話した。非常勤の地質学者で、空き時間をもっと有効活用したいのだと。やがて結晶ができるときのようにカールのまわりに小グループができておしゃべりをはじめたが、それは単に選んだ場所がよかったおかげだった。

「サイクロン・オデットが直接の動機なんだ」アンドレアがいった。真剣な表情で、ポニーテールをきつく巻いた三十代のハイスクールの体育教師だ。「あのサイクロンがタウンズヴィルの街にもたらしたものを見たとき、とにかくだれかを殴りたくなった。あんなことにつながる芽は五十年前に摘（つ）めたはず、もう何人かの政治家にもっと気骨（きこつ）があれば」

カールは悲しげにうなずいたが、口はつぐんでいた。カールが狂信的信者を真似（まね）て、その論点をオウム返しに口にしはじめたら、こいつらにはそれがパロディに聞こえてしまうのではないか。カールもこいつらの話を聞いて、パロディのようだと思っていたけれど。

「これは科学的リテラシーの欠如にすぎない」歯学部学生のヴィナイが主張する。「証拠なら人々の目の前に何十年もぶら下がっているのに、どこの議会も口先で切り抜けられない問題はないと考えている法律家だらけだ」

「問題はもっと根深いと思うな」ブルーノが意見を述べた。「問題を小さく見せたり、その原因が人間ではないと思わせようと懸命になっているノーベル賞受賞者の名前なら、五、六人はあげられるよ。人は一心（いっしん）にその気になれば、どんなことでも本気で思いこめるものさ」

ブルーノは頭がはげかかって顔に歳月が刻まれた退職した土木技師で、カールはこの男と自分に似たところがあるせいで、自分の欺瞞性がより目立つことになるのではと、少しだけ不安だった。

インストラクターが大声をあげた。「続きをはじめますよー」

「今度はロボットの出血を止めるやつか！」カールは浮かれ声でいうと、わくわくしたように両手を打ちあわせた。

参加者が順番に、風に吹き飛ばされた枝が太腿に突き刺さったかわいそうな訓練用マネキン人形を出血多量による死から救う練習をしているあいだ、カールは訓練生たちのそれぞれが、災害現場での自分たちの任務が隅から隅までお芝居にすぎないと知ったらどんな反応をするだろうと想像してみた。おそらく数人はすでに知らされていて、すべてを承知の上で茶番に参加しているのだろう。だがＣＥＲＶは一般市民からも採用していて、じっさいカールは標準的な健康診断書と無犯罪証明書を出したら、あとはそれだけでなんの問題もなく登録された。この二十人の中で、世の中をなめたペテンに荷担させられていると知って愕然となるのが、カールひとりだけのわけはなかった。

しかしながら、高貴な目的のためであれば——そして励ましあい、助けあって目標を達成できる仲間たちがまわりにいれば——たいていの人は不安を感じても、それを理屈で抑えこんでしまうものだと、あらゆる心理学的研究が示してはいなかっただろうか？

5

カールが寝ていると、〈サイクロン緊急事態対処ボランティア（CERV）〉のアプリが救急車のサイレンのような音を鳴らしはじめた。ベッドサイドテーブルから携帯を手に取って、寝ぼけ眼（まなこ）で警報画面を見つめると、カールの指は『着信拒否』ボタンの上をさまよった。ボランティアでなにが最高かといえば、だれからも絶対にそれをやれと強制されないことだ。だがそのとき、ニュースアプリがチャイムを鳴らして差し迫った惨事に関する不吉な報せをもたらし、カールは次の四週間も代わり映えのしないネットのたわごとを無気力に眺める結果になってしまったら、自分を決して許せないだろうと思った。

電話で空港への相乗りを申請し、アンドレアと同じ車に乗ることになった。「さあいよいよだ！」カールの隣の席に着きながら、アンドレアはいった。カールは笑顔でうなずきながら、彼女の浮き足立ったボディランゲージに巻きこまれないようにした。

アンドレアは携帯を取りだして、衛星画像とコンピュータの予測を重ねあわせた地図を呼びだした。サイクロン・ユライアはソロモン諸島とツヴァルの中ほどで六日前に発生し、南南西の進路でヴァヌアツにむかっていた。それが重大な被害をもたらすことは疑いないとカールは思ったが、進路にあたる人々にはサイクロンに備え、避難する時間がじゅうぶんにあるだろう。CERVがじっさいに果たす役割は、この天災という舞台劇を演出して盛りあげることだけのはずだ。

車が空港に着くと、グループの残りの面々の姿が目にとまった。軽食のキオスクのまわりに集まって、通関手続きが進むのを待っている。カールとアンドレアも手荷物を預けて、グループに合流した。

「順番待ちの列に並んでセキュリティゲートをくぐったほうが早いのは、まちがいないのに」アンドレアはぼやいた。カールにも異論はなかった。空港のロビー全体がそこにいる人人をリアルタイムでスキャンしているが、弱い信号と移動する目標の処理は、そのプロセスの遅延を大きくしていた。

「ふたりとも、本番（ステージ・フライト）で緊張してない？」ヴィナイが訊いてきた。笑みを浮かべているが、水筒のキャップをまわしてあけたり閉めたりしているのを見れば、彼の不安のほどがわかる。

「あれだけ練習（リハーサル）をしたのに？」カールは答えた。「ぼくたちだったら、寝ていてもやれるさ」

ブルーノが携帯に目をやって、「おっと、おれはゴーサインが出た。じゃ、また飛行機の中で」

カールは自分の携帯を取りだして、赤い人形（ひとがた）の中に緑の斑点（はんてん）がランダムにできていくのを見つめた。

「少なくとも、ぼくが視床（ししょう）下部に刃物類を隠していないことは確認できたみたいだ」ヴィナイが冗談をいった。

カールはいった。「ぼくは肝臓でなにが見つかるかのほうが心配だよ」

一行はひとりまたひとりとターミナルに入っていった。カールが合流したときには、ヴァヌアツの首都ポートビラへのフライトは搭乗がはじまっていた。CERVが専用機をチャーターしなくても民間ジェットが運行を続けていたが、いつもなら観光客でいっぱいだろうポートビラへの復路の便はほとんど空席だった。ひととおりの非常時措置を確認している客室乗務員たちが不安顔であることにカールは気づいた。サイクロンの風雨はヴァヌアツの人々にとってほんとうに苛酷なのだ。

空席だらけなので、乗客全員に窓際の席が振られたが、シドニーの街明かりが背後に消えると、外に広がるのはまっ暗な海と雲に覆われた空ばかりだった。

カールは携帯から、自分の正体がバレるようなものをすべて削除していて、ふだんの暇つぶしの手段がなにも手もとになかったので、機内エンターテインメントシステムからアクション映画を選び、画面とイヤホンから居眠り防止になる程度の色と動きを受けとった。

ちょうどクレジットタイトルがあがっていくところで、曙光が機内に射しこんだ。窓の外を見ると、大荒れの灰色の海から信じられないほどの緑色をした染みのようなヴァヌアツのエファーテ島が姿をあらわしてきた。人々はここで何千年も暮らし、栄えてきた。森林は、それを維持するに足るだけの土壌が火山群島に最初にできたときからそこにある。その間ずっとサイクロンはやってきた。それがもうひとつやってきても、群島の歴史の中では取るに足らないことでしかない。

「よくヴァヌアツへ来てくださいました」飛行機を降りるカールに、客室乗務員がいった。

「お力添えいただけることに感謝いたします」

「少しでもお役に立てれば」気まずさを感じながらつぶやいたカールだったが、ボーディングブリッジに足を踏みだしたときには、その言葉から生まれたうずくような恥ずかしさを押しのけていた。自分の目的は、誇らしく思って当然のものだ。ヴァヌアツの人々を自分たちの計画に利用しようと目論む集団を白日のもとにさらすことは、訪問者に望めるこの上なく光栄な目標だった。

6

新着者たちはミニバスでCERVのオペレーション・センターに運ばれた。そこは学校の体育館で、地元の支部のほか、フィジーやニューカレドニア、ニュージーランドから来たグループがすでに陣を張っていた。なんとなく建物を出たり入ったりする人もいれば、寝袋に入って携帯で通話している人もいる。カールはブルーノが天井にちらっと目をやったのに気づいて、冗談めかして訊ねた。「天井は持ちこたえそう?」

ブルーノが答えた。「壁が倒れないかぎりは、文句はない」

次のブリーフィングまでは一時間近くあったので、カールたちのグループは割り当て区画の床に荷物を置くと、朝食を求めて街に出た。海からつねに風が吹きこんでいたが、だれかが地図で見つけたカフェにむかう面々について行くうちに、カールはたちまち汗をしたたらせていた。

カフェの店主はもう窓に板を打ちつけていたが、まだ営業していて、店の外の舗道にはプラスチック製の持ち運びできる椅子やテーブルが出ていた。カールはスクランブルエッグとクロワッサンを注文すると、じっと海を見おろした。外海から二重に保護されている小さな湾が、もっと大きな湾の側面に面していて、しかしそこも激しくうねり、マングローブが一列に並ぶ海岸に波が次から次と打ちつけていた。目の前のなだらかに傾斜した道路に並ぶ派手な色に塗られた建物は、カールには木材と煉瓦が混ざっているように見え、もちろん安っぽくはないが掩蔽壕(えんぺいごう)のような頼もしさもなかった。

体育館に戻ると、CERVの調整役(コーディネーター)であるアントン・スールが、新着者たちを歓迎し、朝の作業を説明した。要は、土嚢(どのう)積みだ。高潮を防ぐバリケードを築く場所に選ばれた低地の道路の一部分ずつが、各人に割りあてられた。

「もっと防潮堤を作っておけばよかったのに」カールがそういったのは、自分を含めて五人のチームがシャベルと空っぽの土嚢袋の山を受けとる列に並んでいるときだった。

「複雑な話なんだよ」ブルーノがそれに答えた。「まちがった場所に堅い遮断物を作ると、侵食を促進することがあり得る――跳ね返された波が砂をさらっていって、防潮堤自体の基礎を削りとるんだ。もっと多孔質（ポーラス）な構造を使えば、マングローブ湿地の根のように砂を閉じこめておいてくれるんだが、高潮に対する防護としては限界がある」

そんな些細な問題点をすべて回避できる方法があることはまちがいないとカールは思ったが、自分とブルーノの専門知識をぶつけ合って、泥沼の論争をしたくはなかった。

割りあてられた道路に到着してみると、ダンプカーが運んできたのだろう大きな砂の山がそこにあった。チームの一員で、カールがあまり話したことのない物静かなバーバラという女性が、シャベルで砂を入れるあいだ土嚢袋をぶらさげておくための支持枠を持ってきていて、袋詰めして積みあげるという作業のリズムがすぐにできあがった。

ごくかんたんな仕事だったが、訓練実習では単純作業を三十分以上やらされたことはいちどもなかった。年少の子どもふたりが姿を見せて、最初は用心するようにチームの作業を眺めていたが、冗談をいって笑い転げるようになった。ふたりは現地英語系クレオール言語のビスラマ語で話しかけてきて、カールはなにをいっているのか理解しようと悪戦苦闘したが、ブルーノはやすやすとわかったようだ。「ちょっとだけトク・ピシン（パプアニューギニアのピジン英語）に似ているんだ」ブルーノはそう説明した。「ＰＮＧ（パプアニューギニア）でしばらく働いたことがあってね」

カールは水筒からがぶがぶ飲むのをやめにした。飲んでも余計汗をかくだけのようだったし、汗をかいても湿度のせいでまるで体温は下がらなかった。空は一面が灰色の雲で、そのむこうにかろうじて見える太陽は青白い円盤でしかない。カールは微風がもっと顔に当たるようつば広（びろ）帽子を脱いでみたが、頭上の全天が熱を降り注いできたように感じて、あわてて被りなおした。

休憩時間に、アンドレアが携帯を手にして天気予報をチェックした。「ユライアはカテゴリー4（風速約六、七十メートル）になった」アンドレアはみんなにいった。「夕方に北部諸島を通過の見込み」

「あそこならほとんどの人がコンクリートの避難所に行く」カールはいった。

「確かに」とアンドレアはいってから、「でも避難所の外は？　人々が避難所から出てきたとき、そこがどうなっていると思う？」

アンドレアがいかにも気遣っているという声を出しても、なにか事態がよくなるわけではない、といい返したくてたまらないのをカールはこらえた。いまはサイクロンが来ているのであって、ピクニックに出かけているのではない。だれにも楽しい時間が待っていたりはしない。人々は各人が最善を尽くし、前からそうしてきたように困難を切り抜けるのだ。

午前中いっぱいかかって、五人のチームは砂を全部使い切った――風にさらわれた砂も一部ある――が、後ろに下がって作業結果を眺めたカールは、達成感を覚えずにはいられなかった。土嚢の壁は自然の水路の代役になっていて、逆流してくる海水はそこを通らざるを得ない。壁は道をふさいでもいたが、壁のどちら側でも斜面を遠まわりすればそれを迂回できた。

五人が疲れた足取りで街なかを引きかえすと、通り沿いの商店もカフェもすべてが閉店していて、どこの道にも人けはなかった。雲は黒ずんできて、太陽をほとんど覆い隠している。

風と闘いながら前進するのは、最初は滑稽なことだったが、そのうち疲れるだけになり、突風の強さは大人の足をすくいかねなかった。

体育館では、チームごとのさまざまな作業から戻ってきた人々が、用意された食事に列を作って、湯気を立てる巨大な鍋からお玉で料理をすくい、その芳香ははるばる建物の入口にまで届いていた。

朝の労働で手足に尊い痛みを感じながら、カールはその場に漂う仲間意識に身をゆだねてしまって、上首尾に終わった作業を単純に祝う気になりかけた。が、生まれかけのストックホルム症候群を押しつぶして、心を落ちつけた。

口実を作って同僚たちのもとを離れ、トイレのほうへむかう。だれもかもが食事にありつくことしか頭にないいま、ステージ裏へ通じる通路に人目につくことなく入りこむのはかんたんだった。建物は講堂を兼ねていて、それは学校の集会専用ではなく、ざっと調べただけでも過去の演奏会や演劇のリストが見つかった。薄暗がりの中を歩いていくのは困難だったが、やがて、衣裳替えなど演劇用の用途のためと思われる一対の部屋が見つかった。通路から外れたカールは、携帯のライトを使う危険をおかすことにした結果、二番目の部屋がまさに自分の探していた場所だとわかった。ファイリングキャビネット二個とがたつくテーブルひとつのほかに、そこには背の高い木製の戸棚が三つあって、そのひとつに貼られた手書きラベルには『舞台小道具』とあった。

戸棚の中には、メタリックグレイのプラスチック製の剣五本と、舞台メーキャップ用のカツラや付け髭でいっぱいの箱がひとつ、それに王笏と覚しきなにか。血糊の壜が箱の中のどこかにあるはずだと思って引っかきまわしているうちに、死体の転がる場面の演出責任者がもうそれを持っていったに決まっていると気づいた。小道具用の棚は血糊を隠しておいても疑問を持たれそうにない場所だが、嵐のまっただ中にここに置いてあったのでは、血糊はなんの役にも立たないことになる。

カールはがっかりして戸棚にもたれかかった。血糊の壜の位置情報付き写真は、陰謀暴露の第一弾として完璧だったのに。いまや事件現場には目撃者が多すぎ、あらゆる出来事をあまりに多くの携帯が複数のアングルから捉えようと待ちかまえているせいで、どれだけテクノロジーが進歩しているといっても、ディープフェイクの技法で犠牲者をでっちあげるのは困難になっている。でっちあげは昔ながらの方法でやるしかないのだ。いまや問題はただひとつ、だれがそれをやるのか？

「ここでなにをしているの？」

カールがふりむくと、入口に女性が立っていた。首に下げた名札には『CERVフィジー』と書かれているが、名前は読み取れなかった。

「トイレを探していたら、道に迷ってしまって」カールは剣の一本を手に取って、振りまわした。「若いころを思いだしていたんです。ハイスクールのとき、『マクベス』でバンクォー役をやって。主役じゃなきゃおかしかったんですけどね。全部の科白を覚えていたんだから」

女性は態度をまったく和（やわ）らげずに、カールを凝視していた。「その剣をもとの場所に戻してもらえますか？　わたしたちは全員がここでは客人です！　学校施設内をうろついてはいけません！」

「すみませんでした」カールは剣をもとに戻すと、戸棚を閉めた。

「トイレはむこうです」女性は通路のほうを指さした。

「ありがとう」

立ち去りながらカールは、見当たらなかった血糊の代わりとして役立つものが戸棚の中になかったか、思いだそうとした——大災害を演出する小道具専門家が置き忘れていきそうで、取りに戻ってくる必要があるようなものが。だが、使用済みの包帯はどれも救急箱から出してきた本物のようだったし、作り物のガラスの破片やゴム製石積みのブロックといったものはなにもなかった。綿密な安全衛生基準があるハリウッド映画の製作現場では、本物の割れた窓ガラスの破片を役者から百メートル以内に置くような危険はだれもおかさない。だがここでの演（だ）し物ははるかに緊迫していて、もっと即興で、その場で実現できるあらゆるかたちの特殊効果を伴う。カールに必要なのは、つねに注意を怠らず、目にしたあらゆるものを疑ってかかれるようにしておくことだけだった。

7

午後の新しい割り当て場所では、作業チームは風を防ぐために防水シートを張って、トラックの荷台から直接、砂を運んだ。それでも袋の口から絶えず飛ばされる砂塵のせいで腕や顔がひりひりし、シャベルですくって袋まで運ぶたびに、砂はお湯に入れた砂糖さながらに目の前で溶けてしまうように思えた。作業のこの部分のために屋内スペースを見つけておくべきだったが、なんらかの手配をしようにも、もう遅すぎた。

カールたちが体育館に戻ったのはようやく四時になるころだったが、空は暗くなっていて、雨がぱらついていた。衛星画像によると、ユライアの雲の渦は北部諸島全域を覆っていて、足早にエファーテ島に迫っていた。

カールは自分の寝袋を見つけて、横になった。食事がまた用意されていたが、食べる気にならないほど疲れていた。金属屋根が雨で騒がしく音を立てはじめ、その音があまりに大きかったので、建物の骨組みが風で震えるのと、それとは別のギシギシいう音をカールが聞きわけるにはしばらくかかった。

建物内の照明が消えた。ボランティアたちの夕食を温めているガスの炎に、少人数のグループの不安げな顔が浮かび、それからたくさんの携帯の画面が明るくなったあと次から次と消えていったのは、持ち主がなにかをチェックしてからバッテリーを節約することにしたのだろう。カールも電源を入れたが、電波が来ていなかった。

数分後、照明が再点灯して、だれもが歓声をあげた。ブルーノがシチューのプレートを持って近くに腰をおろした。

「腹は減ってないのか？」屋根を激しく打つ雨音に負けないように大声で、ブルーノがカールに訊ねた。

「ああ」

雨が急に静まったが、そのあと風が強まって静寂を埋めあわせ、体育館に低音を響きわたらせた。カールはどの入口からも離れていたが、冷たい隙間風が勢いよく建物を吹き抜けるのを感じた。

屋根がさっきまでと違う音を立てはじめた。板金が垂木を叩きつける音で、それは締め金具がいくつかゆるんでいるということだ。天井からかすかな霧状の水が落ちはじめ、飛沫が淡い虹を描いたと思ったら、照明がふたたび消えた。

「もしこの建物がつぶれたら」カールは叫んだ。「外にいたほうが安全じゃないか？」

「つぶれたりはしない！」ブルーノが叫び返す。「それに外に出たら、トタンの破片が飛んできて、すぐにも首を切り落とされるぞ」

カールは立ちあがった。逃げ出すつもりはなかったが、じっとしていられなかった。調理用の火が消されたが、長方形のホタルが闇の中で明滅し、そのあいだにも天井からの飛沫は激しくなっていった。

屋根が甲高い音を立てて、一部がめくれ上がった。雨が床に叩きつけ、人々が大急ぎで持ち物を移動させたり守ったりしているのがおぼろげにわかった。カールは自分の寝袋を拾いあげると、開口部が下をむくようにして肩にかついだ。外装は防水だから、こうすれば内側は乾いたままでいるはずだ。雨に服を濡らされながら、カールはまだ部分的に風雨から守られている建物の側面のほうへ、暗闇の中を足を引きずっていった。

知らない人と身を寄せ、歯をガチガチ鳴らしながら、なにも怖れることはないと自分にいい聞かせる。たとえ屋根が全部剝がれても、風に飛ばされる破片はみごとに壁のあいだめがけて飛んでくるよりも、壁のずっと上を飛んでいく可能性のほうが高いのだから、と。

8

朝の四時ごろ、風が静まりはじめた。携帯の電波はまだ来ていなかったので、ユライアがどうなっているかは知りようがなかったが、カールが上をむくと天井の間隙から晴れ渡った降るような星空が見えたので、最悪の部分は過ぎ去ったように思われた。

六個の電池式ランプを見つけた人がいて、カールは床の水をモップで拭きとる作業に加わり、別のグループが梯子で建物の側面をのぼって、天井に何枚もの防水シートを放り投げて穴をふさぐことに成功した。

夜が明けるころには、オペレーション・センターは多かれ少なかれ寝起きのできる場所に戻っていて、ボランティアの人数確認の結果、行方不明者はいないことが確かめられた。だが建物の外に出て、学校のある高台から街のようすを見たカールは、胸がつぶれる思いがした。何百という屋根が風に飛ばされ、何十というビルが倒壊し、浸水しなかった道路には残骸が散乱している。カールの昨日の記憶にある鮮やかな青やピンクの壁は消え失せ、塗料は水に溶けたり、泥で汚れたり、まるごと削りとられたり、点々と残っているだけだったりした。

ボランティアたちはブリーフィングに集合した。「ユライアはヴァヌアツから遠ざかった」スールが重々しくかつきっぱりと告げた。「エスピリトゥサント島から届いた泥流の報告によれば、多くの道路が損害を受けたが、いまのところ死亡者は出ていない。いまのわたしたちの第一の仕事は、街の清掃、問題点の確認、そして援助の提供だ。各チームごとに、チェックするエリアを割りあてる」

カールの携帯にはまだ電波が来ていなかったが、GPSとピアツーピアは使えたので、自分宛ての指示は受けとることができた。自分のチームとははぐれたままになっていたのだが、救急箱を持って学校のグラウンドに出ると、ブルーノ、ヴィナイ、アンドレア、バーバラが先を行くのが見えたので、走って追いついた。

街に入っていきながら、五人は口数が少なかった。最初の通りの家屋はほとんどが無傷で、唯一の倒壊したビルは崩れたときに無人で、戻ってきたばかりの所有者たちが瓦礫の山を見つめていた。ブルーノが片付けの手伝いを申しでたが、自分たちと近所の人たちでなんとかできると固辞された。

ふたつ目の通りで、カールは少人数の集まりを目にし、半狂乱の叫び声と号泣を耳にした。五人は騒ぎの場へ駆けつけた。木とブリキの家が廃墟と化し、傍観者たちは明らかに、まちがいなく下敷きになった人がいると考えていた。

いまも五、六人が残骸の中を捜しまわっていたが、どこを調べたらいいのかわかっている人はいないようだ。ブルーノが近寄ってその人たちと話をし、その結果、破片を持ちあげては崩れ落ちていた場所に戻すのではなく、捜索者たちが壁や屋根の破片を一列になったボランティアにリレーしていき、瓦礫を除去していくというシステムができあがった。

ふたりの捜索者からカールとヴィナイが梁の断片やブリキの破片を受けとり、それをブルーノとバーバラに渡す。傍観者たちは静かになっていった。行方不明の住人たちの親戚だろうと思われる年配の女性を友人たちが慰め、ほかの人々はリレーの列に加わった。

捜索者のひとりが叫び声をあげ、彼の仲間が手伝って梁を取り除けると、床に倒れたまま動かない女性がそこにいた。彼女の目は閉じていたが、カールに見てとれる傷は脛の深い切り傷だけで、そこからはいまも出血していた。

発見者の男性はしゃがんで彼女のようすを調べていたが、やがて興奮気味に大声をあげた。なにをいっているのかカールにはわからなかったが、男性の口調からして、女性が息をしているに違いないのは明らかだった。

カールは救急箱を手にして、近くへ行った。女性の脇に膝をついて、傷口を洗浄・消毒してから、手早く包帯をする。どこかの時点で傷口は縫わなければならないが、それ以上に女性が脊髄（せきずい）を損傷していないかが心配だった。カールが近所の人々に、ありあわせの材料で担架（たんか）になるものを作れるのではないかといいかけたとき、女性が身じろぎすると震えながら体を起こした。

女性は捜索者たちに話しかけ、言葉だけでなく身振りで指示を出していた。カールが見ていると、女性たちは少しだけむこうへ移動し、折れた木材の中をおそるおそる歩きまわりはじめた。だれもが悲嘆に暮れていたが、片付けのシステムを止めることはせず、この先の作業の邪魔にならないよう、残骸を取り除いてはリレーの列に渡していった。

瓦礫の中に倒れていた男の子が泣きはじめたとき、その子の母親は泣き叫んだが、発見者の男性は笑顔になって、手をのばすと両腕で男の子をすくいあげた。カールが見まわした近所の人々は、意気高揚して叫んだり、喜びのあまりすすり泣いたりしていた。

カールの肩に手をかけたヴィナイは、必死で冷静さを保とうとしていた。カールは同意するようにうなずき返したが、自分も自制心を失うのが怖くて口をきけなかった。

ブルーノがカールたちに声をかけた。「オーケイ、上々の成果だ！　ここでのことは医療チームのために記録しておいたから、来られるときに来てくれるだろう。さあ、次の通りに移動しよう！」

9

帰国の便がシドニーに着陸したのは午後早くだった。六週間留守にしていたアパートの部屋に、カールは違和感を感じた——あらゆるものがなじみのある形をしているが、外観が味気なく、記憶から再現しようとして不首尾に終わった場所のようだった。

衣類を洗濯機に放りこんで、熱いシャワーを長々と浴びたあと、冷凍食品のラザニアを電子レンジで温める。

テーブルの上のラップトップを前にして食べた。食べ終わると、これからなんといわれるのだろうと怖れながら、しばらく椅子にすわったままでいた。それからラップトップを立ちあげて、〈RS（レジ）スタンス〉アプリを起動した。

『偽（ニセ）犠牲者の証拠はなにも見つけられませんでした』そのことを認める。『とはいえ、エスピリトゥサント島へは自分は行っていません』

使った皿とフォークを洗ってから、ラップトップの傍らで待機した。

十五分後、返信が来た。古い栓抜きを使ってロック解除し、路面電車が線路上を行き来するGIFを補正する。『よくやった』とメッセージにはあった。『きみの監視に恐れをなして、クライシス・アクターどもは腰が引けたのに違いない。やつらを牽制（けんせい）する力でありつづけるために、ＣＥＲＶにとどまることは可能か？』

カールが予想していたのは、厳しい叱責と降格だった。任務に失敗し、〈ＲＳスタンス〉を失望させたのだから。小道具の戸棚を探っているところを見つかったことで正体がバレて、怪しげなものをいっさい目にさせてもらえない定めになったという確信が、過去六週間のあいだに深まっていた。

だが、たとえやつらが、カールが何者で、なぜそこにいるかに感づいていたとしても、それによって、気候破局説論者どもが世界に虚偽をまき散らしたり死者をでっち上げたりして人々の感情を操るのを阻止できたなら、それは結局、成功といっていいのではないか？

カールが夢見ていたのは、組織の最高レベルまでのぼって、爆破や暗殺の任務に抜擢されることだった——だが自分に正直になるなら、もしそんなことになったとき、自分が自由を犠牲にする気になるかどうか、確信を持てたことはいちどとしてなかった。二度と娘に会えないという犠牲を払えるかどうか。

もしカールがＣＥＲＶにとどまって、やつらに有益な活動を続けさせる一方、虚偽をおかさせないようにしておいたなら、それは決して些細なことではない。やつらに真実を認めさせ、やつらが大いに心配だと称している問題の真の原因と解決策を受けいれさせることは、カールにはできないだろう——だが最後には、真実は自ずと明らかになるものだ。

それまでのあいだ、カールは地味な役割を演じることで、ＣＥＲＶの問題行動を抑止し、偽情報の企みを阻止することができる。

カールはもういちど鏡筒を画面にむけて、返事を書き込んだ。『了解しました。次の指示があるまで、ＣＥＲＶにとどまります』

それから携帯を手に取る。キャロラインはもう学校から帰っているだろう。帰国したらまっ先に、サイクロンのことや、島で見たりやったりしたことのすべてを話しに行く、と約束していたのだ。

（山岸真訳）

潮のさすとき

サラ・ゲイリー

大企業が運営する海底農場で危険な監視の仕事をしている〝わたし〟。環境に合わせて身体改造をした同僚を羨みながら働いているが、海底では企業と対立する団体も活動していて……

サラ・ゲイリー(Sarah Gailey、代名詞は They)は、アメリカの作家。二〇一五年に作家デビュー以来、四本の長編と多数の中短編を発表している。二〇一八年には *Magic for Liars* でヒューゴー賞ファンライター部門を受賞した。邦訳に短編「修正なし」(SFマガジン二〇二一年六月号)がある。

(編集部)

カップ状に合わせた手のなかにハゼがいた。ハゼが群れにもどりたがっていたとしても、逃がさないようにするのにたいして苦労はしなかった。ラテックスで覆われた手の指をボウルのような形にして包みこんでやっただけで、ハゼはその新たな居場所に身をおちつけたのだ。ゆったりと安定した楕円軌道をえがいて泳ぎ、わたしの掌のつけ根を口でつついている。

ハゼの体色は、明るい赤やオレンジやあざやかなメタリックブルーだった。わたしのウエットスーツの表面全体にいくつもえがかれている〈オクタリウス産業〉のロゴとおなじ色だ。〈オクタリウス産業〉こそがわたしと海とをへだてている唯一のものであり、ロゴの色はその守りの象徴だった。カップ状に合わせた手のなかでハゼが安心しているのは、ロゴの色が見えていてわたしのことを群れの仲間だと思っているせいなのかもしれない。ハゼはロゴを見て自分にこう言い聞かせているのかも――〝ここで仲間たちと団結して捕食者に立ちむかうのだ〟と。

あるいは、なにかから逃げるような知能などないだけなのか。わたしにはわからない。魚がどんなふうに考えるのかも、そもそも考えたりするのかどうかもよくわからない。そういうことを知るのはわたしの仕事ではないから。

両手をひらいてやると、ハゼはすばやく泳ぎ去って群れのほうにまっすぐ向かった。潜水装備をまとったわたしが動くよりずっと速い。ハゼの群れがケルプの森のなかに消えていくと同時に、妬ましさで頬がカッと熱くなった。〈オクタリウス産業〉からはいい装備をあてがわれている。潜水ベストやレギュレーターは最高級品だし、作業する水深に合った配合の空気でつねにエアタンクも満たされているのだ。自分専用のマスクやウエットスーツがあって、他人と共用する必要もない。うわさで聞いたほかのケルプ養殖場では、別のだれかの脱ぎ捨てたばかりのぐっしょり濡れたウエットスーツを、苦労して身につけなければならないらしい。

装備が気にいらないわけでも、ありがたく思っていないわけでもなかった。もちろん、ありがたく思っている。

ただ海棲生物とおなじではないというだけのことだ。

わたしの体はこんなことには向いていなかった。公正を期して言えば、どんなことにもまったく向いていない。地上で暮らすのにも向いていなかった。すでに弱っていた肺は地上の砂嵐や山火事の煙に耐えられず、腫れあがった関節は天気が荒れるたびに動かなくなってしまうのだが、荒天はいつものことだったからだ。温度が予測しやすくて空気が循環処理されている下のここで暮らすほうが調子がいい。それでも、海中が人類の生きるべき場所だったためしなどないことは痛感していた。たとえ最先端の装備があったとしても、この環境に合わせて生まれてきた生物とおなじくらい俊敏に動くにはほど遠いのだ。

解決策はあるものの、わたしには手が出ない。いまはまだ。

解決策と言えばイレーネだ。さっきのハゼとおなじくらいすばやく俊敏に泳ぐ彼女が、わたしに近すぎるところを通りすぎた。そんなふうにするのは彼女がクソ女だからだ。どうしてそうわかるかというと、それこそがイレーネであって、ケルプの森の東部外辺警備員およびクソ女であることが彼女の本職だからだ。しかも、現在わたしがいるのは西部外辺で、どのみち〈潮流〉のやつらがドームのこんなに近くまでケルプを盗みにくるわけもないので、イレーネがここにあらわれたのはパトロールのためではないはずだからだ。彼女がいまわたしのそばにいる理由は、クソ女だからということしかない。その証拠は積みあがっているとだけ言っておこう。

イレーネは数カ月前に改造手術を受けて東部外辺担当に昇進していた。なぜなら、ドームからそんなに遠く離れたところで働けるのは、一度に一時間以上潜水していられる者だけだからだ。改造手術を受けた彼女は生涯ずっと潜水していられる。改造手術などささいなことで、イレーネはそれを受ける前からクソ女だった。とはいえ、じつはささいなことでもないのは、わたしが心底痛切に彼女をうらやんでいるからだ。だれかをうらやむのはそれだけで充分気分の悪いことなのに、相手がクソ女でもある場合にはとにかくもっと悪い。

改造手術で超能力者になるわけではないが、イレーネはなぜかわたしの思考が聞きとれるようだった。というのも、彼女がくるりと体の向きを変えてわたしをまっすぐに見たからだ。イレーネの上着の端から見えているのは、鎖骨のすぐ下にあるゆたかな肉のひだで、彼女の呼吸に合わせて水中でひらひらと動いていた。東ドームにある〈オクタリウス産業〉の手術センターでえらをつけるには、七百五十クレジットの費用がかかる。しかし、回復したあと奥地エリア担当に昇進することが約束された署名ずみの誓約書があれば、費用は五百クレジットですむのだ。そんなわけでイレーネは、彼女にとっては五百クレジットに値する〝くたばれ〟を、わたしに向かってひらひらさせていることになる。それはわたしにとっては七百五十クレジットに値する〝くたばれ〟で、その二百五十クレジットの差額を、イレーネに憤慨する理由の山に加えてもよかった。

山は大きくて、そこにはほかにこんなものも含まれている。

・イレーネの脾臓（費用は四百クレジットで、赤血球を六倍作れるため、ウエットスーツなしでも酸素や体温を維持できる）

・〈オクタリウス産業〉支給の銛撃ち銃（わたしには必要ないが、自分の持っていないものをイレーネが持っているのは気にいらない）

・わたしの上司であり以前はイレーネ自身の上司でもあったユースタスと恋愛関係にあること（彼の好む内輪ネタのジョークの数々には、たぶんわたしの話も含まれている）

・イレーネの肺と胸郭（費用は九百クレジットで、圧縮膨張自在のため、なにもつぶれたり破裂したりすることなく潜水や浮上をおこなえる）

・イレーネの制服（会社からの無償支給で、改造手術を受けた彼女が現在身につけるのは伸縮性のある上着だけでよく、しかも見栄えがするのが不公平だ）

•イレーネの脚（もうない）

その最後の項目こそが、わたしの心のなかでいま一番際立っている不満の種だった。なぜなら、わたしに向かって両手の中指を立てるかのように、イレーネがくるりとさかさまになってスピードや機動性を見せびらかしているからだ。脚の代わりについた尾っぽは会社のロゴとおなじ色をしているが、わたしのウエットスーツのようにやぼったくてうるさい感じではなく、ハゼやもっときれいな魚みたいに華やかで自然に見える。その尾っぽの費用は、誓約書がなければ千七百クレジット、誓約書があれば八百五十クレジット、誓約書に加えて回復や職場復帰を早めるほかのふたつの手術も受ければ六百クレジットだ。

イレーネは六週間仕事を休み、復帰したときには〈オクタリウス産業〉に二千四百クレジットの借金をしていた。たいへんな額に思えるだろう――海の深いところで働ける彼女の給料が、追加勤務や昇進のおかげで四倍になると気づくまでは。そんな借金は二年以内に働いて返済できてしまうし、追加勤務をひきうければもっと早いはずだ。イレーネにとってはもう血中の窒素など問題にならないから、産業医にわずらわされずにその勤務をこなすことができる。たったの二年で、真新しい体とともに外辺警備で稼ぐ賃金のすべてが彼女のものになるのだ。

わたしはどうかって？　わたしは会社の銀行でローンを組むことさえできない。会社の銀行でローンを組むには、いまいましい誓約書が必要なわけだが、わたしにはそんなものはないからだ。〈オクタリウス産業〉がイレーネに注目して、むだにするべきではない潜在力があるとみなしたなにかを、彼女は持ちあわせているのにわたしは持ちあわせていないせいだろう。おかげで、奥地エリアでの仕事につこうとすることすらできなかった——改造手術を受けるのに充分な資金（三千七百五十クレジット全額を現金で前払いしなければならない）が最終的に貯まるまでは。

あともう少しというところにたどりつくのに九年かかった。六カ月後には一気にすべての改造手術を受けられるだけのお金が貯まる。そうしたら、早く回復して警備員になる訓練や面接を受けなくては。その職をイレーネはさしたる理由もなく手に入れたが。

とはいえ、〈オクタリウス産業〉の財産を守ることをわたしがそこまで気にかけているわけではなかった。警備チームで働くことこそが、常時水中にいられる唯一の方法なのだ。ドームの外ですごす時間制限に会社がとんでもなく厳しいのは、〈潮流〉のやつらが〈オクタリウス産業〉の従業員をひきぬこうとしているせいだった。会社の建前はこうだ——〈オクタリウス産業〉はグループ企業に多額の投資をしており、ケルプ養殖業の安定的かつ生産的な未来に身をささげる気のない〈潮流〉の盗人（ぬすっと）どもがその恩恵を受けるのはまちがっている。

わたしは本気でそれを〝会社の建前〟と呼んでいるのだが、『安定的かつ生産的な未来』のくだりを抜きだせば、実際かなり誠実な言葉に聞こえた。

そんなわけで、たとえ〈オクタリウス産業〉が尾っぽを与えてくれたとしても、ドームの外ですごす時間制限は守らなければならないのだ。しかし警備員なら、望めば本当にドームの外に住んでただそれを〝勤務時間外の監視作業〟と言うことができる。充分なお金を貯めて改造手術から順調に回復し、訓練をうまくこなして面接に受かれば、わたしはドーム暮らしに永久に別れを告げられるだろう。

だが、いまのところは外のここでにっちもさっちも行かず、〈オクタリウス産業〉中央部局の太平洋岸にあるケルプの森のはずれでウニ狩りをしている。

わたしはうしろに足を蹴りあげて下に手をのばし、さらにもう一匹のウニをひっつかんだ。紫色のとげで覆われたこぶし大のそのウニは、一番近くにそびえ立つケルプの根状部に向かっていたのだ。ケルプの巨大な葉状部かそれが生えている茎状部に向かっていれば、ウニは別の運命をたどっていたかもしれない。葉状部や茎状部はすぐに再生して猛烈な速さでもとどおりにのびるというのが、ケルプ養殖場の肝心なポイントだからだ。つまり、〈オクタリウス産業〉は収益が〝害虫〟に食いつくされるのを喜びはしないだろうが、殲滅（せんめつ）作戦よりもう少しおだやかなやりかたで駆除してもたぶんかまわなかったはずなのだ。

しかしこのウニは、ケルプの一番おいしいところである葉状部を食べたがってはいなかった。コンブなんて聞いたことさえないウニは、ケルプが海底にしがみつくのに使っているロープ状のこぶしのような根状部を食べたがっていた。だから、〈オクタリウス産業〉社員食堂の料理人の手にかかって死ぬしかないのだ。

ウニはディナーを食べることを望んでいたのに、代わりにディナーになるというわけだ。

ウニがいたのは岩から岩へと移動する途中の砂地の上だったので、ダイバーズナイフでこそげとるのではなくただそれを手でひろいあげればよかった。ウエストについている角張ったバッグにウニをほうりこんで、ケルプの森の縁にある砂地や岩に視線を走らせる作業にもどる。バッグのなかには四十六匹のウニがいて、終業前にもう四匹つかまえなければならなかった。残り時間は——そこで潜水用腕時計を確認する——あと三分だ。

まずい。

わたしは、ふたつの岩のあいだに身をおちつけている一匹のウニを見つけ、〈オクタリウス産業〉支給のダイバーズナイフの背でそれをこそげとった。残り二分。西ドームのもう少し近くにさらに二匹のウニがいる。そう遠くないところにいるニチリンヒトデは、きっとそのウニたちをディナーにするつもりだったのだろう。おあいにくさま。わたしには果たすべきノルマがあるのだ。二匹のウニを袋に入れた時点で、残り五十五秒。終業前に最後の一匹のウニを見つける時間は充分にある。

ただ、ウニはまったく見あたらなかった。

できるだけ速くぐるりとひとまわりして、とげとげしいシルエットや、海底にできたあざのような紫色の影や、ちょっと完璧すぎるくらいまるく見える岩塊状のものをさがす。しかし、なにもない。

わたしはアーティーにシグナルを送った。彼はただ終業時刻になるのを待っているらしい。彼のほうがわたしより仕事が早いのは、イレーネを嫌うことにそれほど多くの時間を費やしていないからだろう。わたしは自分の目を指さしてから、海底に向けて伏せた掌をひらひらさせた。《さがすのを手伝って》という、ふたりのあいだの簡略サインだ。

アーティーがこっちに泳いできてウニさがしを手伝ってくれた。それこそわれらがアーティーで、いつだって助けになるし頼りにもなる。彼と出会ったのはいまから十二年前にわたしがドームにやってきた最初の日だが、がっかりさせられたことは一度もなかった。

残り時間が十五秒しかなくなったところでやっと見つけた。今回群がってきたウニの最後の一匹だ。そのウニがどうやってわたしの持ち場を通りすぎたのかはわからないが、実際に通過されてしまっていた。

アーティーに一押しされたわたしはウニに向かって泳ぎはじめた。ウニのいるケルプのほうへロケットみたいに送りだされて懸命に水を蹴り、なんとか間に合わせようとする。というのも、その最後のウニはどうしても食べたい根状部にたどりついていて、たぶんいまこの瞬間にもロープ状のそこをかじっているにちがいないからだ。

わたしはウニをつかみとろうと不器用な手をのばした。たちまち手がいっそう不器用になったのは、潜水用腕時計が光って手首でブブブと激しくうなったせいだ。それは終業を告げるブザーだった。水深およそ三十メートルでドーム内の四倍近くの圧力がかかっている外のここに出てきてから二十分——わたしの最大限の勤務時間だ。

ドームのなかにもどるときなのだ。

わたしは再度ウニをつかみとろうとした。今回やりそこねてつかんだのはただの水ではなく、ウニの真上の根状部だった。反射的に手を離す。ひとりで海底からケルプをまるごとひきぬけるほど自分の力が強いとは思えないが、そんな危険はおかさないほうがいいだろう。

腕時計がふたたび手首でブブブとうなった。さっきより激しかったのでうめいてしまう。〈オクタリウス産業〉は勤務時間制限をふざけてゆるめたりはしないが、超過しても大丈夫だと保証する署名ずみの誓約書があれば話は別だ。とはいえ、わたしにはそんな誓約書はなかったから、この腕時計はますます激しくブザーを鳴らしつづけるにちがいない――わたしがドームのなかに入るまで。

だが、このウニをとらずに入るわけにはいかなかった。

わたしはダイバーズナイフを握りしめた。またケルプをつかむような危険はおかしたくないが、ナイフの背を使えばウニをすばやくこそげとれるはずだ。ウニの一方の端の下にナイフを突っこんでぐいとひねってやると、それがはがれつつあるのが感じられた。ナイフを強くもう一押しするだけで、そのウニをとってドームのなかに入ることができる。ドーム内の重力がわたしには大きすぎるとしても、イレーネの持っているものに少なくともさらに数クレジットぶんは近づけるだろう。

またしても腕時計がブブブとうなって、今回は電気ショックが腕を駆けあがった。こんな電気ショックは五回めの警告まで来ないはずだ。でも、よくわからない。二回くらいは警告に気づかずにいたのかもしれないし、皮膚と電極とのあいだに塗ったジェルがたりなかったのかもしれないし、腕時計が故障しているのかもしれないし、さらなるひどい悪運にみまわれただけなのかもしれない。というのも、全身を走りぬけた電流のせいで、骨ががくがくと揺さぶられ、視界がぼやけ、あごがこわばり、膝や肘が硬直してまっすぐにのびたからだ。

ほんの一秒くらいのあいだ。

しかし、充分長い時間でもあった。それがおさまったあとウニのいるところに目をやると、自分のダイバーズナイフがケルプの根状部をつらぬいているのが見えた。いまいましくもみごとにつらぬいている。ふだんなら一突きでそんなことをやれるほどわたしの力は強くない——この水圧のなかでの終業時には絶対に。だが、さっきの電気ショックで関節が硬直して猛烈ないきおいでのびたせいで、このケルプはいまや極細の繊維だけで海底にしがみついている状態だった。

電気ショックの余波で筋肉をひきつらせているわたしの見ている前で、その繊維がぴんと張ってひきのばされてぷつりと切れてしまう。

高さ三十メートルほどのケルプの葉状部全体が海面へと浮かびあがりはじめた。わたしはそれをつかもうとしたが、いまいましい電気ショックを受けたせいで弱っていた。しかも、ケルプをつかめるところまで近づけもしないうちに、むきだしの手がわたしの手首を握りしめたのだ。

気がつくと、減圧エアロックの出入口の奥にほうりこまれていた。

なかに入ったことを認識した腕時計がやわらかなチャイム音をたてた。わたしのうしろでエアロックのドアが閉まっていき、そのむこうにイレーネの遠ざかる姿がちらりと見える。彼女は尾っぽの下側を黄色くひらめかせてまたケルプの森へと姿を消した。なんでもないかのように彼女がわたしをなかにほうりこんだのだ。

減圧エアロックはわたしの一番嫌いな場所だった。そこは二番めに嫌いな場所になろうとしている。なぜなら、エアロックの圧力差調整がすんだら、上司のユースタスのオフィスに呼ばれることになるからだ。

わたしがドームのこの場所を嫌っているのは、人間の最も満足できるはずの環境にゆっくりとひきもどされるせいだった。水ではなく空気にかこまれた一気圧の環境。しかし、そうやって地上の理想的な状態をまねようとしているのが問題なのだ。わたしにとっては重力が大きすぎるし、明るくて騒々しいし、人体のなかにいて感じる圧力はすばらしいものではないからだ。水がわたしを包みこむように抱きしめて、ばらばらになるのを食いとめてくれる感覚が恋しくなる。ドーム内にいると、だれかあとひとりに話しかけられたら体が飛び散ってしまいそうに思えて、水が自分をひとつにまとめあげてくれているイメージにすがるときもあった。

いまはもう一分間だけ水の抱擁を楽しもう。減圧室の一番奥にあるベンチまで泳いでいって席に体をはめこむと、アーティーがすでにそこでわたしを待っていた。わたしのせいで最大推奨時間より数分よけいに水圧にさらされてしまったため、いつもの三分間ではなく八分間もこのチューブ状の小部屋にとどまっていなければならない。となれば、ひどく空腹で夕食を待たされたくないアーティーは、わたしにちょっといらだちをおぼえるだろう。

重たいガチャンという音をたてて、わたしの席のマグネットが背中の装備をはずしてくれた。ふたりそろって席についていることが認識され、やわらかなチャイム音とともに減圧室の排水が始まる。自分のまわりに重力が忍び寄ってくるのに合わせて、関節に痛みが根をおろした。あごの下まで水がひいたところで、さっきとおなじマグネットがわたしたちを潜水ベストから解放してくれる。アーティーは身につけたものを脱ぐために立ちあがったが、わたしはそこにすわったままでいた。できるだけ長く水中にとどまっていようとしてのことだ。

「まったく」と、アーティーがマスクをはずしたとたんに言った。〝おれは腹ぺこなのに〟とか〝どうしてあんなことをしたんだ〟とか〝あそこでなにがあった〟とかさえつけくわえなかったのは、わたしに優しくするためというよりも、むしろそのうちのどれにするか選べなかったせいだろう。

「ごめん」と、わたしは反射的に応じた。動かしたあごの関節がコキコキと鳴る。

アーティーが、ぎくしゃくしたせわしない動きでウエットスーツのファスナーをおろしてはぎとりはじめた。「まったく」と彼がふたたびつぶやく。そして、上半分で投げだしたウエットスーツを脱ぎかけの殻のように腰のあたりにだらりとぶらさげたまま、濡れた髪を両手でかきあげた。彼は目を閉じて耳抜きしようとするみたいにあごを動かしたが、まだ排水がすんでいないので気圧がそんなに低下しているわけがない。「あの最後の一匹をとれたのか？　ノルマに達したか？」

わたしはかぶりをふったが、目をつぶっている相手にはそれが見えないことに気づいた。

「だめだった。もう少しでとれたのに、腕時計の電気ショックにやられちまったんだ」

「そうなってよかったよ。あんたは制限時間を四分もすぎていたんだから」

そんなはずはない。四分も？　せいぜい二分くらいだと思っていた。「本当に？」

「ああ、本当だとも。おれはそのあいだずっといまいましくもここで動けずにいたんだ。もう席に体をはめこんでしまっていたからな。潜水ベストをマグネットにつかまえられていて放してもらえなかったんだよ。どうしてあんなに長くかかったんだ？」

わたしは再度かぶりをふった。「わからない。わたしは……もっと時間の余裕があると思っていたんだけど」どうりで腕時計が電気ショックを送ってきたわけだ。

「まあ、実際には余裕なんてなかったのさ」アーティーの声はきつかったが、怒ってはいないらしい。「手を貸そうか？」

水はいまでは膝のあたりまでひいていたので、わたしは大なり小なり重力につかまってしまっていた。勤務時間が終わるたびにこうするのは馬鹿げている——少しでも長く水中にとどまっていられるよう、完全に排水されるのを待ってから立ちあがるなんて。結局は立つのが難しくなるだけなのに。というのも、水の浮力に頼るのではなく重力に目いっぱいさからって立つはめになるからだ。「いらない」と応じたのは、わたしが意地っ張りなせいだった。だれにでも訊いてみればわかる。アーティーは、わたしが意地を張っているだけなのに気づいているみたいに眉をひそめたが、実際に手を貸すほど愚かではなかった。

わたしとアーティーはしばらくしゃべらずにいた。しゃべらずにいるのがふたりとも大得意なのだ。天井から真水がどっと滝のように降りそそいで、体や装備についた塩分を洗い流してくれる。その大雨がやむと、壁に組みこまれた乾燥維持ロッカーがぱっとひらいたので、タオルで体をふいてドーム服に着替えることができた。着替え終わっても時間がたっぷり残っているくらい、とんでもなく長くここにとどまっていなければならない。わたしたちは耳抜きをして、気圧が少しずつさがっていくあいだ窒素を吐きだして酸素を吸いこんだ。空気の組成が変化するシューッという音さえしなかったが、減圧室の壁に並んだ小さなライトの色がゆっくりと変わっていく――赤からオレンジへ、黄色へ、緑へ。まる十分がすぎたころ（アーティーのおなかがぐうぐう鳴っているのが聞こえた）、優しい小さなチャイム音が鳴って、減圧室の一番奥にあるドアが〝プッシュゥゥゥ〟と空気の漏れる音をたてた。

予想どおり、ドアのむこうでは上司のユースタスがわたしを待っていた。減圧室はわたしの一番嫌いな場所だったが、ユースタスのしかめっつらを見たとたんにトップの座からころげおちる。

わたしとユースタスは無言で彼のオフィスに歩いていった。アーティーがふたりぶんのウニのバッグを計量所へと運んでくれる。食堂ではわたしの皿もとっておいてもらえるはずなので、行くのが遅すぎてワカメと室温にぬくもった生ガキしか残っていないことを心配する必要はなかった。

「さて」ユースタスがそう言ってデスクのむこうの椅子に腰をおろした。デスクのわたしの側には椅子などなかったから、そこに立っていなければならない。髪からしたたりおちてうなじを這（は）いおりた水が、会社仕様の黄色いスウェットシャツの襟にしみこんでいた。わたし自身は『さて』のあとにつづいた沈黙にどっぷりつかっている。それはあまり気持ちのいい沈黙ではなかった。

わたしはユースタスに好かれている以上に相手を好いていたので慎重に応じた。「どうしたら問題を解決できるでしょう?」

ユースタスが両肘をついて前に身を乗りだす。「状況はかなり深刻だ」わたしがどちらのせいでやっかいなことになっているのかはまだ告げられていなかった――例のケルプを失ったことか、終業時刻をすぎても水圧に身をさらしつづけたことか。たぶんその両方だろう。

「わかっています」と言ったのは、実際にわかっていたからだ。つづけて、「すみません」とつけくわえる。こんな言葉ではたりないのは承知のうえだが、それでよしとされるかもしれない。

「きみのことはとても好きだよ」嘘だ。「でも、これはぼくの決めることじゃないんだ」

まずい、しまった、まずい。わたしはデスクのほうへためらいがちに足を半歩踏みだして両手をあげた。どんな意味にもとれるしぐさだが、今回の場合は〝わたしをクビにしないでください〟という意味だ。「やらなければならないことはなんでもします。お願いです。この仕事が本当に必要なんです。この仕事も〈オクタリウス〉のことも愛しています。問題を解決するためならどんなことだってしますから、どうかユースタス――」

ユースタスが片手をあげて言葉をさえぎった。「きみをクビにするわけじゃない」わたしは礼を言いかけたが、彼に指を突きつけられてすぐさま口をつぐむ。「だが、しばらくは謹慎してもらう。きみを次の二回ぶんの勤務予定からははずさざるをえなかった。減圧室で八分以上すごす結果になった者に対する会社の方針だ」ユースタスがわたしの懐疑的な表情を見てこうつづけた。「事前の許可がなかった場合にはな。言いたいことはわかるだろう。危険なんだ。きみは本当に体を悪くしていたかもしれない」

彼の言いたいことはうっすらとしかわからなかった。勤務時間超過後にいつもより長く減圧室ですごす者はおおぜいいるし、回復期間をおいたり承認書をもらうために産業医の診察を受けたりはせずに、翌日も翌々日もまた水のなかにもどっていく。どんなに危険か説教されることもない。

だが、勤務時間の超過や追加をユースタスがわたしに許してくれたことは一度もなかった。わたしの関節や骨には実際かなりガタが来ているので、その悪化を防ぐことで親切にしてくれているつもりなのかもしれない。あるいは、イレーネと親しくしているユースタスが、わたしをいじめることで彼女に忠誠を証明しなければならないせいなのか。わたしにはわからない。この件で問題なのは、わたしはすでに絶対最小限の給料しか稼げていないのに、いまや勤務することもできなくなるという点だ。

わたしは交渉を試みた。「わたしがスタンに診てもらうというのはどうでしょう？」産業医のスタンのところへ行くのは大嫌いだが、勤務しつづけられるのならそうしよう。拝金主義の医者に診察のまねごとをされるあいだ紙製の検査着を身につけるはめになったってかまわない。仕事を休むわけにはいかないのだ。改造手術を受けられるところまでこんなに近づいているいまは。

「ああ、スタンの診察はかならず受けてもらう」とユースタスが応じた。「きみはかなりたっぷり電気ショックを食らったからな。スタンはきみの心臓を検査して潜水作業をまだやれるか確認したがるだろう」

わたしはパニックを押し殺して、ユースタスの前で自分を見失わないようつとめた。「もちろんまだやれます」そう告げた声が言葉の途中で乱れる。

「まあ、あとでわかるさ」と、ユースタスが眉をひそめながら言った。

わたしはうなずき、泣きだしたりするまいと頰の内側を強く嚙んだ。「そうですね。感謝します、ユースタス」自分がなにに対して感謝しているのかはわからなかったが、そんなふうに言うべきだと思ったのだ。わたしは背を向けて去ろうとした。とりみだしてもいいように相手の視界の外に出たくてしかたがない。

しかし、そうする前にユースタスが声をかけてきた。「ちょっと待った」その〝ちょっと待った〟が、〝考えなおしたから今回のことは実際ぜんぶ水に流そう〟という意味のものだったらよかったのだが、ふりむいて彼を見たとたんに〝状況が悪化しようとしている〟という正反対の意味のものだとわかった。「きみが会社の財産を損なった件について話しあわなくては」

体から息がたたきだされた。会社の財産を損なうのはまずいことだ。とてもまずい。「そうですね」と小声で応じる。「その件については本当に申しわけありません。もう二度とないようにします」

「ないほうがいいな。それで……よし、すまないが、訊かなければならないことがあるんだ。会社の方針でね。とにかく片づけてしまおう――きみは〈潮流〉となにか関わりがあるのか？」

本当にびっくりするような質問だったのですぐには答えられなかった。「わたしがなんだとおっしゃいました？」

ユースタスがふたたび問いかけてくる。今回は前よりゆっくりと。「きみはテロ組織〈潮流〉となにか関わりがあるのか？　破壊工作や共謀の疑いできみのことを警備チームに報告するなんて、ひどく頭の痛いまねをしなければならない理由がそもそもあると？」

わたしは笑い声をあげてしまったが、笑うのをすぐにやめた。とても信じられなくて笑っているのではなく、やましいことがあるように見えるかもしれないからだ。「まさか！　いいえ、ありえません――知りもしないんですよ、どうやったら――テロ組織？」ユースタスが自制心と対話しているようなしんぼう強いまなざしで見つめてくる。「てっきり連中はただの……なんでしょう。迷惑な話ですよね。ケルプとかを盗んだり、おふざけで実験的な改造手術をしたり。深刻なことはなにもないかと」

ユースタスの声からくたびれた感じがしばし消えて態度が厳しくなった。「会社のものが盗まれるのは深刻なことではないと思っているのか？　先週やつらは南部外辺の警備監視システムに破壊工作をおこなったんだぞ。それが深刻なことではないと？」

そこでとつぜん気づいたのは、一分前にするべきだったのにしなかった適切な返答があったということだ。「まさか。つまり、はい、もちろん深刻なことですし、いいえ、連中と関わりはありません。これっぽっちも。今回の出来事やわたしのしたことは、破壊工作ではなくてただの事故だったんです」

そうしてたちまちユースタスは、扱いかたのわかるいつもの彼にもどっていた——うんざりしていて、参っていて、わたしを追いはらいたくてしかたのない。「よかった。いまの話はイレーネの証言とも符合する」

「イレーネといつ話したんですか?」そんなのはささいなことだったが、言葉がぽろりとこぼれてでてしまった感じだ。

「きみが十分間の減圧時間をすごしているあいだにさ」と、あてこするように言ったユースタスのまなざしは揺るがず、さして同情的でもない。「いいか、ぼくは本来なら今回の件を報告書にまとめるべきなんだが……そうしたらきみは、終業時刻をすぎても外にいてしかもケルプの葉状部全体をひきぬいてしまったことが警備チームにばれて尋問される。それはきみにとって楽しいことではないはずだ」

「そうですね」とわたしは同意した。『尋問』とやらにどんなものが含まれているのかは、よくわからないし知りたくもない。

「だから、代わりにこうしよう」ユースタスがデスクの表面のキーボードを起動してなにかを入力した。個人用ディスプレイに映ったものを読む彼の目が小刻みに動いている。「ぼくはこんなふうに会社に報告するつもりだ——きみは私的な娯楽に使うためにケルプの葉状部を買いとったんだと」

「買いとった？　葉状部全体を？　みんなそんなことをしているんですか？」

「しょっちゅうだよ」と、ユースタスが入力をつづけながらうわのそらで応じた。「パーティーやらなにやらのためさ。たいていは経営幹部レベルの役員で、現場作業員ではないがね。なんにせよ、きみは宝くじが当たってそれを祝いたいと思ったのかもしれない。理由を知らせる必要はないし、調査されることもないだろう。ただ収益を失ったのではなく、きみが埋めあわせをしたように見えてさえいれば、会社側としても満足なはずだ」

わたしはまだ水のしたたっている髪を指で梳いた。「すごいですね。ありがとうございます、ユースタス。わたしは――どう感謝したらいいのかわかりません。これはわたしにとって本当に大きな意味のあることです」本気でそう思う。ユースタスのことを誤解していたのかもしれない。結局のところ、わたしが好いているのとおなじくらい彼にも好かれていたのかも。

「礼もなにも言わなくていい。絶対に、だれにもな」キーボードの入力を終えたユースタスが目の焦点をわたしにもどした。「よし、ぜんぶすんだぞ」

「これで終わりですか？」

「これで終わりだ。きみの〈オクタリウス〉口座から送金をおこなった。ずいぶんとケチくさくて運がよかったな。ケルプの葉状部を買いとるのに充分な貯金があったし、スタンの診察を受けられるだけのクレジットがまだ残っているんだから」ユースタスがそこでわたしに指を突きつけてきた。退出を命じるのと釘を刺すのとが組みあわさったしぐさだ。「こういうことは二度とないようにしてくれよ」

彼の言葉のなにかが終業時の警告ブザーのように響いた。「待ってください。あの、いったいいくらかかったんですか？」

ユースタスがおもしろくもなさそうな笑い声をあげた。「かなりの額だ。でも、心配しなくていい」と、彼がわたしの落胆したようすを見てつけくわえる。「きみの貯金で難なくカバーできたよ。それに、ほら、少なくとも今日のノルマは果たせたんだろう？　これだけかけてなにも得られなかったわけじゃないんだ」

わたしはのろのろとオフィスを出た。感覚がほとんど麻痺（まひ）していたが、完全にではない。さっきの警告ブザーが胸のなかで高まりはじめてのどに詰まってしまっていた。わたしの〈オクタリウス〉口座から送金がおこなわれた――十年近くにわたってこつこつと（本当にこつこつと）貯めつづけてきた口座から。今朝見たときにはちょうど三千四百クレジットの貯金があったが、ケルプの薬状部がいくらするのかは見当もつかない。口座の残高を見る前に最悪の事態を頭のなかで計算しようとしたのは、〝結果的に判明するより悪い状況をなにか思いつけば、実際の数字を見たときに胸をなでおろせるだろう〟と期待してのことだ。

これまでの支払いで最も高くついたのは腰の治療費だった。わたしの関節すべてにガタが来ているわけだが、一時期は腰の痛みが一番ひどくて意地なんか張っていられず、減圧室のベンチから立ちあがるのにアーティーの手を貸してもらわなければならないほどだったのだ。

そこで産業医のスタンのところへ行くと、彼はなにかどろどろしたものを腰に注射してくれた。炎症を抑えるステロイドや、骨どうしがくっつきあおうとしている部分を再生する遺伝子操作サンゴ合成物などが入ったものだ。『これを打たなければならないのはたいていは年寄りだけなんだがね』と言いながらスタンは注射針を滑りこませ、歯を食いしばったわたしが『意欲的な関節炎なのさ』とかいう言葉を返してやると、彼は笑い声をあげて七十五クレジットを請求してきた。それはわたしの給料二カ月ぶんを少し超える額で、〈オクタリウス〉がそこから食事代やら家賃やら装備やらの料金をさっぴくのだ。

あの注射のせいで、改造手術を受ける計画が六カ月も遅れてしまった。

わたしはぎゅっと目をつぶって自分にこう言い聞かせた——ケルプの葉状部の値段はたぶんその二倍の百五十クレジットくらいだろう。必要経費をさっぴかれる前の給料四カ月ぶんだ。しばらく勤務できないうえに今日のへまで口座から減った額も考慮すると、計画は一年ほど遅れてしまうにちがいない。つまり、わずかな時間働いて一度に少しずつこつこつと貯金し、わたしのまわりで円をえがいて泳ぐイレーネの姿を見ながら、まる一年よけいにすごすはめになるのだ。

もう一年のあいだ重力を味わって、足を踏みだすたびに膝や腰がきしむのを感じ、もう一年のあいだドームのなかで暮らす。

押しつぶされそうなその気持ちが薄れるのを待つのは、減圧室で耳の空気が抜けるのを待つのに似ていた。ほんの二、三分のことだ。こめかみの拍動がおさまって、〝下のここでまる一年よけいにすごすはめになったら死んでしまう〟という気分ではなくなったところで、わたしはつぶっていた目をひらいた。口座の残高を見る心の準備ができたのだ。

わたしは潜水用腕時計の表面を三回タップして自分の〈オクタリウス〉口座を呼びだした。顔認証システムが古くて時間がかかったが、数秒後に画面が緑色に光って口座の概要が表示される。

心が沈んだ。こんなはずはない。自分が勘ちがいしているのか、ゼロをひとつどこかに見おとしているのにちがいない。あれはケルプの森全体のなかのたったひとつの葉状部だった。そのたったひとつの葉状部の生えていた森は、海中の酸素濃度を変化させて大気中の二酸化炭素濃度を低下させ、世界を救えるくらい大きいのだ。たったひとつのケルプの葉状部だったのに。

だが、どんなに長く見つめても数字は変わらない。

今朝目ざめたときには三千四百クレジットあった貯金が、いまは五百六十七クレジットしか残っていなかった。

わたしはアーティーの住みかにころがりこんだ。自分の住みかの家賃を払う余裕がもうなかったからだ。それに、アーティーがわたしを充分哀れんでくれていて、たぶんことわりたかったのだとしても〝だめ〟とは言わなかったからでもある。アーティーの住みかはゆったりとしていた。立ったままなかに入れるくらい天井が高いし、ふたりともぶつかりあわずに各自のハンモックの横に立てるくらい幅もひろい。わたしは自分のハンモックを彼のハンモックのすぐ下につるした。横たわったときに尻が床をかすめてしまうが別にかまわない。

ドームの換気システムはとてもだいじなものだった。自分たちの吐きだす二酸化炭素で窒息するのを防いでくれているうえに、人でいっぱいの気密性の高いドーム内で生じるもっと〝かぐわしい〟懸念をやわらげるのに重要な役割を果たしてもいるからだ。しかも音がひどくうるさくて、いまはそれがわたしの役に立ってくれていた。アーティーが一晩中起きているはめにならないよう、わたしはできるだけ静かに泣こうとしたがむりだったので、泣き声が換気システムの音にまぎれることを期待していたのだ。

なんとかうまくいっていると思えたのは、アーティーの片手がハンモックの縁から垂らされるまでのことだった。彼が誘うように宙で指を動かし、わたしはついにその手をつかんだ。「ごめん」そう言ったわたしの声は、かすれていてふるえていて哀れっぽい。「あんたを起こしておくつもりはなかったんだけど」

アーティーが長いことなにもしゃべらなかったので、たぶん怒っているか眠りに落ちたかしたのだろうと踏んでいたのだが、やがて彼がうんざりしたような声をたてた。「ちくしょうめ」その言葉にわたしは憤慨しそうになった。だって、ほら、自分がもうそんなにひどいルームメイトになっているなんて思わなかったからだ。でも、そこで彼が手をぎゅっと強く握りしめてきた。「こんなふざけた仕事は辞めることにしようぜ」

そう言われて、泣きやんでしまうくらいびっくりする。「えっ？」

なる」

「ここから逃げないと」とアーティーがつづける。「ふたりともこの場所に殺されるはめに

どう応じたらいいのかよくわからなかった。アーティーはここの生まれだし、自分も彼もここで死ぬのだろうとわたしはいつも思っていたし、それはつまり〈オクタリウス〉のために働くということだからだ。企業城下町でまともに暮らすには、その企業のために働いていなければならない。これこそが最善の選択肢なのだ──地上や荒天から逃れて水中にとどまり、息絶えるまで働くのが。「仕事を辞めてどうするんだい？」とわたしはたずねた。「まさか、地上で暮らしたいとか？」

アーティーが吐息まじりの怒ったような笑い声をあげる。「いやいや。まじめな話をしているんだ」

「わたしだってそうだよ。それでいったいどこへ行くって？」

「人が水中で暮らしていける場所は〈オクタリウス〉だけじゃない」

わたしはちょっとためらってからつづけた。「〈潮流〉のことを言っているんだね」

「連中はあんたが思っているようなのとはちがうんだ」

「うん、わかっているよ。今日ユースタスが教えてくれたんだ。やつらはただのバイオハッカーじゃないってね」と、ささやき声で応じる。「うちの会社の設備に破壊工作までしているらしい。ユースタスの口ぶりだと、危険なやつらみたいだった。しかも、物を盗んだりもしているとか」

アーティーの返事が早かったので、彼はこのことをずいぶん考えてきたにちがいないとわかった――〝このことを本当にどれだけ考えてきたのか、どうしてもっと早く言ってくれなかったのか〟と思ってしまうほどに。「どのみちみんなの所有物であるべきものだとしたら、いったいどうしてそれを盗んだことになるんだ？〈オクタリウス〉が地上を離れるきっかけになった国際補助金は、みんなの役に立つプロジェクトに資金を提供するためのものだったんだぜ。〈潮流〉のやつらは貸しをとりたてているだけさ」

「ケルプの森はちゃんとみんなの役に立っているじゃないか」とわたしはささやいた。「持続可能な――」

「やめてくれ」とアーティーが口をはさむ。「食料や燃料が持続可能だろうと関係ない。その一部に手を出そうとしたとたんに銛撃ち銃で射殺されるのならな」

「青くさいことを言うのはよしなよ」わたしはそうぴしゃりと応じた。「〈オクタリウス〉がケルプをただであげられるわけがないじゃないか。会社はどうにかしてお金を稼がなきゃならないんだから」

アーティーの返事があまりにも静かだったので、わたしはあやうくそれを聞きのがすところだった。「なぜだ？」

「……なぜってなにが？」

「なぜ金を稼がなきゃならないんだ？」

その問いに対する答えをわたしは持ちあわせていなかった。どうして潜水用のエアタンクに空気を入れる必要があるのかとか、どうして横になって眠らなければならないのかとか、たずねられたようなものだったからだ。答えがあるにちがいないことはわかっていたが、がんばってそれにたどりつこうとすればするほど、ますます途方に暮れてしまう。

彼はすでにいろいろ決心しているのではないか、といういやな予感がした。

「ふたりでここを出ればいい。〈潮流〉のやつらは自前のドームを持っているから、おれたちはそこで暮らせるはずだ。十年も働いて貯金しなくてもあんたは改造手術を受けさせてもらえるだろうし、おれだってウニ狩りよりもっと面白いことをやれる」とアーティーが力説する。「いっしょに行こう」

改造手術の話を持ちだされて、空腹のときみたいに切望にさいなまれた。「やつらの改造手術が安全なわけがないよ」そう言ってみたものの、自分の耳にさえ説得力のない言葉に聞こえる。

「ここで受けられる改造手術とまったくおなじレベルで安全だとも」

「どうしてわかるのさ？」アーティーが返事をしなかったので、たぶんいずれにせよわたし好みではない答えなのだろうという気がした。おちついた声をたもとうとしたが、もちろんそんなのはむりな話だった。だって、アーティーはわたしの一番の友だちなのだから。

「前々からこれを計画していたような口ぶりだね」上のハンモックで沈黙がつづく。「いつ話してくれるつもりだったんだい？」

アーティーがため息をついた。「話すつもりはなかった」

肺がつぶれそうな思いがする。「わたしをただおいていくつもりだったと？」

アーティーの返答は苦しくなるくらい優しかった。「いや、そんなことはない。あんたは改造手術を受けて警備チームに志願して水中で暮らすことになるはずだった。だから、おれはてっきり……」彼の声がしだいに小さくなって途切れる。

「てっきりなに？」とわたしはささやいた。これほどの恥辱に押しつぶされて体から空気が漏れてしまっている状態では、大きな声などとても出せなかったからだ。

「どのみちいつだってただ一時的なものだと思っていたんだ。おれとあんたのことはな。だが、いまのあんたはこの先だいぶ長くここでは改造手術を受けられそうになくなった」その言葉の最後の部分は気の進まないようすで口に出された。アーティーは細かい心づかいをするのが苦手だけど、これが最大限努力してくれた結果なのはよくわかる。「だからおれは、あんたにおいていかれるのを待つんじゃなくて、ふたりでよそに移ってもいいんじゃないかと思ったのさ」彼がそこでわたしの手をぎゅっと強く握りしめた。「あんたはいま必要としているものを手に入れられる。いっしょに行こう。頼む」

わたしはここでなにか言うべきなのだろう——こういうことを考えぬいてきたと証明するような言葉を——自分が改造手術を受けたら彼をおいていくことになるという事実にも思いをめぐらせていたと伝えるような言葉を。でも実際には、自分が常時水中にいられるようになることしか考えていなかった。

自分がだれをおいていくことになるのかなんて考えてもみなかったのだ。

そして、アーティーがいま新しい人生に連れていってくれようとしているのに、わたしは承諾するどころか凍りついてしまっていた。あの小さなハゼになった気分だ。〈オクタリウス〉の手袋をはめた大きな手のなかにとらわれている。その手がひらかれたら、いっしょに泳ぐ群れがわたしを待っていてくれるのだろうか？

あるいは、自分なんて消えてしまうくらい広大な海のなかでひとりぼっちになるだけなのだろうか？

わたしが黙りこんでいた時間はちょっと長すぎた。ただ心を決めかねているという以上に。

「アーティー、わたしは――」

「忘れてくれ」アーティーがそう言ってわたしの手を放した。「いずれにしろ馬鹿げた思いつきだったよ。じっくり考えたわけじゃなかったんだ」上のハンモックで彼がわずかに姿勢を変える。「とにかくもう寝よう」

わたしは自分の体を両腕でぎゅっと抱きしめて、ばらばらになるのを水が食いとめてくれている感覚をイメージした。「オーケー」とささやく。「おやすみ」

アーティーはなんの返事もしない。わたしは暗闇のなかで横たわったまま、彼が眠りについて呼吸音がゆっくりとおちついた規則正しいものになるのを待ったが、結局そうはならなかった。

わたしは産業医の診察を受けにいって彼に袖の下を握らせ、潜水作業をまだやれるという宣誓書を出してもらった。そうして謹慎者向けの訓練に参加すると、海の深いところに長くいすぎた場合の危険性に関するデータを渡されてそれを読めと言われた。アーティーが勤務していないときには彼と朝食や夕食をともにし、いつもより気まずい雰囲気になったりもしていない。

ふたたび〈潮流〉にからむ話が出たのは、わたしの謹慎期間の第一週が終わるころだった。わたしとアーティーは、保存されていたサバの切り身入りのワカメスープを夕食にとっていた。彼はまたしても辣油（ラーユ）をかけすぎてちょっぴり汗をかいている。

「死なずにすみそうかい？」とわたしがたずねたとき、アーティーは眉のあたりをシャツの裾（すそ）でふいていた。

彼がにやりと笑いかけてくる。「生きているのをこんなに実感したことはないよ」

「あんたがなんと言おうと〈オクタリウス〉は――」わたしはそう話しながら、昨日とれたカキの殻を不器用な指でこじあけた。「従業員の食わせかたを心得ているからね」それはいつも口にしているようなふわりとした言葉のはずだったのに、まったくちがってその場にどすんと落っこちた。ふたりのあいだのテーブルの上にいすわったまま、ぜいぜいとあえいでもだえ苦しんでいるそいつを、わたしもアーティーもどうしたらいいのか考えあぐねてしまう。わたしはカキをへたくそにごくりと一気にのみこみ、手首の背で口もとをぬぐった。

「そんなつもりは――」

「ああ、なかったのかもな」アーティーがそう応じてスプーンをおろし、自分のスープの表面に点々と浮いている赤い油に眉をひそめる。「でも、じつはあったんだろう」

「うっかりしていたんだよ」わたしは彼の手をとろうとした。彼は手をのばしかえしてはこなかったが、とくにひっこめもしない。「ごめん」

アーティーの目はこの世で一番悲しそうだった。「会社に食わせてもらっていることを褒め言葉にするべきじゃないんだよ」と彼がささやく。「毎日食べられることをありがたく思うべきじゃないんだ。その食事が自分たちのとってきたもので、しかも代金を払っている場合にはな」

わたしはすっかり不愉快になってしまった。アーティーに腹を立てているわけではないが、自分がだれに対して腹を立てているのかわからなかったので、怒りの矛先を彼に向ける。「いかにも地上で飢えた経験のないやつの言いそうなことだね」と、利口で厭世(えんせい)的な感じにするつもりで口に出した言葉は、実際には辛辣で意地悪なものになっていた。「あんたは下のここの生まれだ」とつづける。「地上がどんなふうなのか知らないのさ」

アーティーの目が悲しげではなくなった。もうなんの感情も浮かんでいない。「そうだな」と、彼がおだやかに応じてスプーンをふたたび手にとる。

「アーティー、もっと反論しなよ」

「いいや」と、彼が目を合わせずに答えた。「あんたの言うとおりだ。おれは地上がどんなふうなのか知らない。下のここでの生活にあんたが満足しているのもうなずける。地上にいたときにいろいろ目にしたわけだからな。わかったよ」

それはまるで、わたしが議論に決着をつけて勝利を手にしたかのような言葉だったが、逆に自分はなにかを失ったのではないかと思わずにはいられなかった。

二週間の謹慎期間が明けて勤務の割りあてをもらったわたしは、ウエットスーツのファスナーをあげるのももどかしいくらいわくわくしていた。また水のなかにもどれるのだ。二週間のドーム暮らし、二週間の重力、二週間の苦痛。わたしの関節は腫れあがっていて、ウエットスーツを身につけるためになにかをしっかりつかむのさえ一苦労だったが、それをなんとかやりとげるだけの価値はあった。

席に体をはめこんで潜水ベストを装着する前に、アーティーがわたしの肩をつかまえてこう言った。「なあ、あんたが水のなかにもどれることになっておれは本当に嬉しいんだ」つづけて、彼がほんの一瞬ぎゅっと抱きしめてくる。「あんたがいなくて寂しかったよ」

「わたしもさ」例の奇妙な口論のことを恨まれておらずまだ友だちでいてもらえてほっとした。アーティーがいなかったらどうすればいいのかわからない。〈潮流〉のことを今夜ふたたび話しあって今度は彼の言葉に耳をかたむけようと決意する。彼のもっといい友だちになりたい。せめてそれくらいのことはしてやらないと。

プールがゆっくりと水で満たされてエアロックがひらき、わたしたちは外へと泳ぎだした。水の抱擁と支えのおかげで自由に動ける感覚にめまいをおぼえる。わたしとアーティーはいっしょに今日の担当区域へと向かった。新たなウニの大群がケルプの森に襲いかかろうとしている場所だ。

勤務時間が始まって十分ほどすぎたころにやつらがやってきた。

水中でなにかが起こるときとまったくおなじようにそれは起こった――さっきまでそこになかったはずのものがとつぜん姿をあらわすのだ。ぎょっとしたわたしは、手にしていた二匹のウニをとりおとし、うしろへと泳いで見知らぬ連中から離れた。そのふたりはダークグリーンの装備に身を包んでいて、ケルプの森のなかからゆらりとあらわれた瞬間まで姿が見えなかった。ひとりはわたしのものと似た潜水装備をまとっており、もうひとりには肌とおなじダークグリーンに塗られた細長い尾っぽがついている。

ふたりがわたしとアーティーを交互に見た。心臓がどきどきしている。なぜなら、相手が迷彩色なのはたぶん〈潮流〉のやつらであることを意味しているからだ。そして、たとえ危険そうには見えなくても、〝共謀や破壊工作〟という上司のユースタスの言葉がわたしの頭のなかでこだましていたせいでもある。おそらく警備チームがすでにこちらに向かっているだろう。ここを離れなくては、一刻も早く。

わたしはアーティーのほうに手をのばして彼を近くにひきよせようとした。そうすればいっしょに逃げられる。

ただ、アーティーのほうに手をのばしても彼はそこにいなかった。

彼はわたしから離れてケルプの森のなかへと泳いでいきつつあった。自分の知りたくなかった事実を知ったのはそのときだ――話しあったり耳をかたむけたりもっといい友だちになったりする時間はもうなくなっていたのだと。

アーティーはやつらといっしょに行ってしまおうとしていた。わたしをここにおいて。わたしを見捨てて。

でも、ちがった。なぜなら、彼がふりむいて身ぶりで語りかけてきたからだ。所定のサインではないが、こう言っているのがはっきりとわかる。《行こう。おれといっしょに。おれ抜きでこんなところに残っちゃいけない。おれやこの見知らぬ連中といっしょに行って、新しい人生を送ろう》

わたしはためらった。ためらってしまったのは、彼に見捨てられたと思った瞬間、自分も同行したくなったからだ。それも痛切に。ここを離れたい。人生の半分以上をすごしてきたのにほとんど目にしていないこの海には、ほかにどんなものがあるのか知りたい。しかも、実際にそうできていっしょに行けることがいまわかったのだ。

そのせいで、わたしはほんの一瞬凍りついてしまった。恐ろしいほどのとてつもなく大きな可能性が急激に高まったせいで。

わたしが凍りついていた一瞬のあいだに、水中を飛んできたなにかが頭の左側を通過してアーティーのほうへ向かっていった。アーティーの新しい仲間のひとり――尾っぽのあるほう――が水中をすばやく移動して彼の体をつかみ、ぐいとひっぱってそれをよけさせる。わたしが身をひねってうしろに目をやると、銛撃ち銃を手にしたイレーネが弾丸のような速さで近づいてきているのが見えた。

〈潮流〉のやつらは、ケルプの森のなかにアーティーを強引にひっぱりこもうとしていた。彼は手足をばたつかせて抵抗している。やがてふたりはアーティーを放して泳ぎ去りはじめた。しかし、尾っぽのあるほうはちらちらとふりむいて彼がついてきているかどうか確かめている。

アーティーはついていっていなかった。いまはまだ。彼はわたしをじっと見つめている。待ってくれているのだ。

次の瞬間、イレーネがわたしのすぐ横にあらわれた。使用ずみの銛撃ち銃は腰のホルスターにおさめられている。わたしの手首にふれた彼女の手は、以前減圧室にほうりこまれたときよりも優しかった。イレーネに目を向けると、改造手術のおかげで潜水用のマスクやゴーグルで覆われていない彼女の顔全体が見えた。彼女の目は輝いていて切迫していて、これまで見たこともないくらい悲しそうだ。

イレーネがわたしの手首を放し、水の抵抗などものともせずにすばやいサインを送ってきた。《行ってしまうの？》

そこで、両手でのろのろと不器用にサインを送りかえす。《わからない》

イレーネがもう一瞬のあいだわたしを見つめ、ゆっくりとうなずいた。こっちは同意を求めるようなことなどなにひとつしていないのに。つづけて、銛撃ち銃をひきぬいてわたしの手に押しつけた彼女が泳いでわきを通りすぎていく。彼女はふりかえらず、ただケルプの森のなかへと姿を消した――わたしの一番の友だちや、彼がついていくことにした連中のあとを追って。手にした銛撃ち銃の重みで確信したのは、アーティーもイレーネももどってくるつもりはないということだ。

海がわたしを包みこむように抱きしめて、ばらばらになるのを食いとめてくれた。

（新井なゆり訳）

お月さまをきみに
ジャスティナ・ロブソン

人類は二十一世紀中盤にずるずると破局を迎えた後、ようやく新たな体制を再建していた。ナミビア沿岸に住むダリウスの息子ジャックの夢は、再現されたヴァイキングの船に乗り込むことだったが……

ジャスティナ・ロブソン（Justina Robson）は、一九六八年イギリス生まれの小説家。ヨーク大学で哲学と言語学を学ぶ。クラリオン・ワークショップを修了後、第一長編 *Silver Screen*（1999）がアーサー・C・クラーク賞と英国SF協会賞の最終候補になるなど、高く評価される。邦訳書に『アルフハイムのゲーム』（ハヤカワ文庫SF）がある。

（編集部）

終末というのはひどくあっけないものだった。

大洪水も天から火が降りそそぐこともなく、隕石すら落ちてこなかったのだ。〝数々のウイルスの衣をまとって死がゆっくりと忍び寄ってきたのは、ターミネーターがつねに歩きまわっているせいだった〟なんていう文章を書くことさえできない。なぜなら、パンデミックが起こったのが事実だとしても、その出来事に彩りや面白さを必要以上にたっぷり加えてしまうことになるからだ。数値とか、点滅しながら動く光点とか、野火のようにひろがるさまを示した地図とか——そんなものものそえられた比較表やグラフを完成させるのでさえ三十年もかかった。パンデミックは波を繰りかえしながら退屈なほどじょじょに進行し、やがて尻すぼみになって街なかで迷惑にくすぶる程度になった。もう長いこと、ウイルスの唯一の気配と言えるのは通行人の急な空咳くらいなもので、熱い舗道でたまたま昼寝していたネコが驚いてとびおきたりもする。数百万人単位の死者が何度も出て以来、みんながウイルスの話をだらだらとつづけているのは、実際にはまだ収束していなかった場合にそなえてのことだった。だが、そうした不安が事態の収拾にどう役立つのかはだれにもわからない。

ジャックは電脳帽を脱いだ。視聴覚を覆っていた講義映像が消える。かたわらの砂の上に電脳帽をおいたジャックは、カモメすら見あたらないなにもない空とおだやかな海にふいに訪れた静寂のなかにすわっていた。風の気まぐれなおしゃべりが耳をたたく。左手百メートルほどのところにいる年配の男性は、ジャックが講義を受けはじめたときに釣りをしていたが、まったくおなじ場所でまだ釣り糸を垂れていた。四方を見わたすかぎり、自分たちふたりしかいない。

巨大なアフリカ大陸が静かに存在しているのが背後に感じられた。なにが起こっていようと大陸は満足している。今日の午後のアフリカ大陸がくつろいだ雰囲気なのは、それが背後にあるせいではなく、背を向けているこちらにこう語りかけてきているみたいだからだ――〝おまえたちが重要だと思うことをなんでもやりたいようにやるがいい、愚かな小動物どもよ。心配せずとも、とにかくわたしはここに存在しつづける。はるか未来になにかが起こって新しいものに変化するまではな〟と。しかし、その変化をジャックが目にすることはないだろう。それは未来のアフリカ大陸の問題だが、現在のアフリカ大陸はなんの問題もないことを問題にしていなかった。そういう大陸は運がいい。

いまのジャックの問題は、歴史講座を修了しないと〈ヴァイキングの冒険〉への参加資格を得られないということだった。生まれてからずっとこの海岸線で暮らしてきたジャックにとって、〈ヴァイキングの冒険〉は異郷の地を抜けてはるかかなたの白い北方へと連れていってくれるものなのだ。北方にはまだ地球を覆っている最後の氷がある。氷の感触や味わいやそれがどんなに冷たいかを知りたくてたまらない。気温三十度ほどの砂浜のここで、氷河や凍りついた川や雪原のことを考えると――この世で一番すばらしいもののように思えて、実在するのがほとんど信じられないくらいだった。ヴァイキング自体も伝説の存在だが、ジャックは彼らに奇妙な親近感をおぼえていた。自身の故郷の沿岸部をうろつく荒っぽい旅人たちは、手造りの船に乗って臆することなく海へと出ていく。船は木製で――森だ！　ああ、うっそうとした森のなかを歩いたり、シカを狩ったり、オオカミを撃退したり、槍を手にして角のついたかぶとや剣や盾や大きな毛皮のブーツを……

　ジャックはそこで身をかがめ、砂に半分うずもれていた貝殻をひろいあげてしばしながめた。小さな部屋がらせん状に連なってカーブをえがいている。生きた旋盤の作りだす石化した古い住みかだ――パパはそんなふうに言っていた。ジャックは貝殻をのぞきこんでもっともっと過去まで見ようとした。馬鹿げた歴史の講義が貝殻とおなじくらい魅惑的なものだったらよかったのに。電脳帽をかぶれば貝殻のことがぜんぶわかる。もしかしたら、貝殻自体を透視してそこに隠された秘密の部屋だって見られるかもしれない。

　でも、そのなかに秘密が隠されていればもっといい。

　見つけた場所に貝殻をまた落としたジャックは、釣り人のところへ歩いていった。ジャックよりも背が高くて、おなじようにやせていて、ほとんどそっくりの青い木綿の帽子をかぶっている。帽子は大きすぎるサイズで、目がつばで覆われてしまうくらい低くひっぱりおろされていた。足もとの砂に埋めこまれた釣りざおは、むなしいカーブをえがいて揺れている。つまり、釣り糸にはなにもかかっていないのだ。

ダリウスはゆっくりと打ち寄せる波をながめていた。もう三十分ほどして波が足もとまでとどいたら、今日の仕事を終えるときだ。

電脳帽の見せてくれる拡張視野を使って、ダリウスは東大西洋リアクター内の水流レベルをモニターしていた。適度な水深に配置されたその巨大な機械は、沿岸部を北へと流れるベンゲラ海流からプラスチックゴミをこしとっている。つまり、海水をきれいにするたわしのようなものだ。リアクターなどという不気味な名前は、機能にではなく外見にぴったり合っていた。その古びた怪物は、皮肉にもプラスチックと鋼でできたケージの形をしていて、ひとつづきの膜フィルターや磁性流体共鳴チェンバーを海流のなかにのばしながら、側面の波乗り板と太陽電池式モーターで流れの最も速いところにとどまっている。ガボンから喜望峰へと一列に並んで進む、骨組みのようなリアクター四十機のうちの二十一号機だ。ほとんど目に見えないくらいはるか上空では、アホウドリ形のグライダーがダリウスの小さな持ち場や大西洋海洋牧場全体をモニターしていた。そうやって、海をきれいにしてくれるリアクターをクジラ類の群れから遠ざけたり、機体のバランスを崩すおそれのある嵐のときには深海へ誘導したりしているのだが、グライダーの見つけたものを確認・検証・解釈するには人間の力が必要になる。勤務時間中は通信回線を切ってフィルター内部の働きを見まもっていたダリウスは、整備員に合図して補給や清掃作業の準備をさせた。古びたすばらしい二十一号機のおかげで、また何十億トンもの水がきれいになり、またみんなにとってよりよい一日が訪れたのだ。ダリウスは自分の管理するすべての機械のことが好きだった。

そこで釣り糸が揺れたのは、海のあらゆる秘密を読みとる計器類の詰まった重りが波に乗ったからだ。釣り糸には魚をとるための針やひっかけ具はついていない。夕食の獲物は一時間前につかまえてあって、いま釣りあげようとしているのは情報だけだった。

拠点にもっと近いところでは、ダリウスの放った小型ロボットの〝カニ〟たちが海底で忙しく働いていて、パトロール中に遭遇した人工汚染物質を回収したりほかのゴミの記録をとったりしていた。また、定期的にゴミをキューブ状にまとめて海面に浮かびあがらせたりもする。上空のグライダーは、絶え間なく変化する海図にキューブの位置を記録し、最寄りの浜辺の施設にゴミをもどして再処理するための回収船を送っていた。そうしたことは自動化されているが、自動化するのが難しい作業もしばしば発生する。たいていは難破船の残骸(ざんがい)の周辺や内部で〝カニ〟が動けなくなってしまったときだ。その場合はダリウスがじきじきに介入して、手動で〝カニ〟を脱出させる必要があった。まあ、実際には電脳帽でおこなうわけだが、コントローラーを上下左右に動かしたり押したりしなければならなかった時代のように、相変わらずだれもが〝手動で〟と言っていた。いまは代わりに電脳帽が人間の意図を読みとって、ほかの場所での作業に直接変換してくれる。

難破船の処理のためにダリウスがこの沿岸部に来たのは三十年ほど前のことだった。電脳帽があらわれる前の手動コントローラーの時代だ。当時は〝カニ〟もなくて、人間の労働者とさまざまな道具だけで浜辺や船上での作業をしていた。監視や整備や清掃や報告などの仕事を割りあてられて、〈青き自然〉の外辺でのんびりした生活を送っていたのだ。そのあいだにゆっくりとつくりあげられていった国際協定が最終的にまとまると、地球上の海棲(かいせい)生物は〈青き牧場〉と〈青き自然〉とに分類しなおされた。砂漠が海に接しているナミビア沿岸のこの場所は、いまでは〈青き自然〉の一部になっている。その美しさは、訪れる野生動物のためのものだった。また、報酬トークンや大金を払ってそこのホテルで何日かすごす特権を手に入れた、規定数の観光客のためのものでもある。彼らはホテルを拠点にして釣りや散歩をしたり、ラクダや機械仕掛けのウマに乗って波打ち際を行きつもどりつしたり、絵を描いたりヨガを試したりと——人が大自然の近くに来た感覚を味わいたいときにふつうやるようなことをいろいろやるのだ。

もとは清掃員だったダリウスは、比較的しっかりした一部の難破船を住居や高級レストランに造りなおすさいには建設員となり、完成後には浜辺と海中の両方を案内するツアーガイドとなった。そして、最終的にはそうした生活を捨てて、なにかもっと恩返ししているような気分になれる仕事をすることにした。〝カニ〟の管理者として〈青き自然〉に加わったのは、ヒュンダイがここの浜辺での事業の担当部門を立ちあげたときだ。現在のダリウスは、沿岸部での回収作業や〝カニ〟のモニター業務をおこなっていた。平日は自分の小屋で暮らしているが、そこは数カ月ごとに息子のジャックが訪ねてこられる場所だった。息子は質問を投げかけたり、もどかしそうに海を見つめたり、授業をサボったりしている。

いまもここにいる息子は、ほんの三十分ほど勉強してからきまりの悪そうな顔で近づいてきた。背丈はすでにダリウスとおなじくらいになっていて、肘(ひじ)や膝(ひざ)や手や足といった自分の四肢を持てあましているのが一目でわかる。二、三年前にはまったく見られなかったぎくしゃくした歩きかたやためらったようすも新たにうかがえた——この砂浜の周囲数キロ以内にいるほかの人間は父親ひとりだけだというのに。

　ダリウスは、幼い少年だったころの息子がなつかしかった。いつもとても幸せそうで、心配事とは無縁だった。幼稚園の教育プログラムはそよ風のように優しくて、世界の不思議に満ちていて、難しいことなどなにもなかったのだ。やがて、過去に関する避けては通れない講座を受講して、考えこむような深刻な重苦しさが悪天候さながらにあらわれた。年齢のせいも少しはあるのかもしれないが、そういう時期はやってきてはまた去るものだ。

　ダリウス自身が息子くらいの年齢だったころの世界はまったくちがっていて、昔ながらの学校には紙とか試験とかがあった。学校嫌いの自分は、つかまって罰せられるおそれがあっても、授業をサボって代わりに平気で通りをうろついていた。当時のことを思いかえすと妙な気分になる。というのも、興味のあるものに遠くまで幅ひろく手をのばすことをいまはいくらやっても飽きたりないからだ。日常生活がネットでつながりあった世界では可能性は無限だった。はるかかなたのだれかの体験を一時的に共有したり、相手の電脳帽を通していろいろなものを見たり、おなじ瞬間をすごしたりできる。夢想家や放浪者にぴったりの時代だ。

　そういう状況でジャックがこんなに遠くまで実際に会いにきてくれるのは奇跡だった。でも、息子のことが誇らしい。なぜなら、ヴァイキングになりたいと数年前に決意したジャックは、カサガイが岩にくっつくみたいになにがなんでもその奇妙な夢にかじりついていたからだ。ジャックは報酬トークンを貯めたり追加の学習クレジットを取得したりと、自分の居場所を獲得するためにできるかぎりのことをしていた。〝ごほうび〟を独力で手に入れるのだから、だれにも文句を言われるすじあいはない。〝ごほうび〟はジャックひとりだけのものだ。

そうしたことをダリウスが肯定していないわけではなかった。考えてみれば、それも教育であることに変わりはないからだ。要するに歴史であって、近代の便利なもの抜きでの生きかたを学ぶことでもある。地球の生物圏が工業時代によって破壊される前に人類がやってていかたような生きかただ。ジャックの亡き母親のマルタは生前つねづねこう語っていた。『自分の望みをかなえるために勉強して働きなさい。ほかの人の言うことを聞いてはだめ。世界はもう昔とはちがうのよ。できあがった〈協定〉のおかげでだれもが学べるし制止もされないの。考えてもみなかったようなものを買える報酬トークンもあるわ。いまはいかなる理由であれわたしたちに〝ノー〟と言える人はいないのよ。自宅にとどまろうが、世界を旅しようが、ここにいようが、これやあれやほかのものになろうがね。やりたいことをやりなさい。ただなにかに貢献して貯金すればいいの』マルタは〈協定〉の大ファンで、彼女自身の母親のことを誇りにしていた。マルタの母親は、その新たな手法が導入されるのを見とどけるために奮闘し、国際調印式の日を生きて迎えたのだ。そう、もちろん初めのうちは道は険しくて、まともに機能するようになるまでには四十年もかかり、さまざまなイデオロギーや攻撃の穴に落ちるのを防がなければならないこともしばしばだった。だが、ナショナリズムやつまずきがどんなにあっても〈協定〉はまだ生きつづけており、以前は存在していなかった可能性を感じさせてそれを実現させてくれている——たいていの場合は。

ダリウスとしては、ジャックのためにもぜひ可能性を実現させてほしかった。《いろいろなことがよくなっていくべきなんだ》と、心のなかのマルタに語りかける。《絶対にな。確実にそうならせなくては》

ダリウスは、息子の望みはありふれたものになると思っていた。日々の外出とか、スポーツとか、ハイテク機器とか。しかしある日、学校から帰宅したジャックはヴァイキングの本を持っていて、それで決まりだったのだ。マルタはこんなふうに言っていた。『なにかもっとうちの近くにあるものはどう？　カオコランドは？　すてきな動物たちの見られる場所で、わたしたちの先祖から受けついだ財産よ。ヨーロッパほどエキゾチックには思えなくても、いいものであることに変わりはないわ』

だが、ジャックはため息をついてこう応じたのだ。『カオコランドのこともけっこう好きだけどね。この獰猛な大昔の人たちにたちまち心をかすめとられてしまったんだよ。ドラゴンの船首のついた木造の船、征服と発見の冒険物語、海や氷に立ちむかう勇敢さ。どういうわけか、そっちのほうが野性的で可能性に満ちているように思えるんだ』

ジャックが氷の世界を夢見ている一方で、ダリウスが息子の旅を心配していることは否定できなかった。ダリウスはヨーロッパへ行ったことがなく、過去の出来事に古い怒りをおぼえずにはいられなかったからだ。自身の体験にもとづく怒りではない。その出来事に巻きこまれていないいま生きている同胞のためでもない。歴史に隠されていて自分の目には見えないはるか昔の人々すべてを思っての怒りだ。アフリカ系の仲間たちは確実にまだヨーロッパにいる。ダリウスの不安の世界では、ヴァイキングのことで頭がいっぱいの理想家のジャックが、そういうヨーロッパへ行くように思えるのだ。むこうでは、なにかいやなものが社会のなかでふつふつとわきたっていて、腐った魚みたいに表面に浮かびあがろうとしているにちがいない。まわりになじまない顔や、聞き慣れない声や、習慣をよく理解できない場所でのおかしな動き。それで差別が始まる。まあ、確かかどうかはわからないが、ダリウスはそういうことを心配していた。しかも、ダリウス自身は息子の役に立つどころかこの砂浜に残って、クジラやイルカやサメや魚群に関する情報をふるいわけては、その海棲生物たちにあらゆる不安をうちあけることになるのだ。そして、自分のうちあけ話を北海の冷たい水域へと運んでもらって、昔の侵略者すべての故郷だったそこは近ごろどんなふうなのか、現地のアザラシに訊いてみてほしくなる。

アザラシは国のことなど問題にしていない。ただ問題にしているのは、シャチや気まぐれな魚たちや、もちろん人間のことなんかだ。

ダリウスがそんなふうにあれこれ考えてしまうのは、ジャックが近代史までたどりついて二十世紀のさまざまな時流や情勢を学んでいるのを知っていたからだった。そうした知識の重さは、心だけでなく体の負担にもなる。体が重くなるのだ――まるで、遺伝子が時代をさかのぼる鎖みたいに過去やその未解決の問題をひきずっているかのように。子供は重荷を背負うべきではない。自分自身や息子が過去の出来事を学ばなければならなかったことが腹立たしかった。ジャックが学ばずにすんでいたほうがよかったかもしれない。知らなければ苦しまないのだから。歴史を繰りかえさないためにはそれを知るべきだというが、争いの種がない場合にはそうしなくてもいいのでは？

自分は過去とは別の世界に生まれた。いたらぬ親だが、残っているのはひとりだけだ。なんだか恥ずかしくて海にずるずると滑りこみたくなる。

ダリウスは、ジャックに歴史講座を修了するよう言いつづけていることをはっきりと自覚していた。だが、歴史講座などいっそ存在しなかったらよかったのにとも思うのだ。押しつぶされるような失望をまのあたりにしたくないし、自分自身がそれをふたたび感じるはめにもなりたくない。

〝カニ〟のひとつが残骸にはまりこんで動けなくなってしまっていた。脱出手順を一時間以上も繰りかえして、いまやダリウスに救援要請シグナルを送ってくる状態にまでなっている。バッテリー残量もちょっと少ない。早く助けてやらないと、ほかの〝カニ〟たちを呼んで回収させなければならなくなるだろう。それは時間のかかる作業だし、陽はすでにかたむきはじめていた。しかも、ジャックがここにいて、講義を進められないせいで無言でようすをうかがっている。

ダリウスは自分の電脳帽を脱いで息子にさしだした。少年はなにか役立つこともできるようにならなくては。

「パパの代わりにこの〝カニ〟を操作して窮地から救いだしてくれるか？」

ジャックの目がたちまち輝いた。うまくやれていないのを叱られると思っていたのだろう。

「うん！」

ふたりはたがいの電脳帽を交換した。

ジャックは〝カニ〟を操作するのが大好きだった。たとえ、ゴミをあさる以外のことはしていなくて、ゲームとはまったくちがうものだとしても。〝カニ〟の操作には砂や泥の知識が必要だ。何本もの脚をどんな奇妙なかたちに動かせるかや、どう協調させてひどいトラップから脱出させるか、といったこともわかっていなければならない。人間だったら、機械では対応できない状況から救いだしてやれる。なぜなら、打ち勝つまであらゆる方法を試してみるからだ。

それはパズルみたいなもので、ときには自分の知らなかったやりかたを発見することもあった。たまたま体がふるえたり揺れたりするとか、いままでにないパターンで脚を動かしてみるとかはさみで掘るとかしていると、なにかしらの奇跡が起こって、その偶然がなければ考えもしなかったような新しい動作がレパートリーに加わるのだ。しかも、〝カニ〟は重要でとても役に立っていてすばらしい仕事をしているので、手助けしてやることは一日一善という感じで幸せな気分になれる。ジャックは〝カニ〟を操作するのが得意で、そうするのは楽しいことだった。

問題の〝カニ〟は、ずっと前に沈没した難破船の鋼の破片に頭から突っこんでいた。その船はあまりにも錆びついて腐食しているため、解体して鋼を回収するような価値はない。代わりに、ダイビングスクールが毎月おこなっている、海の深いところに潜る上級者向けの訓練に使われていて、ジャック自身もそれに参加したことがあった。船室に入ることもできるが、大部分は大陸棚の濃い泥のなかに埋もれてしまっている。宝くじに当たるよりとんでもなく可能性が低いとしても、ジャックはいつも〝ダイヤモンドが見つかればいいのに〟と思っていた。ひょっとしたらひょっとするかもしれない。

青銅とか銀とか、はるか昔にヴァイキングを運んできたドラゴンの船首のついた船の木ぎれとか、そういうものの気配をときどきさがしてみることもあった。そんなのは馬鹿げている。ヴァイキングはこんなに南のほうまでは来ていない。だけど、来ていた可能性もあるのだ、彼らが望んでいれば。故郷から遠く離れていること以外に障害となるものはないのだから。世界のかけらを自力で見つけだして発見して手に入れたいという彼らの衝動が感じとれる。だが、ジャック自身の世界のかけらはすべてつなぎあわされていた。

〝カニ〟のバッテリーは十五パーセントしか残っておらず、実行可能な各種操作を試した結果、左側の前脚数本がちょっと故障していることがわかった。付属のゴミ風船が、脇腹の骨組みの一本と外皮の一部とのあいだにがっちりはさまってしまっている。まずはそのゴミ風船を密封して分類してタグづけして切り離した。そうしてもなお〝カニ〟ははまりこんでいて動けないままだったが、とりあえずいまはもう重りになるものはついていない。

ジャックが両腕を動かすと、電脳帽によってこちらの神経系とつながった〝カニ〟が慎重に動きをコピーした。少し左へ、少し右へ、前へうしろへ。わかったのは、後方へと動かせるようなとっかかりがないということだ。自力で窮地を脱しようと通常システムが奮闘したものの、さっきのゴミ風船のせいで実際にはいっそう深くはまりこんでしまったらしい。泥の淡い雲がカメラの視界を覆うようにひろがって渦巻いており、ジャックはかすみのかかった推測頼りの小さな世界に閉じこめられていた。船の重さや濃密な泥や〝カニ〟自体の特異な形状のせいで、その小型ロボットがどんなにしっかりととらわれてしまっているかが、自分自身の筋肉を通して感じとれる。砂浜にいるジャックは、依然として太陽の光を肌に浴びながら身をくねらせて踊り、とくに考えなくても脳が見つけてくれるはずのヒントをさがした。なぜなら、動物である自分にはこういうことにどう対応するべきかがわかるからだ。〝カニ〟を操作するのは楽しいけれど、いやはや今日は難しい。汗がひたいを流れおち、手を使えない状態のジャックは頭をふった。

すると、〝カニ〟が体をいっそう深くねじこんでしまった。あーあ。

ダリウスはソーラーテントの日よけの下にもどり、すわってお茶をいれはじめた。のぞき見しようというのではなくたんなる興味からジャックの電脳帽をかぶってみて、直前まで受けていた講義をちらりとながめる。二〇二〇年～二〇三〇年の終末時代。ああ、これは長くかかるのも当然だ。長いうえにあまりにもたくさんの議論や見解のあるテーマだから、全体像を総合的につかもうとがんばると疲れきってしまうのだ。ジャックが苦労しているのもむりはない。だが、苦労しなければやりとげられないし、いまではみんなの生活の指針となっている全体像をつかむことはだいじだった。

スペックの低い電脳帽のメニュー画面の見かたを突きとめたダリウスは、ようやく首都ウィントフークへの私的な通信を送ることができた。そこでタイマーをセットして、待っているあいだにティーバッグやマグカップを用意する。ジャックが作業を終えたときにすわれる場所や、冷蔵庫に入っていた軽食も。

やがてエスターからの応答があった。「こんにちは、ダリウス！」と、彼女が輝く笑顔を見せる。〝輝く笑顔〟と言われても、かつてのダリウスにとってはただの比喩的表現にすぎなかったが、エスターの笑顔を見たとたんにわかったのだ。確かに輝いていると。まるで、喜びに満ちた光線があらゆるものをきれいに切り裂いて世界をもっと単純にし、そこではすべてがまともになるみたいに。エスターの笑顔はたちまちダリウスをまともにしてくれて、なにもかもが大丈夫になる。彼女はだれに対してもそんなふうにしているのかもしれないが、ダリウスはその笑顔を見るたびにとても嬉しく思っていた。とはいえ、ちょっとうしろめたい嬉しさでもある。ジャックの母親が亡くなったのはずいぶん前だとしても、罪悪感がいつもうずくのだ。まあ、人はそういうものを受けいれて生きていくわけだが。

「やあ、エスター」気まずい瞬間が訪れた。〝調子はどうだい？〟とかなんとか言うべきだろうか？　いや、やめておこう。残念だが、まだ希望らしきものはある。ふたりでおしゃべりする理由はちゃんとあるのだから。エスターはこの管区の生体有害化学物質のひろがりを監視する特別浄化事業の地元調整役チーフで、ダリウスは彼女の部署に報告書を提出しているのだ。私的なコンタクトを必要としない完璧にすばらしいチャンネルも用意されているが、エスターとは実際に顔を合わせたことがあった。ダリウスが〈青き自然〉賞をとったときに、受賞者数名をもてなす晩餐会でおなじテーブルについていたからだ。ワインをいくらか飲んでいたダリウスは、彼女がどんな仕事をしているのか訊くのを夜の終わりごろまで忘れていて、その時点でふたりはすでに何時間も話しこんでいた。おかげで、怖じ気づいて逃げるタイミングをつかみそこねてしまったため、いまはここでなんとかしなければならないことがある——ステップを知らなくても踊らなければならないダンスだ。

エスターがダリウスの気まずさを感じとっていたとしても、そんなそぶりはまったく見られなかった。

「ああ、あのね、わたしの仕事はもうすぐなくなってしまいそうなのよ。南部沿岸の浄化状況はいまではかなりよくなっていて、数値もほぼ正常になりつつあるの」エスターがふたたび輝く笑顔を見せたので、ダリウスはほほ笑みかえした。いい気分だ。それは、平凡な仕事の魅力を高めようと目立たずせっせと働く電脳帽のフィードバックのおかげだけでなく、浄化に成功するたびにダリウス自身の個人的価値観が一歩前進するからでもあった。「だけど、わたしにとっては稼げるポイントが少なくなるということでもあるわ」と彼女がつづける。「わかってもらえるかしら。目標にぜんぜんたどりつけない気がするのよ。何年か前にまだ状況が悪かったころには、皮肉なことにわたしは本当にうまくやっていたのにね。でも、いまはなにかほかの職につかないかぎり――ちょっと計算してみたら、充分なクレジットが貯まるまであと十年はかかりそうなの」エスターがそこでため息をついて大げさに肩をすくめた。

ダリウスは不安の痛みをおぼえた。彼女は本当にいなくなってしまうのか？　あれからもう――なんてこった、あの晩餐会から一年近くがすぎているのに、自分はまだ子供みたいにどっちつかずの態度をとっているのだ。だが、長いことそうしてきたので、確固たる〝お友だち〟の地位を築いているのは確かだった。それ以外の何者でもないが。

「そっちはどんなふう？　ジャックの調子はどう？」

「ああ、あの子はすばらしいよ。いまはおれの代わりに〝カニ〟を救いだそうとしてくれている。本当にうまくやっているんだ。学校のほうにはちょっと苦労しているようだが」

「まだヴァイキングに？」

「もうほんの一クレジットで手がとどくところだ」

ふたりはそこで言葉を切った。あと一クレジットでだいじな目標を達成できるというのはとても大きなことだ。ダリウスとエスターが例の晩餐会で意気投合したのは、どちらも長いあいだ貯金していたからだった。生涯を通して増えてきた実りが銀行口座に積みあがっている。ダリウスは持ち場の浜辺に出ていればそれで満足なのだ。自分と自然だけですごして大好きなことにとりくむのがどんなにすばらしいか、即座に説明できる。そういう生活を絶対に手放すつもりはなかった。エスターの話によれば、彼女はお月さまのために貯金しているらしい。まるごと買うわけではなく、月へ旅行するためだ。月面を歩いて、むこうのホテルに二日間滞在し、またもどってくる。人が貯金の目標にするあらゆる壮大な計画のなかで――たくさんありすぎて一日がかりでもすべてをスクロールしきれないくらいなのだが――月旅行は最も値の張るものだった。ふつうの人間なら、人類を進歩させて世界をよくするような功績をあげながら、三十年以上もクレジットを貯めつづける人生を送らなければならないだろう。

『目標に向かって順調に進んでいたのよ。仕事に打ちこんで、全速力でね』例の晩餐会でエスターはそう話していた。『だけどそのうち、時間のかかるのがちょっとこたえてきたの。かならずしも期待どおりに年月がすぎるわけじゃないから』彼女はそんなふうに言って自分のワイングラスをじっとのぞきこんでいたが、やがて笑い声をあげてジョークを飛ばし、ダリウスはこう応じたのだ。『まあ、おれが貯金の額を意識しなくなったのは、自分の居場所にとどまる以外のことは絶対にしたくないからさ。あの沿岸部は完璧な場所なんだ。境界だ。どういうことかわかるかい?』『ええ、もちろん。よくわかるわ。境界、中間、あるものと別のものとが出会う場所、いかにもナミビアらしいこと』ああ、ふたりは話しこんですばらしい夜をすごした。

そしていま、この三人のなかのジャックが、目標額に達して〝ごほうび〟とひきかえようとしているのだ。エスターは貯金がまだたりず、ダリウスは貯めた額を気にしていないが、ジャックはやりとげようとしている。ダリウスもエスターも、それがどんなに特別でまれなことかわかっていた。たいていの人間は、小さな〝ごほうび〟をいくつか手に入れることでよしとしてしまうのに。

「なにかお祝いをしてあげなくちゃ」と、エスターが彼女のオフィスから言った。

「特別なやつを。そうだな」ダリウスの反応が遅れたのは、もともと特別なことをさらに特別にするべきだなんて思ってもいなかったからだ。どうやったら特別以上のものにできるというのだろう？　しかし、エスターの説得力ある言葉を聞いたいま、そうしたふるまいで目標達成を記念するのは親としての務めだと気づいた。ジャックの母親の幻影が願いをこめてひそかに待っている。でも、なにをすれば？　現時点までそれを考えもしなかったので、急に恥ずかしくなって自分が馬鹿みたいに感じられたが、もっと重大なことに途方に暮れてしまってもいた。

「そうだわ！」と、エスターがとつぜん指をぱちりと鳴らして言った。これ以上ないくらいいまはふだんよりもっと熱意にあふれている。「わたしにまかせてちょうだい。ジャックが歴史講座を修了するのはいつ？」

「正確にはよくわからないな。今日か、ひょっとしたら明日かも」

「図表を確認して友だちに声をかけなくちゃ。いいことを思いついたの。うまくいかなかったら困るから、現時点では教えられないけど。また最新情報を知らせてね！　そういえば……なにか話があったんじゃないの？　だって、あなたが通信を入れてきたわけだし」

ものさがしの泥沼のなかでまごまごしていた。ちょっと連絡してみただけさ」馬鹿か。ダリウスはまだ贈りものさがしの泥沼のなかでまごまごしていた。太陽と海と砂と難破船の残骸にかこまれて何年もすごしてきたせいで頭がにぶってしまっている。人間というより場所に近かった。はっきりと感じられるのは、自分自身のかけらを手さぐりで組み立てなおしてその漂流物から自我をまとめあげ、航海できるようなものを作りだそうとしているということだ。

「じゃあ、またなにかあったら」とエスターが言い、返事をするひまもなく通信画面からぱっと消えた。

ダリウスは小屋のなかにすわった状態でとりのこされ、コミカルでぎくしゃくしたスナガニのタンゴを踊っているジャックを見て、孤独で馬鹿らしい気分になった。いやはや、なんとまあ。ジャックを手伝ってやるべきだな。

ダリウスは釣りざおと釣り糸に意識を向け、そこから映像を受信しようとした。

ジャックは、〝カニ〟のサイフォンを使って水を高速噴射させたのちに脚とはさみをいっしょに動かすことで、まわりの泥を濃いスープ状くらいにやわらかくできるという事実を突きとめていた。少しでも動きを止めたら泥はまたすぐに固まってしまうが、充分長い時間そうしつづけられさえすれば、下へと掘り進んで体をくるりとひっくりかえし、反対側を向いて脱出できるにちがいない。編みださなければならなかった体のひねりかたは記録されて、あとでほかの〝カニ〟操作者たちを笑わせることになるだろう。両脚を頭のうしろにまわして両手で体を浮かせられるヨーガ行者になったような気分だ。それには遠くおよばないが、そんなふうに感じられる。笑いながら顔を赤らめたりしないようこらえていると、汗が鼻梁をつたいおちて目にも流れこんだ。頭のほうは〝完全に恥をかくぞ〟と真剣に警告してひるませようとしつづけていたが、ジャックが尻を宙に浮かせると同時に遠くのオットセイのコロニーから大きな鳴き声が聞こえてきて、曲芸を披露するサーカスみたいな雰囲気ができあがった。とたんに、バッテリー残量表示が赤く光って警報を発しはじめる。

熱い砂浜でじたばたする甲虫のようにジャックは踊った。

冷たい泥の奥深くでは〝カニ〟が身をふるわせてよじり、サイフォンから最高出力で水を激しく噴射した。汚泥が黒い霧のようにふくれあがって死の灰のごとくひろがる。ほんの一瞬、なにかぴかぴかしたものがカメラに映った。〝カニ〟のヘッドライトのかすかな光を反射してきらめいたそれは、浮きだし模様のついた財宝の縁のように見える。次の瞬間、その財宝は渦と闇のなかに消えてしまい、〝カニ〟は古い支柱の下で向きを変えられるスペースのある深さに到達した。〝カニ〟がなめらかなすばやい動きでくるりとひっくりかえり、ボンベから予備の空気を左右にジェット噴射しながらすみやかに浮上していく。

バッテリー残量表示の赤い色で視界が覆われていたが、もう大丈夫だった。電力が切れたとたんに非常用ブイが泡とともにぱっと展開して、古びた〝カニ〟はぶじそのクモの糸に乗って海面へとひきあげられ、そこで修理を待つことになるだろう。

父親から借りた電脳帽を脱いだジャックは、ふと気づくと焼けるように熱い砂の上にすわって荒い息をついていた。数メートル離れたところでは、釣りざおと釣り糸が潮の流れに乗るような曲線をえがいている。ジャックはいったん両手と両膝をついた姿勢になってから立ちあがり、前方の打ち寄せる波のなかへよろよろと歩いていった。水の冷たさが氷のように足を冷やしてまっすぐ脳へと駆けあがる。至福の感覚だ。

「おみごと」背後から聞こえたパパの声には、面白がっている雰囲気があふれていた。

思わずうめいてしまったが、つづけて笑い声をあげる。自分のことは一週間かひょっとしたら一年間くらいは動画アーカイブで話題になるかもしれない。でも、だからといって勝利をおさめた感覚は損なわれなかった——そして、とても深いところに埋まっていた銀色の金属片に対してふいにわきあがった驚きも。「あの財宝を見た？」

「財宝？」

「難破船の二メートルくらい下になにかがあったんだ。金属製の古いものがね」

そこでふりむくと、パパが自分の電脳帽をひろいあげてジャック自身のものをさしだしてきているのが目に入った。「あとでもう一度見てみよう。だが、先にこの歴史講座をすませてしまうのはどうだ？」

「そんな……」そういうことを思い出させる親ほどいやなものはない。

「ジャックはパパの問題をとてもうまく解決してくれた。だから、パパもジャックの問題に手を貸せる気がするんだ。いっしょにやってみないか？」

「ぼくが思ったことを言っても、それを正そうとはしないでね？」

パパが息を吸いこんでから口を閉じた。一瞬、唇が固くひきむすばれる。「いいだろう」

「わかった、じゃあ」ジャックは大きなため息をついて自分の電脳帽をかぶりなおした。まずはお茶を飲んでいっしょに浜辺を歩き、北へ行くにつれて黒い斑点状に群れをなしているオットセイたちのほうへ向かう。左手には静かな波音をたてる海が、右手にはゆるやかにうねる砂浜の砂丘があった。電脳帽の情報によれば、旱魃のせいでこのあたりを群れで訪れているライオンたちは、問題を起こすほど近くにはいないようだ。南のほうにある脱塩装置のところで、自由に飲める真水やまわりに植えられたヤシの木かげを利用しているらしい。オットセイを食べるチャンスを狙ってライオンの群れもあとで北へ移動してくるだろうが、うまくいけば歴史の講義はそこまで長くはかからないはずだった。

　視界の右上に型どおりの四角い画面があらわれて拡張現実映像が流れはじめた。頭のなかで聞こえるナレーターの声はどういうわけか、そうした古い知識になじみがありながらもスリルをおぼえるような感じになっている。「人類が適応進化してきた理由は、ふれるものすべてに関わるアイデアを生みだす巨大システムを通して、つねに自分自身と闘っているからです。つまり、みずから競って武器をみがいているのです。二十二世紀初頭のパンデミックによって、地球全体に注目する必要性が決定的な時点で表面化しました。インターネットや機械学習ツールが新たな環境を生みだして、政治経済の古い手法を廃止できるようになったときです。今日の全世界を網羅する大規模にゲーム化された物流システムは、当時のショッピング習慣やトレンドから生まれたものでした。さらにそこからルーツをまっすぐにさかのぼると、人類最初期の試行錯誤に……」

そしてついに、戦争とか大虐殺とか宗教的愚行とか強欲とか惨劇とか、目をそらしたくなるような人間のふるまいにからむあらゆることがおこなわれなくなったのだ。

「……最終的にそうなったのは、伝染病と気候変動とが組みあわさって、人口の大幅な減少が繰りかえされたり、経済やインフラの認識可能な文明的制度のほぼすべてが失われたりしたせいですが、共同配信システムやデータ解析によって、古い形態の政党政治代議制が終わりを迎え……」

おっと、そうか。上昇する前には底まで落ちるわけだ。

ジャックはふと気づくと海のほうを見つめて広大な大西洋をながめていた。はるか沖合には白波が立ち、打ち寄せる波が足首をなでている。頭のまわりで渦巻く風が電脳帽をひっぱっているのは、まるで〝こんなものは脱ぎ捨ててしまえ〟とすすめているかのようだ。ナレーターの声もほかの映像もないほうがいい。

パパに肘でつつかれるのを感じた。点と点を結ぶよう思考レベルでうながしてきているのだ——年配の相手のつかみかけていることがなんなのか、ジャックにもわかる程度に。反転することを学ぶには、まず本当にはまりこんで動けなくなる必要がある。

アイデアがかたちをとりはじめた。

どうしようもなくてひどい出来事ばかりだが、やがて少しずついろいろなことをしていって、やっと過去から解放されるのだろう。ジャックはにやりとしながら、そうした考えと午後の〝カニ〟との格闘とを組みあわせて最終レポートの一部を書いた。例の金属片のきらめきを思い出す。なにが見つかるかなんてだれにもわからないのだ。

エスターはジュリアに通信を入れた。相手が何千キロも北のイギリスにいるとしても、むこうとの時差はあまりないので考えなおす必要はない。ジュリアは手があいていないようだったが、彼女自身の映像を自由閲覧状態にしていた。エスターのほうは今日の終業時刻までもう少しというところだったため、応答を待つあいだは楽な姿勢でくつろいでジュリアの午後のようすを見せてもらうことにする。

ジュリアは街の中心部にある数少ない高層ビルの最上階に住んでいて、そこからのながめはすばらしかった。でも、エスターが一番楽しんでいるのは、古い街特有のコンクリートやガラスや鋼の色合いではなく、ほぼすべてが緑で覆われているという事実だ。緑のほかに見えるのは、興味深いヴィクトリア朝様式のレンガや石でできた建物の正面とかアーチとかで、計画的に残された近代建築の長い直線はほんのわずかしかない。

インフラなどが失われたあとの北ヨーロッパの復興戦略は、〝都市に閉じこもって、以前よりも緊密な拠点としてそこを用いる〟というものだった。効果的に熱をたもって、もっとうまく物流を管理するのだ。基本的に大きな温室であるビルは、大規模なプランターのような野菜工場に作りかえられていた。一方、さらに古い建物は現代的な住宅に改築されている。それはつまり、〝とどまっている住民がかなり気前よくとりぶんをもらえたとしても、都市郊外の建物をほとんどぜんぶ明けわたすはめになって、そのエリアがもとの自然にもどされる〟という意味だった。ジュリアは天然水路の復元や地下水の汚染除去を専門とする水資源担当グループのメンバーで、彼女とエスターは長年にわたっていくつもの作業団体に所属してきた仲間どうしなのだ。

エスターはジュリアの電脳帽を通してなんでも見たいものをながめることができた。とはいえ、この場合は電脳帽ではなくカチューシャに似た形のヘッドセットで、エスターの勘ちがいでなければ、きらきら光るミラーボールふうの玉飾りの触角までついている。日光がその玉飾りに小さく色とりどりに反射して、ジュリアのバルコニーに生いしげった緑の葉にあたっているのが見えた。イチジクやブドウが、下にあるものすべてを覆うようにふんだんに這わされてからみあっている。ジュリアは仕事をしながらぼんやりとトマトの葉先をつまんだりマルチにふれて湿りぐあいを確かめたりしていた。道の反対側にあるかつては銀行だったとおぼしき別の高層ビルでは、小鳥たちがケンカしたりすばやく出入りしたりしているのが見える。壁を覆う温帯雨林に水を供給しているのは、葉の下に隠された噴霧器だ。

ジュリアのヘッドセットからのデータのおかげで、エスターにはあらゆるものの正体や来歴や用途などがわかった。低地を流れる長い川とかそこに浮かぶボートとか運河とかが遠くにちらりと見える。そのむこうにはレンガ造りの工場がいくつもあって、線路わきの複数の作業場では、解体されたすべてのビルがスクラップとして仕分けされていた。そうした人工の景色のなかを横切って一本の緑地帯が街をつらぬいており、昼間は人々がそこで乗馬を楽しんでいる。南のほうのどこかには公園があって、車を運転したり自転車に乗ったり競走したりと、なんでもすることができた。かつては自然保護地域にあったものとどこにでもあったものとが、逆の位置になっているのだ。

ジュリアのやっていたなんらかの仕事が終わって通信がつながり、それに気づいてさっと背すじをのばした彼女が、腰を痛めて「うっ！」と声をあげた。「こんにちは。今日はどんな用件かしら？　うちの水クレジットの支払いがたりないかどうかわかった？」

「ああ、いいえ、それはまだ再調査中よ。少なくとももう一カ月は大丈夫だし、実際にとりたてられたとしても、なにかの装置の補給品くらいですむでしょう。中国の人たちが追加の太陽エネルギーとひきかえに一年ぶんをカバーしてくれたから。この通信はどちらかというと個人的なものなの。あなたは以前〈冒険者たち〉部門に所属していたわよね。アフリカ系のヴァイキングっていたのかしら？　ヴァイキングはアフリカを訪れていた？」

ジュリアは街の中心部を見わたした。西から雲が近づいてきているが、沈みゆく夕日で駅のそばの古びたホテルの白い石壁が輝いている。今日は雨は降らないはずだった。ありがたいことだ。川は決壊寸前になっているのだから。ジュリアはかつての自分へと意識を飛ばした。まだ見習いだったころにイギリス北部の保養地での仕事に関わっていて、物資や出入国の管理をしながら旅行客を乗せたりおろしたりしていたのだ。定住した〝ヴァイキング〟のイギリス拠点はリンディスファーン島だったが、海岸線のあらゆるところに居住地があった。

「アフリカ系のヴァイキングね。なぜそれをわたしに訊くの？」

「専門家だったはずでしょう」エスターのそういう生意気な声を聞いてジュリアがいつも感じるのは、音でお尻をつねられるような感覚だ。

「集団のメンバー全員がアフリカ系のヴァイキングということはなかったみたい」と、ジュリアは〈冒険者たち〉部門のデータベースを参照して一瞬の間をおいてから答えた。「でも、有色人種のヴァイキングはいたらしいわ。だったら、確かにありうるわね。たとえ過去にはいなかったとしても、北へ向かういまの巡回船にはアフリカ系のヴァイキングのメンバーが三十人くらいいるから、肌の色のちがう参加者でも居心地の悪さは感じないはずだけど……どうしてそんなことを訊くの？　ひきかえに月旅行のチケットを手に入れるとか？」

「ああ、あのね……」エスターはジャックのことを説明した。ちょっとあまりにも必要以上にダリウスにこだわりすぎているのかもしれないが、こんなふうに締めくくる。「……それで、あなたは〈冒険者たち〉部門の管理部で働いていたでしょう？」

「もうずいぶん前のことよ」とジュリアは応じた。

「でも、わたしがこれを思いついたのはね」そうつづけたエスターは、いい意味で決然と本当に望むものを手に入れるつもりだった。「じつはダリウスが話しているのを耳にしたからなんだけど……」

「エスターったら、ダリウスのことをスパイしていたわけ？」

「ただの調査目的よ。いずれにせよ、彼はいつだって自由閲覧状態なの。ひらかれたチャンネルだしね。正直なところ、見えるのはたいていは海だけで、ときどきちょっと砂が映るくらいなのよ。ダリウスは考えごとをしているときが多くて、彼が今朝つかまえたのは……いいえ、そんなことはいいわ。とにかくわたしの話を聞いて。ジャックのレベルで〈冒険企画〉に参加しても一週間しかいっしょにいられないわよね。まる一夏すごせるといいと思っていたんだけど、なにしろ家から遠いし……」

ジュリアはトマトの葉をくるくるともてあそびながら耳をかたむけていたが、エスターの計画の最後の部分でこう言った。「そこのところで多額の追加料金が必要になるわよ、エスター。時間も労力もかかるもの。つまりその、すてきな思いつきだけど、そういう行きすぎたことをする許可はわたしには出せないわ。たとえ管理部にいたとしてもね。いまはちがうんだから……」

「追加料金はわたしが払うわよ。じつは目をつけている転職先があるの」

「月旅行にはまだクレジットがたりなかったはずでしょう。これはきっと――わからないわ。かなりとんでもない額になるんじゃないかしら」

「たりないわね、確かに。いいえ、よく考えたうえでのことなのよ、ジュリア。わたしはこうしたいの。月へ行きたかったのは本当だけど……貯金をぜんぶ自分で使ってしまうより、それが実際に人生の助けになる人に特別なものを贈ることのほうがだいじじゃない？　たくさん貯金してきたんだから、この先まだ目標額まで積みあげられるわ」

いまや友情レーダーを一番鋭い設定に合わせたジュリアは、エスターから送られた情報を再検討した。クレジットのひきかえには厳密なルールがある。多額のクレジットが関わる場合にはなおさらだが、特定の状況ならときには贈りものをすることもできた。「本当にいいの、エスター？　これほどの額を埋めあわせられる仕事なんてちょっと思いつかないけど」

「すごいのよ」とエスターが応じる。「じつは砂漠のソーラーパネル農場を管理する職があってね。いまではパネルのかげでたくさんの作物が育っているの。ブドウ園も始めたわ。ワインができたら味見しにきてね。それに、自分で産むにはもう遅すぎるけど、こうするとなんだか子供ができたような気分なのよ。わかる？　おおぜいの人が資金援助活動をしているわ。これはただわたしもそうしているだけなの。つまりね。わたしは明日死ぬかもしれなくて、そうしたら貯金はぜんぶ国際基金に入っちゃうわけだから、こうすれば少なくとも自分のやりたいことをやれるのよ」

彼女の話しているのは十年ぶんの貯金のことだった。急に年をとったような感覚がどんなものなのかはよくわかる。なにしろ、自分は相手より十歳も年上なのだから。それに、そう、優先順位は確かに変わるし、夢が別の夢になったりもする。ジュリアとしては、エスターが見わたすものすべての女神でもあるかのように月に立つことを想像するほうが好ましかった。だが、人間はそう簡単には不満の種を手放せないせいなのか、中東でまた戦争が起きたというニュースが最近流れていた。さらなる紛争のことを考えるとうんざりしてしまう。ジュリアとつきあいのあるだれもがうんざりしていた。大規模な協力関係の土台を築くためにしてきたあらゆることが、ふたたびむだになろうとしているみたいだからだ。的確な場所を何度か攻撃されれば通信がしばしば途絶し、古いやりかたに逆もどりして世界の一部またはすべてが失われてしまうのではないかと、恐怖で心臓がどきどきする。そうしたことは精神を鋭敏にするものだ。

「必要な書類をととのえるわ」とジュリアは言った。「ジャックには予防接種を受けさせてね。最新の……」

「ありがとう」とエスターがすばやく応じて、ジュリアの献身的かつ正確な情報をばっさりと切り捨てた。「感謝するわ。ひとつ借りができたわね」

「すぐにはむりよ」

「大丈夫。きちんとやってもらうほうがいいもの」

「それとね、エスター」

「ん？」

「もしもデートするのをこんなに長く待っていて、しかもこんなに一生懸命がんばっているのなら、あなたが主導権を握るべきかもしれないわよ？　仕事の件以外でまた連絡してね」気楽に、満足そうに、そっけなく——「がんばってなんかいないわ。がんばる必要もないし。これはジャックのためなの」

「なるほど。そういうことにしておきましょうか。つまり、わたしたちはみんな自由閲覧しているわけよ。特別な理由もなく、ただ気まぐれにね。世界のどこのだれとでもつながれる。スカイダイビングをする人とか、ロケット工学者とか、テニスのスター選手とか、ファッションモデルとか、天才とか……」

エスターがぶつりと通信を切った。尊大なまでにご機嫌だったり不機嫌だったりする妖精の女王みたいな態度で。

まあ、お尻をつねられるような感じの声の持ち主にはそれがふさわしい。ジュリアはそんなふうに思いながら追肥スプレーを手にとり、ひとつの植物からまた次の植物へと、自分だけのジャングルのなかをゆっくりと移動していった。エスターの夢が失われたことにほんの一瞬悲しみをおぼえる。月の話をするときの彼女がいつもどんなに目を輝かせて声を弾ませるか——『あの銀の砂(エスターにとってはけっして〝つまらない塵〟などではなく、ファンタジー小説みたいな〝銀の砂〟なのだ)に手をのばして、最初に残された足跡のところに立って、ついにやっと地球を見おろすの』

エスターは言葉や夢の扱いかたを心得ていた。彼女が夢を手放すのはまちがっているように思える。しかしその一方で、そうするのはいかにも彼女らしかった。そもそも夢をいだくのがどんな感じなのかをわかっているから。

ジュリア自身の望みははるかにちっぽけなもので、わりと早くに実現されていた。この庭園高層ビルの最上階の居場所やくつろげる趣味を手に入れて、なんだかいいことをしたような気分だ。宇宙旅行や世界のあちこちでおこなわれている大胆な行為をいつでも間接的に体験できるのは、みずからの生活を自由閲覧状態にしてくれる人々のおかげだった。ジュリアは自分でじかに実行する必要性を感じたことは一度もない。しかも〈ヴァイキングの冒険〉は——心地よい暮らしに慣れた者にとっては、ネットにつながらない厳しい生活を強いられることになるのだ。ジュリアは試しにほんの数日参加しただけでそれが大嫌いになった。泥や雨や風があまりにもひどいうえに、防寒用インナーも身につけられないのだから。「気にいってもらえるといいんだけど」と、ジュリアはジャックへの言葉を口にしながら首をふった。みんな自分がいったいどんな目にあうかわかっていないのだろう。でも、いつだって脱出することはできる。結局のところ、〈ヴァイキングの冒険〉は楽しむためのものなのだ。

南大西洋の寒流はナミビア沿岸を北へと流れていた。その冷たさのおかげで水が栄養豊富な状態にたもたれていて、人間とおなじくらい長生きでゆっくりと成長する魚のすみかとなっている。寒流は海岸線一帯に濃い霧も発生させるので、光がさえぎられたり、音がくぐもったり、なにもかもがぼやけた形になったりしていた。

苦労して書きあげたレポートを何週間も前に提出したのにほったらかされているジャックは、試験には使えそうだが好ましくない見解をいだきつつあった——情報の公平性や利害関係者の教育、ネットでつながりあったいまの人間世界を支配している報酬と返礼のシステムすべては、ちゃんと機能しているのだろうかと。自分たちは果てしない迷路のなかにいるネズミみたいに、えさを求めてレバーを押しては、さしたる理由もなく特別な技を身につけている。ジャックは来る日も来る日も、〈ヴァイキングの冒険〉にいつ参加できるかの知らせをしんぼう強く待ちながら、パパを手伝って魚の数を数えたり水のサンプルをとったり〝カニ〃を操ったりしていた。パパの生活は退屈だけど、心安らぐものでもある。それに、自分は実際に課題をクリアして必要なクレジットを手に入れたのだ。いよいよそのときが近づいていた。でも、こんなふうにずっと待たされているのはちょっとつらい。

ふだんなら霧は午前中のなかばには晴れるのだが、今日はしつこく残って気温が低いままだった。パパは朝早くから作業を始めていて、それにつきあったジャックはあくびをしながらぶつくさ言っていた。というのも、例の難破船を毎日さがしてもなにも見つからず、〝あの金属片は自分の妄想だったか、コーラの缶とかほかの無価値ながらくたとかだったのではないか〟と思えてきたからだ。だれにも見られていないときに、海はその所有物にいつも奇妙なことをするのだ。

だが、今日はジャックの目の前で、波の動きに合わせて海から少し流れてきた霧が薄れていき、あちこちに切れ間のあらわれたそこにとつぜん沖合のシルエットが見えた。

斧を大きくふりあげたときのようななめらかな上向きの曲線、誇らしげな角張った頭部、曲がった首、長々とした胴体。きれいに波を切って進むその背には、まぎれもない赤と白の巨大な一枚の帆が霧のなかに見え隠れしている。

ドラゴンの船首のついたヴァイキング船だ。ただし、ざっと八千キロはコースをはずれていることを除けばだが、確かにそこに存在していた。キイキイときしるオールが慎重に水をかいてしぶきをはねあげ、船がゆっくりとじょじょに近づいてくる。ジャックは自分が目ざめているのか確信が持てなかった。だれかが電脳帽にいたずらをしているのかもしれない。

ジャックは電脳帽を脱いだが、それでも船は消えなかった。オールが水をかいてしぶきをはねあげる。

「パパ！　パパ！」

「ああ、わかっている」パパは急に声をかけられたのにさほど驚いていないようだ。

ジャックはとつぜん気づいた――これは現実で、夢ではないのだ。船は本当にそこにあって、自分を迎えにきてくれたのだ。

「だけど、本来の旅程とはちがうよ」とジャックは言った。冒険の旅のルートは暗記していたからだ（グリーンランド、イギリス、フィンランド、スウェーデン、ドイツ、フランス、スペインなどの国々をまわってまたもどっていく常時開催ツアーで、休止になるのは悪天候や衛星の故障といった大規模災害の影響を受けたときだけだった）。

ヴァイキング船が近づいてきて、オールが水平にあげられた。船のへさきに立っている背の高い男性は灰色の毛皮のマントに身を包んでいて、長いドレッドヘアは銀と青銅で結ばれている。ベルトに斧をさした彼が片手をあげた。

ジャックは馬鹿みたいに突っ立って魚のように口をぱくぱくさせていたが、やがてアフリカ系アクション俳優さながらの男性が船のへさきからとびおりた――信念や劇的効果に大いに頼りつつ、電脳帽の助言にもちょっぴりしたがって。だが、彼がおりたったのは太ももくらいの水深のところで、そのうしろにあるヴァイキング船は、大きな危険をおかしながら海中の砂地に船底がつかないことを確かめている。重装備の男性は、砂浜にたどりつくまで浅瀬をけっこう長く歩かなければならなかった。身長が二メートル近くあるがっしりした体つきの戦士だ。角のついたかぶとはもちろんかぶっていない。史実とはちがうから。しかし、彼は実際に角笛を持っていて、にっこり笑いながら足を踏みならしてジャックに近づいてきた。立ち止まった彼が角笛を唇にあてて単独だが力強い大きな音を出し、最後まで残っていた霧が追いはらわれる。

八百メートルほど北でオットセイたちが鳴き声をあげはじめた。

呼びかけるようなその声を聞いてダリウスのほうをふりむいたジャックの顔が、まじりけなしの喜びの表情に完全に変化する。

ヴァイキングたちが来てくれたのだ。みんなで。

船に乗って。

ジャックを迎えに。

ダリウスは、この瞬間のためならすべてを投げだしていただろう。だが、実際にはなにもしていない。どうしてこんなことが起こったのかさっぱりわからない。

やがて、一分ほど考えてわかった。

「さあ、ここだ」ダリウスはそう言いながら、主要な前哨（ぜんしょう）基地として使っている小屋を身ぶりで指し示した。

一張羅（いっちょうら）を着たエスターは車の遠出でまだ体が冷えているらしく、風に負けないようスカーフをしっかりと押さえていた。彼女がまばゆい日ざしのなかから屋内へと足を踏みいれる。「けっこうこぢんまりとしているわね。想像以上に」と、一瞬の間をおいて応じた彼女は、箱でできたテーブルの一番いい席に腰をおろした。そこには最高の木製食器が並べられている。ダリウスは冷蔵庫からトニックウォーターをとってきた。魚はグリルにのせられていてパンはスライスされており、すばらしいながめの海はおだやかで、オットセイのコロニーからちょっと変なにおいが流れてくるだけだ。

「感謝するよ」とダリウスは言った。「きみのしてくれたことに」

「ああ、あんなのはなんでもないわ」エスターがひらひらと片手をふりながら砂浜を見わたした――そこが楽園ででもあるかのように。一分前にはそうではなかったとしても、彼女のいるいまはそんなふうに姿を変えている。

ダリウスは、いつぞやジャックの見つけた貝殻をとりだしてエスターの前においた。「きみへのプレゼントだ」

それは古びた巻き貝で、とげがなくなるほど海に洗われてだいぶ白くなっていたが、エスターが手にとったのが合図となって拡張現実記憶映像が流れはじめた。ダリウスがその貝殻に目を向けることで、彼女にはジャックの送ってきた数々の動画カードが見えるのだ。北方へと旅するジャックは、〈海の荒馬（あらうま）二号〉で勇敢な（ときには身の毛のよだつような）航海をつづけていた。ドラマチックに登場したあのあとの〈海の荒馬二号〉は、長距離貨物輸送用飛行船でアルジェへと飛んでから、例年のこの時期の通常ルートにもどってヨーロッパ沿岸を着々と北上し、しばしば停泊して景勝地を〝襲撃〟しているらしい。

ダリウスとエスターのふたりは、そうした映像を数分間いっしょにながめて楽しんでいたが、やがて彼女が貝殻のなかに入れられていた別のものを見つけた。

目をぱちくりさせた彼女がこちらを見て言う。「これだけ貯めるのにはずいぶん時間がかかったはずよ」

「おれはそいつを使うつもりがないし、たぶんこの先もずっとそうだろう」と、ダリウスは急に恥ずかしくなって応じた。「きみの月旅行のチケットを充分買える額だ」

間をおいてまばたきしたエスターが、片手をダリウスの手に重ねてくる。「でも、ふたりぶん買うにはたりないわ」

ダリウスはほほ笑んだ。「おれは下のここで待っていればいいさ」

ふだんはとても明るいエスターの顔が、ひどく涙ぐんでとりみだした表情になったので、自分はなにかまちがったことをしたのではないかと思ってしまう。

「やりすぎよ！」とエスターが言い、スカーフを顔に押しあてて涙をぬぐった。

「まだたりないくらいだ」そうきっぱりと応じたダリウスは彼女に向かって縁の欠けたカップをかかげた。ふたりでカップをカチリとふれあわせて中身をすすると、たちまち緊張感がほぐれていく。

「火星旅行のために貯金していたんじゃなくてよかったわ！」とエスターがつづけた。「もどってくる前にあなたが死んでしまっていたかもしれないもの」

「もう火星に行くこともできるのかい？」と訊いてみる。
「ええ、年内にね……」そうやってまた話が脱線して気楽なものになると同時に、砂浜から大きな波が砂浜からひいていった。

（新井なゆり訳）

菌の歌
陳楸帆（チェン チウファン）

中国の奥地にあり、独自の文化を保っている篁村。若い女性エンジニア蘇素は、この村の人々を国家規模のAI情報網、超皮質ネットワークに参加させるべくやってくるが……

陳楸帆（チェン・チウファン、Stanley Chan）は、一九八一年広東省生まれの作家。北京大学中文系を卒業し、Googleや百度で重役を務める。邦訳書に『荒潮』（新☆ハヤカワ・SF・シリーズ）『AI 2041 人工知能が変える20年後の未来』（共著、文藝春秋）があるほか、多数の短編が邦訳されている。

（編集部）

篁(こう)村の口伝(くでん)では、雨乞いの祭りである喊天節(かんてんせつ)の祭祀(さいし)のあとにかならず夕立が来る。祭りでは祭壇のまわりで村民たちが歌い踊る。

今年は言い伝えとやや異なることが起きた。雨に続いて多少の雹(ひょう)が降り、さらに謎めいた客人が二人やってきたのだ。閑々(かんかん)とした山奥の寒村にこの事件は波紋を広げた。そもそも天気が年ごとにおかしくなっていると村の古老は警告していた。歌い手たちの喊(さけ)びが天に届いていないようだ。このままでは稲作ができなくなり、魚も鴨(かも)もいなくなると憂えた。

阿美(アーメイ)は歌い手になりたての村娘だ。ところが村外から客が来て予定が少々狂った。客の一人である蘇素(スースー)と初めて話したのは、そのもてなしの宴席だった。長卓には各家が持ちよった料理が並んだ。辣椒(ラージアオ)漬けの魚、二十日大根と鴨汁、干したあばら肉、青苔(あおこけ)という水草の汁……。もちろん宴席に各種の茸(きのこ)は欠かせない。山採りの茸がおいしい季節なのだ。

酒杯が三巡すると、村民たちはいつものように篁村方言の歌謡をはじめた。一人一人の声音(せいおん)も音律も異なるのに、響きあいながら不思議と調和する。五彩(ごさい)の絹糸による花紋(かもん)の織物を見ているようだ。最年少で経験の浅い阿美は最後に合唱に加わった。その声は澄んで高く、雲雀(ひばり)のように天地を行き来する。歌は高く盛り上がって終わった。

歌い終えた村民たちは山猿のように高く長く歓声をあげ、酒杯をかかげた。そして宴席の定番曲である祝酒歌（しゅくしゅか）をごいっしょにと客人たちを誘った。年功順でまず上司である小太りの中年男性の李想（リー・シアン）に酒杯がまわってきた。李想はよく心得ており、首に青筋を立てて力強く歌った。そして自家醸造の白濁した米酒（ミージウ）をごくごくと飲みほし、袖（そで）で口もとをぬぐって満面で愛想笑いをした。

次に村民たちは若い蘇素のまえに来た。

阿美はそのなかにまじって、自分と同年代のこの若い女性を興味津々で見た。はるか遠い沿岸都市から来たと聞く。白皙（はくせき）の肌に耳もとで切りそろえた短髪。宴にも祭祀にも一貫して無表情。料理には手をつけず、注がれた酒杯もそのままだ。

「飲みませんし、歌いません」

蘇素は立とうとせず、かけた眼鏡を白く曇（くも）らせて両目を隠した。その枠から小さな青い光が発してまたたく。夜の小川に舞う蛍のようだと阿美は思った。

「蘇素！」

李想が声を荒らげたが、若い女はつんとして答えない。上司は村民たちに謝った。

「まだ学校を出たばかりの若輩者（じゃくはいもの）でして。かわりにいただきます」

李想は媚びるような笑いで、新たに注がれた酒杯を受け取り一気に飲みほした。たちまち額まで真っ赤になり、酒杯の底を見せる。そして村民の飲み方にならって、「うおぉぉぉぉぉ！」と声をあげた。

やんやの歓声のなか、蘇素だけは木像のように固まっていた。

阿美はそのかたくなで殻にこもったようすが心配でかわいそうに思い、隣にすわって、その肩に手をおいた。蘇素はぎくりとして、眼鏡の白濁が瞬時に消えた。警戒心をあらわにした目がのぞく。

「なにか用？」

怒気をこめて問われ、阿美は火にふれたように手を引っこめた。

「ううん、その……なにも食べてないようだし、お酒も飲まないし、歌も歌わないし……黒毛水牛みたいに不機嫌だから」

おかしなものにたとえられて蘇素は目をぐるりとまわした。横目で李想を見ると村民たちと元気に歌っている。やれやれと思いつつ、入村前に受けた注意を思い出して、無理に愛想笑いをつくった。

「気にしないで。この村を超皮質ネットワークに接続する仕事が終わらないうちは、飲んだり歌ったりする気になれないだけ」

阿美は困った顔になった。都会人の言うことはよくわからない。それでも遠路はるばる訪れた客人は礼をつくしてもてなしたい。

「外部者の言葉はわかりにくいけど、用があったら言ってね。お手伝いするわ！」

大きな声で言い、歯を見せてにっこり笑った。それを見て蘇素は表情を明るくした。

「本当？」すこし疑う顔にもどる。「嘘じゃないでしょうね。とにかく、わたしは蘇素。あなたの名前は？」

半月前、蘇素は李想からレクチャーを受けた。中国南西辺縁の奥深い山岳地にある篁村は、部の担当地域で唯一、超皮質ネットワークへの接続が未完了だ。この盲点を解消しないとグリッド全体が完成に至らない。このままでは部の評価が下がり、所属メンバーのボーナスや昇進に響き、ゆくゆくは会社の将来性にも影響する。

超皮質ネットワークは気候変動に対応する切実な必要性から生まれた。物理世界とデータ空間を高精度のマッピング技術でつなぎ、人工知能を使って資源配分、エネルギー消費、汚染物質の排出、人口流動、植林計画などを地域間で動的に調節する。そうやって気候変動による損失リスクをできるだけ分散させる。

九百六十万平方キロメートルの国土がこの巨大で不可視のネットワークに組みこまれようとしている。土地をグリッドに分け、あらゆる地点をＡＩの管理下におく。そこに接続不能の盲点があると、抜け穴となってネットワーク効果を最大化できない。

篁村へ通じる自動車道はない。オフロード車で最寄りの地点まで人と荷物を運び、あとは徒歩で山道を登るしかない。

「ふもとに村をつくって移住すればいいのに」

蘇素は気息奄々（きそくえんえん）で恨（うら）み言をのべた。見上げても曲がりくねった山道が続くばかり。

李想も肩で息をしながらとぎれとぎれに話した。

「彼らはよそ者を信用しないんだ。とりわけよそ者の男をね。だからきみに同行してもらってるのさ」

「それってつまり……母系氏族ってことですか？」

「そのようなものだ。社会構造がとても前近代的でね。そんな人々から信頼を得るのがきみの仕事だ」

「じゃあ課長の仕事は？」

「支援さ！　きみの荷物を運び、そして……安全を守る！」

李想はいつもの愛想笑いをしてみせた。しかし汗と埃にまみれて泣き顔よりひどい。それを見て蘇素はつぶやいた。

「嘘ばっかり」

蘇素の出身は、繁栄をきわめる粤港澳大湾区の沿岸都市だ。寝室の窓からは茫洋としてきらめく青い海が眺められた。

しかし篁村にやってきて一週間。どちらをむいても視野は無粋な山肌にさえぎられる。霞んだ朝には山頂からクリームのように濃い霧がゆっくりと流れ下るのが見える。森を模糊と包み、村に迫る緩慢な動きを見ていると、自分の頭の働きまで停滞しそうでぞっとした。

今日は村で知りあった阿美に道案内をしてもらっている。しかしその軽い足どりに追いつけない。

「待ってよ！　本当にこっちなの……？」

会社が前回送りこんだチームの作業日誌によると、村にある木造の高い鼓楼のてっぺんに発信機は取り付けられたはずだ。村全体に信号を届かせるにはそこが最適だからだ。しかしその鼓楼はしだいに背後に遠ざかっている。

「さっさと歩いて！　鴨みたいなよちよち歩きじゃなく！」

阿美はさらに足を速める。

道は密林にはいった。太陽は樹冠に隠れ、菱形の木漏れ日がまばらに顔に落ちるだけ。周囲は危険でいっぱいだ。頭上の葉にたまった夜露が突然大量に落ちてくる。姿のない鳥や獣があちこちで侵入者を警告する鳴き声をあげる。足もとはぬかるみ、白い冷気が滑りやすい苔を隠して都会人の足をすくおうとする。

「どこへ行くの……？」

蘇素は額から汗を流し、息を乱して訊いた。しかし阿美は答えず、木の根がもつれたトンネルの入口のようなところにするりとはいった。蘇素は呼ぶ。

「待ってよ！」

トンネルのなかは四つんばいで進むしかない。方向感覚を失い、下り勾配だとわかるだけ。細い指をつく地面は腐った落ち葉に厚くおおわれ、不気味に軟らかい。蟻が這い、蜘蛛が垂れてくるたびに悲鳴をあげる。落ち葉は赤茶色に変わってスポンジのような感触。腐敗臭が鼻をつく。阿美の姿は見えず、根と腐葉土の迷路にとり残されたように感じる。疑心暗鬼になった。篁村の天真爛漫で親切な少女に見えたのは、ただの仮面ではないか。人跡絶えた崖の上に置き去りにし、骨すら残さず始末するつもりではないか。よそ者に手助けを申し出る親切心には裏がある……。

かさかさと頭上で不気味な音がした。おそるおそる顔を上げる。

赤ん坊の腕ほどもある巨大なムカデだった。赤くつやつやとして無数の足をうごめかせる。もはや悲鳴も出ず、蒼白になって夢中で逃げた。足が空を切り、下りのトンネルを滑り落ちる。出口の先が崖になっているのが見える。

藁にもすがる思いで腕を出す。なにかをつかんだ。つかまれるならなんでもいい。絹糸のような感触で球状にもつれている。刺激臭もする。本当に木の根なのか。たしかめる余裕はなく、必死につかまった。滑落を止める命綱のつもりでしがみつく。

するとその考えが伝わったように、絹糸が体にからみついてきた。崖から飛び出す寸前でやっと滑落が止まった。目をあけると地面のすぐ上で、蜘蛛の巣にかかった虫のように揺れている。極度の恐怖から解放されて、ヒステリックな笑いが止まらなくなった。

「やっと笑った！」

見ると阿美がそばに立っている。笑ってこちらを眺めている。

「なに言ってるの……下ろしてよ……！」

蘇素はげっそりした声で頼んだ。

阿美は歩みよって蘇素の体にからんだものをほどきはじめた。

「どうやら気にいられたみたいね」

「だれに……？」

蘇素は体についた粘着質の糸を嫌悪感とともに引き剝がした。
阿美は答えず、遠くを指さした。岩峰の亀裂の上に金属製の装置が立てて放置されている。大きなコルクスクリューのように銀色に光っている。

篁村は外部者と接触すると山奥へ移転することを歴史的にくり返してきた。

村民は雑草精神の持ち主だと古老は説明する。踏まれてもへこたれない。ほかの村はどこも金銭の誘惑に屈したり長年の軋轢に倦んだりして、政府が平地に築いた新しい町に移住した。そしていわゆる現代的生活をはじめた。

阿美はそんな町のいくつかを訪れたことがある。ビデオで見る都市生活と変わりない暮らしだ。かつての山村民が、いまは水道の水を飲み、電化製品を使い、インターネットに接続している。伝統的な手染めの綿の服を捨て、流行の化繊の服をオンラインで買って着る。子を名付けるときは、外部者が発音しやすく、憶えやすい新しい名前を選ぶ。独自の言葉や歌謡を忘れ、先祖や山神への祭祀をやめ、自然界の精霊とのつながりが切れる。そして多くの人が不眠、頭痛、アレルギー、無気力、心身不調などに悩んでいる。医師が診ても原因不明で薬を出せず、食事や生活習慣を変えてみたらと助言するだけ。

古老によると、これらは魂魄が山に呼びもどされ、体だけが俗世を歩いている状態らしい。機械とおなじだ。

ゆえに篁村の村民はことさら外部者を警戒するようになった。明白な敵意をしめさないまでも、安易に懐(ふところ)にいれない。すなわち敬して遠ざける。この心得を阿美は幼少から守ってきた。

しかし蘇素はすこしちがった。

これまで見てきた外部者はみんな計算ずくの自信に満ちていた。身ぶりも感情表現も練習を重ねた演技のようだった。それにくらべて、蘇素は子どものように純真だ。外部者としての行動規範が身についておらず、考えも感じ方も篁村で尊ばれる雑草に近い。上司を平気で怒らせる。村の暮らしになじめない、あるいはなじもうとしないのは本当だろう。演技ではなく本心だ。山の清水のように汚れを知らない。

「どうして篁村を、その……超皮質ナントカにつながなきゃいけないの？」

その問いに、蘇素は意味不明の言葉を連発しながら立て板に水で説明した。阿美は聞きながら頭をひねった。都会人のいう〝雲(クラウド)〟や〝埃(ダスト)〟は、自分が知っている雲や埃とはちがうらしい。世界は多層構造だと説明された。多種多様な層が垂直や水平につらなっている。超皮質ネットワークはこれらの層をつなぐ特別な接点だという。

阿美はやっと理解できたと顔を輝かせた。

「ああ、わかったわ。火鍋(フオグオ)の調理法みたいなものね。鍋底があって、そこにいろいろな食材をいれて、お湯をそそいで、上を油の層でおおって、花椒(ホアジャオ)や辣椒を浮かべる。それを杓子(しゃくし)ですくうと上から下まで全部とれる！」

蘇素は半開きの口でしばらく考えてから、やにわに眼鏡をはずして阿美にかけさせた。

「眼鏡なんてなくても遠くまで見えるから。無理にかけなくたって……あら」

レンズが白く曇り、阿美の眼前にはまったく異なる世界が出現した。山はもはや山ではなく、川はもはや川ではなく、篁村ももはや篁村ではない。地下を巨龍のように這う光ファイバーケーブルが見える。雲の上をゆっくりと移動する通信衛星が見える。そのあいだで重なりあう半透明の網目が山や森や家々をおおっている。層ごとに異なる模様は絹糸のような線で、その上を七色の光があちこちへ緩急さまざまに移動している。

自分の手を見るとやはり金色に光り、ふちがぼやけている。本能的に怖くなり、呼吸が乱れた。蘇素が言う。

「心配しないで。ただのエフェクトよ。物質とエネルギーと情報の関係をシミュレーションで見せているだけ」

阿美は眼鏡をはずし、明るい映像で疲れた目をこすった。

「これが……篁村の未来なの？」

「それはあなたに想像できないものになる」蘇素は首を振った。斟酌（しんしゃく）なしに残酷な現実をずばりと言う。「そのときになったらわかるわ」

阿美は黙りこんだ。古老たちの言うとおりだ。外部者の手にゆだねたら、篁村の未来は当事者の理解も判断もおよばないものになる。押しよせる変化の波をこばむか受けいれるかという選択すら許されない。移転できる森や谷はいずれ尽きる。

心臓が苦しくなった。とらわれた蛾（が）が胸のなかであばれているようだ。

なにができるだろう。村で最年少の歌い手で、祭祀を主宰したことがない自分に。ぼんやりしていると目のまえで手が振られ、現実に引きもどされた。蘇素だ。

「だいじょうぶ？　ところで……村の人たちはなぜ発信機の設置をいやがるの？」

「怒られるからよ」

「だれに？」

蘇素は、さっきも似たようなことを訊いたと思い出した。

阿美は相手の目をじっと見るうちに、新たな考えが浮かんだ。自分にできることがわかった。

李想と蘇素のもとには進捗（しんちょく）を問う会社からのメッセージが届いた。

篁村には過去に三隊がはいり、それぞれ困難に直面した。最初の隊はそもそも山奥の村に到達できなかった。二番目の隊は村にたどり着いたものの、歓迎の宴のあとに提案した近代化計画は村民から丁重に断られた。第三隊は、過去の失敗に学んで政府の許可書をたずさえていき、発信機の設置にようやく成功した。しかし隊が村を去って一カ月後に問題が発生した。発信機が空のデータを送ってくるようになったのだ。センサーが働いていないらしい。グクラウドのサーバーとの接続も切れていた。機械の目が閉じてしまっては盲点のままだ。グリッドマップでは篁村のところに赤い点がつき、超皮質ネットワークの普及計画が未完であることを会社幹部に昼も夜もしめした。

第四隊である蘇素たちが村民の説得にふたたび失敗したら、会社が穏健な方針を続けるかどうかわからなくなる。〝最後の手段〟が用意されているという噂があった。それはなにかと李想に尋ねると、上司は口を閉ざした。苦渋の表情から、避けるべき最悪のシナリオと察せられた。

蘇素は能天気で無関心な態度を続けながらも、内心では日ごとにあせりをつのらせた。滞在中は阿美に案内されて篁村の多元的な生態系を解説された。高山の雪解け水は渓流となって流れ下る。村民はそれにそって棚田を開いて村をつくる。水路と貯水池をうまく配置して清流を均等に各戸に流す。田に水を張ったら稚魚を放って育てる。魚が育ったら雛鴨を放し飼いにする。魚と鴨は水田で共存し、害虫を捕食して雑草がはびこるのを防ぐ。その糞は有機肥料となり、土を肥やして柔らかくする。こうして米と魚と鴨が毎年豊かに収穫される。

蘇素が興味を惹かれたのは菌類の巧みな利用だった。さまざまな菌で米酒を醸し、水田の病虫害を防ぎ、水牛の消化をよくし、山の土壌と木の根を固定し、食物として収穫し（茸は菌類がつくる果実だ）、薬にもする。驚いたことに建築にも利用されている。板を菌で腐食させると多孔質で柔軟な構造になり、床材にすると菌の圧電性で発電もできる。住人が歩いたり、跳びはねたり、踊ったりすると天井の省電力灯をともせる。

この知恵はどこから来るのか。案内されながら蘇素は不思議に思った。村民は菌の利用法を、重力の存在のように自然に知っている。

答えは歌い手だった。

篁村には七人の歌い手がいる。全員が女性だ。たんなる娯楽のためではなく、大きな名誉と責任を伝統的にになっている。先祖伝来の知恵を歌謡に乗せて次世代に伝える。節気、祭祀、誕生、結婚、病気、葬礼、引っ越しといった村の行事にはかならず歌い手が参加する。祭祀をつかさどると同時に実用的な助言もする。ときには未来の天気も予測する。たとえば今年は突然の雹が降ったが、これは去年から予言されていた。村民はそれにしたがって家や家畜小屋を修繕していたおかげで被害を最小限にとどめられた。

歌い手のこの能力は神霊からもたらされる。山川湖沼、鳥獣虫魚、一石一木にいたるまで神が宿ると考えられる。

一見すると前近代的な自然崇拝の多神教だが、ここでは現実として受けいれざるをえない。蘇素と李想が技術用語や経済用語を並べても無駄だ。無尽蔵のエネルギー、リアルタイム情報、環境にやさしく効率的な農業、都市部とおなじ機会を児童にもたらすオンライン教育、一人あたりＧＤＰの向上……などと語っても村民には通じない。篁村で重視されるのは政治より祭祀、アルゴリズムより神霊だ。

となると結論は一つ。祭祀をやって、篁村が超皮質ネットワークに接続するべきかどうか神託を下してもらうのだ。

蘇素は悩んで神経衰弱になりそうな思いで会社にレポートを送った。神の介入を求めて祭祀をやりたいと村民にどう説明するのか。こちらの意を汲まない神だかなんだかに計画をゆだねてしまっていいのか。

するとと李想がアイデアを出した。

「阿美に話したらどうだ？」意図をふくんだ目で声をひそめる。「つまり……神はみんなを満足させようとするものだろう」

蘇素はこの上司にも自分の仕事にも日ごとに失望していた。第四技術部の新入社員のなかでとくに優秀ではない自覚があった。今回の特別任務に選ばれたときは、潜在能力や日頃の努力が評価されたのかと内心で小躍りした。しかし篁村に着いたとき、たんに部内で唯一の女性社員だから連れてこられたのだとわかった。

帰りたい。エアコンやコンビニが恋しい。もう蜘蛛なんて一生見たくない。それでも任務目標を達成できずに帰るのはくやしい。

やるしかない。

作戦を提案された阿美は意外にも冷静だった。

「神さまを買収するの？　でも外部者のあなたたちは神霊を信じてないでしょう。つまり……わたしに嘘をつけと？」

その目には深い失望が見てとれた。その失望は阿美のものか。それともそこに投影した蘇素自身のものか。

「頭がやわらかくなってきたと思ってたのに、やっぱりまだ頑固なのね」

「そんなことは……ただ……」

蘇素はあわてて否定しようとして言葉に詰まった。

心の底では同意したかった。阿美の言うとおりだった。篁村で暮らすうちに変わった。かたくなで無関心な態度は薄れ、多少なりと快活になった。酒は飲まないし歌わないのはあいかわらずだが、腹をかかえて大笑いしながら、そんな自分に驚いて笑いが止まることがあった。コンピュータが誤ったコードにあたって停止するようなものだ。

眼前の霧が晴れた気がする。ここが好きになったのだと、心のなかの小さな声が言った。大湾区の都市ではだれもが時計に追われるようにせわしなく歩く。遅れないように、心を閉ざして進む。あの灰色のコンクリートの市街と、この緑が輝く篁村は対照的だ。ここではだれもが穏やかで平和な顔をしている。仮想やシミュレーションではない本物の幸福がある。エアコンもコンビニも遠い思い出のようだ。風呂場の隅に逃げこむ大きな蜘蛛とも友だちになれそうな気がする……と思って自嘲した。いつかは帰るのに。

蘇素は両手に顔をうずめて、聞き取れないほど小声で言った。

「ただ力になりたいのよ」

阿美は同情する顔になった。慰めるように肩にそっと手をおく。もう逃げようとはしない。

「お話を聞かせてあげる」

　むかしむかし黒毛で角(つの)のはえた悪鬼(あっき)がいた

山の一家の富と健康な生活をねたんでいた

山にある一家の田では三女が白い鴨を放ち
次女が魚を捕らえ、長女が稲を育てていた
祖母と父母は悪鬼に用心せよと常に教えた
歌って知らせれば近隣の人が助けに集まる
ある日腰が曲がって笠をかぶる老婆が来た
三女は世話をやいたが、見れば健康そうだ
老婆曰く、病の薬に鴨の羽根を一本おくれ
三女曰く、鴨の羽根一本で健康になるなら
次は顔に黒布をして足の震えた老婆が来た
次女はその手を引くが、見れば健康そうだ
老婆曰く、病の薬にする魚鱗(ぎょりん)を一枚おくれ
次女曰く、魚の鱗(うろこ)一枚で健康になれるなら
またぜえぜえと苦しげに息する老婆が来た
長女は背をさすったが、見れば健康そうだ
老婆曰く、病の薬にする稲穂を一本おくれ
長女曰く、稲穂の一本で健康になれるなら
そこへ妖風(ようふう)吹いて老婆は悪鬼の姿になった
鴨羽も魚鱗も稲穂も悪鬼が使う呪法の材料

茸を食い、木を切り、水を糞尿で汚染した
山神（さんしん）は元凶の鴨羽と魚鱗と稲穂をみつけた
もとはといえば一家が山の掟を破ったから
山神は黒い菌を送り鴨も魚も稲も死なせた
祖母と父母と三姉妹は悲しんで涙も涸（か）れた
村の歌い手が気づいて祭壇を築いて問うた
三女次女長女は老婆に薬をやったと話した
鴨羽と魚鱗と稲穂と聞いて歌い手は察した
薩神（さっしん）に事情を知らせ、山神に理解を請うた
薩神曰く、鴨羽と魚鱗と稲穂は篁村の三宝
山をよく信心せよ、山を貶（おとし）めてはならない
山神曰く、鴨羽と魚鱗と稲穂は自然の理法
悪鬼は法に服し、家人は神の言に従うべし

村民は篁村の将来を神霊の判断にゆだねることにした。七人の歌い手で最年少の阿美が祭祀をつかさどる。その説得で、蘇素も客分として加わることになった。外部者が持ちこんだ問題なのだから、外部者も神霊との交感に参加すべきだと説明した。

阿美としてはほかの理由もあった。蘇素は普通の外部者ではなく、薩神の祝福を受けてい

るのだ。

李想は心配そうに蘇素に言った。

「無理しなくてもいいんだぞ。やれるだけのことはやったんだから」

蘇素は内心で不安だった。恐怖心がある。これからなにが起きるのかわからない。ホラー映画のように神への生け贄(にえ)にされるのではないか。またプレッシャーもあった。不適切な行動で神との繊細な契約関係を壊し、阿美と村に大迷惑をかけてしまうのではないか。

それでも阿美に招かれたらこばめない。いやとは言えない。

祭祀がおこなわれるのは、もと発信機が設置されていた鼓楼だ。円形の祭壇では篝火(かがりび)がたかれ、まわりには鴨の羽根と魚の鱗と米粒がそなえられた。七人の歌い手は色鮮やかな錦(にしき)の正装で、銀の装飾を全身につけ、顔には黒、白、黄色の塗料で花紋を描いた。長幼の順で並ぶなかに、蘇素もおなじ衣装で加わった。まったく場ちがいな気分で阿美のあとについていく。

その阿美が小声で言った。

「発信機をはずした理由がこれでわかったでしょう?」

蘇素はおそるおそる答えた。

「大まちがいだったとわかったけど……これからなにをさせられるの?」

「あなたが得意なことよ」

「なに?」

「酒を飲み、歌う」阿美はいたずらっぽく笑った。「そして踊る」

「わたしを殺す気⁉」

蘇素は大声になりかけ、あわてて口を押さえた。阿美は意地悪そうに言う。

「過去には外部者の首に刃物をつきつけて、おしっこを漏らしながら歌わせたそうよ。うまくいったらしいわ」

蘇素は震えながら息を吐いて、不敵に笑ってみせた。緊張を解こうと阿美が冗談を言っているのだ。

「頭がおかしいわ……」

「そう！　頭をおかしくしないとできない！」

茶色の液体がはいった器を渡された。眉をひそめながら、阿美にならって目をつぶり、息を止めて一気に飲んだ。強烈な味で咳きこみそうになる。米酒のわずかな甘みと、植物の辛みと、鉱物の苦みがある。そして一度経験したら忘れられない泥土の味も。

歌い手たちは手をつないで篝火のまわりを時計まわりに歩きはじめた。阿美が祭祀の歌謡を歌いはじめる。その澄んだ声を追って歌い手たちが一人また一人と加わっていく。声域も声音もばらばらなのに、重なりあって調和する。練習を積んで暗黙のうちにあわせる楽団のようだ。すべて即興で演じている。

蘇素は聞きほれた。沿岸都市の一流のオーケストラにもできない霊妙で荘厳な合唱。この響きを壊すのが怖くて声を出せない。腹の底が熱くなってきた。口を開けば炎を吐きそうだ。

阿美が蘇素の手を軽く叩いてうながした。

「歌って！」

「で……でも……」

「なにも考えずに口を開け、大きく声を出すだけ。自然に加われる！」

酒の酔いが作用したように蘇素は本当に歌い出した。最初はただ声をあわせ、旋律をなぞり、歌詞を追う。しだいに声帯と肺を乗っ取られ、自動演奏の楽器になったように新たな音符をまじえはじめた。それでも全体のメロディときれいに調和する。信じられない。歌っている。村の歌い手たちといっしょに。

阿美の顔に炎が映じて紅に染まっている。歌い手たちは踊る。舞い踊りながら篝火をめぐる。方向を転じてまたまわる。歌声が踊りを導き、暗黙のうちにあわせる。鼓楼をかこんだ村民たちも手を叩き、歌に加わる。その集団のなかで李想は心配そうに見守りながら、もはや止められないとわかっていた。

蘇素は笑いが止まらなかった。笑いながら泣く。こんな快楽は初めてだ。体が頭の制御から離れたようだ。七人の歌い手と一体になり、音楽の起伏とリズムにあわせて自由に舞い踊る。束縛も規則もない。快楽あるのみ。純粋な究極の快楽。

「気にいられたのよ！」

阿美が大声で言う。蘇素は酩酊気味の笑顔で答える。

「だれに？」

「薩神よ！　大祖母があなたを気にいったの！」

「だれの祖母？」

「みんなの祖母！」

「飲みすぎじゃないの……」

「そのうちわかるわ」

「どういう――」

蘇素の眼前で篝火が急に明るくなった。まるでARグラスのパラメータがいじられたようだ。しかし眼鏡はかけていない。なのに視界が明るくなったのはなぜか。明るさだけではない。人の輪郭がぼやけている。ぼやけた境界から色が流れ出し、空中で生き物のように踊る。

「阿美……なにを飲ませたの？」

その阿美の笑顔が四方八方へ拡大した。宇宙誕生の瞬間のようだ。歌声があらゆる次元へ爆発的に広がる。

世界が忘れてしまった物語がはじまった。

阿美の歌声が蘇素の口から流れ出す。幻想的な歌声が脳に直接響く。自分の声はどこに？そう思ったとたん、歌声は二つに分かれる。二つの声部が重なり、からみあい、強く共振する。

共振に引かれて鼓楼内部を旋回し、上昇する。暗闇のなかで木造のほぞ継ぎの仕組みや、梁（はり）の色彩豊かな絵がはっきりと見える。描かれているのは結末を聞いていないあの昔話だ。

　さらに上昇して鼓楼の屋根を突き抜ける。肉体は意味を失い、自分を無限大にも無限小にも感じる。どちらもおなじことだ。共振が自分だ。寂寞（じゃくまく）として見える夜空にもさまざまなものが満ちている。自然と人間がつくりだす振動、気流に乗る鳥の群れ、汚染物質と塵（ちり）、雷がつくるマイナスイオン、水蒸気、地表からの熱放射、村のともしび、人工降雨のために散布された炭酸カルシウムの粒子、酸素、窒素、雲のなかで振動する水分子、さまざまな周波数の無線電波、深宇宙からの放射線……。

　姿も形もないものが意識と環境のあいだにある。往来し、情報とエネルギーを交換し、蘇素の心理を微妙に変化させる。主観的な感覚が環境に支配されていることに驚く。憂鬱（ゆううつ）、興奮、落ち込み、活発……。これらの繊細で見えない状態変化は、微視的あるいは巨視的要因と密接に相関している。地表から成層圏をへて広大な宇宙空間にいたるまでの対流、放射、伝導、揮発……。

　ふいに気づいた。いま理解したことは、自分の認知や知識の範囲から一歩も出ていない。わかってほっとすると同時に、一抹（いちまつ）の失望もおぼえた。阿美に飲まされた酒に感覚を拡大する成分がはいっていたのだろう。それが観念的な知識を、幻想として具体化してみせたのだ。それだけのことであり、なんら神秘的ではない……。

　と思ったのはまちがいだった。

　あらゆるところに浮かんでいる黒褐色の微粒子は、ただの塵ではなかった。接して共振してみると、それは死んだ土埃ではなく、生命情報をのせていることがわかった。真菌の胞子だ。その一個との接触で、地球全体の大気圏に浮かぶその総量はシロナガスクジラ五十万頭分もあるとわかった。無数にあるそれらが凝結核（ぎょうけつかく）となって雨雲を形成し、雪や雹を降らせる。天気をつくっている。

　この新しい情報に引き寄せられ、探求することにした。共振する力で胞子の源へむかう。天地のあいだで巨大なおはじき遊びをするように、胞子のあいだを跳びはねながら地上へむかう。振りまわされる快感。頭がおかしくなる。

　雲が切れ、黒い大地が広がる。泥土に深く潜る。暗く湿って暖かい。視覚のかわりに触覚で広大な世界を感じる。なにかがそっと触れてきた。この粘着質には憶えがある。崖から落ちかけたときに止めてくれた絹糸だ。あのときは木の根だと思ったが、いまはちがうとわかる。菌糸だ。真菌から伸びて分岐、融合し、ネットワークを形成するもの。

気にいられたようだという阿美の言葉を思い出した。

畏敬（いけい）の念にかられた。この菌糸のネットワークは地下で数十平方キロメートルも広がり、地球に数千万年前から存在している。人類とくらべると老人と赤子だ。簡単かつ効率的な方法で水分と養分と生物電気の波動を伝え、森と藪（やぶ）と草原をつないで一体にしている。岩を砕いて土壌をつくり、汚染物質を分解し、植物に栄養をあたえては枯らし、独特の代謝作用で食物や薬物をつくる。そうやって動物と人間にも影響をあたえ、思考、感情、行動を操作している。人間はそのことを知りもしない。

菌糸ネットワークから伝わる振動で、人間が無知な理由がわかった。人体もまた皮膚や多数の通路や内腔に無数の微生物を共生させている。その数は人体をつくる全細胞より多い。一人分の腸内細菌が銀河系全体の恒星の数を超える。人体はそれらに保護され、影響されている。適切な共生関係が崩れれば殺される。稲が病原菌に冒されるように。

共生こそが生命の真実だ。なのに自己愛の強い人間は自分だけを見て、多種多様で未知の微小な生命体を無視している。しかし無視されても消えてなくなりはしない。宇宙の質量の九十五パーセントが暗黒物質と暗黒エネルギーでできているように、ひそやかに存在しつづける。複雑精妙な独自の規則にしたがって人類誕生以前から活動してきて、滅亡後も活動する。

穏やかで広大な振動に包まれ、そこに溶けていく。深く暖かな愛を感じる。人間の意識には叡智をそなえた老女のイメージが投影される。大祖母、薩神だ。彼女がいなければ植物は育たず、鳥は飛ばず、魚は泳がない。人間の自意識が表出することもない。その愛を伝えるのは無数の細い菌糸だ。蘇素の意識と緊密に結びついている。思考が動くたびに、つながった生命の脈動を感じる。これこそが神の恩寵だ。

篁村の選択がはっきりとわかった。阿美の言うとおりだ。

彼らはすでにネットワーク中にいる。生命のウェブだ。深い地底から数万メートルの高空にいたるまで、無数の微小な生命体がいる。一見すると無関係のようでもじつは連携し、地球の生態系とも精妙なバランスをとっている。動物、植物、岩石、真菌を包括して、人類以上の知恵を持つ。万物の一部であることを知り、使命を受けいれ、必要なときはためらいなく自己を犠牲にする。人知を超えた計算能力。ある種の分散型知能だ。人間が考案した原始的で粗雑な機械知能など足もとにもおよばない。

そう考えるうちに、蘇素の意識に焦燥と恐怖が生じた。栄養豊富な意識で繁殖する黴のようだ。新たな振動を感じ、何層もの時空を俯瞰できるようになった。各層は篁村のありうる未来をしめしている。山も川も機械におおわれ、村がセンサー能力のある半透明のドームでおおわれた未来もあった。村民の体に多数のデータノードがつけられ、その注意力は現実とバーチャルを頻繁に行き来している。あるいは……。

見えた？

阿美の歌声がはっきり聞こえてきた。降りていく。唯一にして堅固な現実に降下していく。いわく言いがたい複雑な感覚をともない、虚空に溶けていた体が輪郭をとりもどす。頰が濡れているのに気づいて驚いた。冷たく、また熱い涙を流している。

阿美、わかったわ。全部わかった……。

どんなことがわかった？

助けられるのはあなたじゃない。わたしよ。わたしと世界。

すると阿美の若い顔に、古老のような笑みが浮かんだ。

「お話の結末はどうなるの？」

蘇素に問われて、語り終えていない篁村の昔話のことだと阿美はしばらくして気づいた。

あのあと山神と薩神の指導の下に一家は罠をしかけた。三姉妹は盛装して、悪鬼が好きな酒と料理を用意し、悪鬼が好きな歌謡を歌った。悪鬼は罠とも知らず、歌声と酒の香りに惹かれて老婆の姿でやってきた。三姉妹は正体に気づかないふりをして酒をすすめる。悪鬼は酔って寝てしまう。歌い手が出てきて姿をもどす術をかける。するとあらわれたのは大きな黒毛の水牛だった。水牛は一家の耕作を助けていたが、昼夜の別なく働かされてへとへとだった。嫉妬と恨みが心に生じているところに、山の怨霊や野鬼につけこまれ、悪鬼と化したのだ。一家はその恨みに徳で報いることにし、三姉妹は黒毛水牛を大切に世話した。そして健康で豊かで幸福な山の上の暮らしを続けた。

「ハッピーエンドね」

蘇素は言った。阿美はお別れのときだとわかって感傷的になっていた。

「ハッピーエンドがみんな好きだから」

「そんな顔しないで、阿美。篁村の人は雹が降っても吉兆と解釈するほど楽天的なはずよ」

「そうね。そして歌ってお酒を飲む」

「訊きたいことがあるんだけど……」蘇素はためらった。「……どう訊けばいいか」

「言いたいことを言って、問いたいことを問いなさい。山に風が吹き、谷に川が流れるように」

「この決定をしたのは薩神なの？　それとも……」喉がこわばる気がして蘇素は唇をゆがめ

た。「……あなたなの？」

祭祀が終わったあと、阿美は薩神から啓示を受けたと宣言した。篁村は外部者の超皮質ネットワークを受けいれる。ただし蘇素が工事を指揮することが条件だ。つまりそれには、蘇素が会社から権限を委任されることが必須。そして篁村を再訪して一定期間、おそらくかなり長期間住むことになる。

李想はこれを聞いて、山のふもとにわだかまる雲のような複雑な表情になった。しかし最後は納得した顔になった。最善の道だ。

まだいくらかトランス状態にある阿美を蘇素がじっと見ていると、ふいに眼前に映像が見えた。透明な水晶体の裏に、神経細胞ではなく黒褐色で半透明の菌糸の塊（かたまり）があるらしい。頭を強く振って暗いイメージを払った。

祭祀の幻覚のなかで、重なりあういくつもの未来が見えた。そのほとんどで、蘇素自身は巨大な歯車のあいだに落ちたネジのようにじゃまな存在だった。どんな選択をしても最後はおなじベルトコンベアにもどってしまう。しかし一つだけ、自分が自由意思をもって二種類の計算と二種類のネットワークを融合させるものがあった。二つの歌声をきれいに調和、共鳴させる。その未来でなら人類は叡智を発揮するだろう。自然と技術の微妙なバランスを維持し、この脆弱（ぜいじゃく）な青い星を壊さずにすむだろう。

薩神の啓示がこの最後の道をしめしているのはまちがいない。

「薩神はあなたを気にいり、わたしもあなたを気にいったってこと」

阿美はこともなげに答えた。

蘇素は笑うべきところだと思ったが、あえて長い習慣どおりに無表情を通した。

「また来るわ。そのときは……」

あとが続かない。阿美がかわりに言った。

「いっしょに歌いましょう」

最初に会ったときとおなじように肩に手をおいた。

蘇素は表情をゆるめ、初期設定の赤ん坊にもどったように晴れやかに笑った。

(中原尚哉訳)

〈軍団〉（レギオン）
——マルカ・オールダー

豪華な海底スタジオから配信しているネット番組の有名司会者ブレイズ。今回のゲストはノーベル平和賞を受賞したアプリ〈軍団（レギオン）〉の開発者。会話の中でしだいに明らかになっていく〈レギオン〉の正体とは……

マルカ・オールダー（Malka Older）は、アメリカの作家。二〇一五年に小説家デビュー。一六年の政治SF長編 *Infomocracy* は高い評価を受け、〈カーカス・レビュー〉誌や〈ワシントン・ポスト〉紙でその年のベストに選ばれた。邦訳書に『九段下駅 或いはナインス・ステップ・ステーション』（竹書房文庫）がある。

（編集部）

ブレイズがノックもせずにドアを押し開けると、それまで早口で話しこんでいたふたりの女が、まったく同じように怒りのこもった目つきで眉をひそめ、彼のほうを向く。これは珍しい。彼の親しみやすい顔や好ましい雰囲気は、会う人のほとんど、特に彼のトークショーに出演するために控え室に座っている人たちを喜ばせるには充分なのだが。彼が準備のルーティーンの時間を割いてここにいるのは、ひとえにカメラの回っていないところで彼らをよりくつろいだ気分にさせて、有名人に会う緊張をやわらげてやるためだというのに、まったくいやになる。

ブレイズは、黒い髪を素朴なお下げにして背中に長く垂らした若いほうの女に注目する。彼女がトークショーのゲストだ。ブレイズが彼女を知っているのは、一週間ほど前にほかの五人とともにノーベル平和賞を受賞したからだ。彼らは匿名を保とうとしたが、遠慮を知らないこの時代においてそれは、どれほど世慣れていないかのあらわれであり、長くは続かなかった。彼女はいまだに、まるでそれが重要なことであるかのように、自分の名前を使うのは避けるよう求めていた。「ようこそ、あなたをここにお迎えできて、われわれはおおいに喜んでいます。わたしはブレイズ・メリットソン」そしてわたしは自分の名前を口にすることを恐れない。「じきにスタジオでお話しできるのを楽しみにしていますよ」

ブレイズが手を差し出すと、相手はパンデミックのあいだに一般的になった身振りでそれを避ける。なるほど、ああいう手合いのひとりというわけか。ブレイズは手を引っこめると、さらに大きな笑みを浮かべるように気をつけながら相手の会釈に応えると同時に、この会話（たいしたものではないが）に年長の女を引き入れようとしてわずかに向きを変える。

「撮影をはじめる前に、なにか訊いておきたいことはありませんか？　これからわれわれが議論することについてなにかいっておきたいとか……」

「それはすべて契約書に書いてあります」年長の女がいう。「出ていって」

いまはどちらの女もブレイズを見ていないが、彼は笑みを浮かべる。「ええ、いいですとも。わたしはほかの誰かが交渉した契約書の条項を読んでくるとしましょう」――もはや女たちはふたりとも彼に注意を払うこともなく、すぐに、それともひょっとすると彼が話している最中から、自国語で話しあっている――「これからインタビューをする相手といくらか親しくなるかわりにね」おそらくまったく気づかれずにドアを閉めながら、彼は戸口から退却する。「それからたぶんコーヒーを一杯飲んで、番組に向けて気分を盛り上げるかもしれない。いいですとも。インタビュアーを味方につけるには素晴らしいやり方だ」ブレイズは頭を振りながら廊下を歩いていく。「ジャー」手首のスクリーンの一部をタップしてアシスタントとのインターコムを開きながら、彼は目の前の宙に向かっていう。「悪いが、今回の契約条項を見直したい。探してくれ」彼は自分のオフィスに入る。広さは控え室の半分ほどだが――番組はときどき、バンドやそのほかのグループと出演契約を結ぶことがあった――

そこにはゲストに出されるものよりはるかに上等な酒を置いてある。ブレイズはテキーラを一杯注ぐと、法務部が用意してくれた箇条書きの文章に目を通す。

実のところ、彼が質問できない話題についての条項は多くなかった。だったらあのふたりは、なぜそういわなかったのだろう？　特にあの弁護士だかマネージャーだか知らないが、彼をあんなふうにそっけなく追い払った女は。これを彼にひととおり説明するのが、あの女の仕事ではなかったのか？　依頼人が自分で自分を守らなくてすむように、守ってやることが？

まあ、こちらが挨拶(あいさつ)したのににこりともできないというのなら、電気椅子送りにしてやるまでだ。このインタビューは数字が取れると期待されていた。〈軍団(レギオン)〉とつながりがあることが確認できた人物に対する初の、それもノーベル賞の発表があってから初めてのインタビューなのだ。いまやそれは、辛い仕事になりそうだった。ブレイズの考えでは、彼の仕事は視聴者を楽しませながらも、野心的でウィットに富み、なおかつ気さくで好感の持てる存在でいることだ。彼はインタビューをする相手と同じチームになることを好んだが、必ずしもそうである必要はない。それに〈レギオン〉はあれだけ称賛を浴びたのだから、少しは批判に向きあったほうがいいかもしれない。彼はテキーラの残りをすすると、笑顔をつくる筋肉をストレッチし、声帯の準備運動をしながらスタジオに向かう。

ガラス張りのストリーミング・スタジオは自然光を取り入れるためと冷房のために、水面から一メートルほど下にある。ブレイズは長いあいだ、それがストリーミングという言葉の由来だと思っていた。以前そう口にしたときにプロデューサーのラナに笑われ、そのようなスタジオのデザインよりもずっと古くからある言葉だと聞かされるまでは。だが彼女は年寄りだから、その手のことを知っているのは当然だろう。

ブレイズは自分の好みに合わせて特別にデザインされた椅子に身を沈め――もしゲストの好みは腰がもっとしっかり支えられるものだったとしても、我慢してもらうしかない――スカーフを整えて、オンエア向けの顔をつくる。カウントダウンのライトが点滅する。これからの予定を頭のなかで軽く見直すが、番組のゲストのことを考えていると、さっき控え室に入ったときに彼女とそのマネージャーから向けられた、まるで彼を憎んでいるかのような険しい眼差し(まなざし)がふたたび目に浮かんでくる。いったい彼がなにをしたというのだろう?

番組は時事問題に関するネット上のネタ(ミーム)の短い映像からはじまる。その内容は毎日異なるが、話の展開によっては一週間、あるいはひと月間、繰り返されるものもあるだろう。そして常に、その日のゲストに関連するものがひとつ取り上げられる。ミームチームはそれを、ブレイズが番組の収録中に使用する資料と一緒にまとめているが、彼はたいてい無視する。スタジオのなかではなにも起こっておらず、〈目(アイズ)〉も戦略上重要な止まり木にとまっているが、鈍重そうな見かけによらずそれらが常に録画していることを、ブレイズは知っている。彼はそれに慣れていて、真剣で油断のない顔つき、視聴者がこっそり見たいと思うであろう男の姿を保っている。

そうしておけば、手首の装置の振動で自分が映っていることを知らされ、あたかも誰かがスイッチを入れたかのように突然生き生きと動きだすのではなく、比喩的な意味でスポットライトのなかにおもむろに入っていけることにもなる。「ようこそ」ブレイズは目に見えない何百万人もの視聴者に話しかける。彼は親しみやすく魅力的で、そのことを自慢に思っている。解像度が低く画面との距離も遠かった時代の前任者たちと違って、過剰なまでの感情表現をする必要はない。彼は人々が望むだけ、あるいはそれ以上に近くにいるのだから。「この時間に」――それが昼か夜かは、人々がどこで生放送を観ているか、あるいは録画で観ているかによる――「わたしたちが議論するのは、きわめて重要な問題です。なにかと話題のアプリ、〈レギオン〉の開発者のおひとりに対する初めてのインタビューをお届けするのですから」

耳のなかでラナが鼻を鳴らす音がする。「あなたは彼女のことが好きじゃないようね？」

ブレイズは番組の最中にラナが気安く話しかけてくるのがいやでしかたないが、彼女は接続を切ろうとしない（まるで彼がどんどん勝手なことをはじめてしまうだろうというように、そしてもしそうなっても自分には彼を止められる、彼を監督するのは自分だ、とでもいわんばかりに）。今回彼はいらいらするどころか、にやにや笑いが浮かぶのをこらえる。ラナには気づかれるかもしれないが、くそくらえだ。視聴者は無意識のうちにそれに影響されるかもしれないし、彼が設定しておきたい力関係には好都合だ。

三台の〈アイズ〉がさっと舞い降りてきて戸口のそばでホバリングし、ゲストの入場を複数の視点からとらえるが、残りは元の場所でブレイズをとらえつづけており、少なくとも視聴者の一部はスタジオに入ってきて席に着いた小柄な浅黒い女ではなく、きれいに並んだ歯をのぞかせた自分のまぶしい微笑みを見ていることが、ブレイズにはわかっている。

「ようこそ、ようこそ」ブレイズはいう。「あなたをお迎えして〈レギオン〉についてお話をうかがえることを、わたしたちはとても嬉しく思っています。特にノーベル平和賞を受賞されて以来、あなたがたが多くの注目を集めておられることは承知していますし、ひじょうに多くの人々に影響を及ぼしてきた発明の裏話を楽しみにしていますよ」彼は視線をほんのわずかにずらし、どのみち相手は気にしていないようなので、自分の微笑みが〈アイズ〉と、彼女ではなく自分を見ている人たちに直接届くようにする。

そんなやり方があるとは知らない女はじっとブレイズを見つめたままで、彼は視聴者と関わる相手の技術をもう一段階低く見積もる。やりすぎるんじゃないぞ、とブレイズは自分に言い聞かせる。勝つことは視聴者に受けがいいが、いじめはそれほどでもない。そうされても当然だとほんとうに視聴者を納得させられれば別だが、彼らは控え室での様子を見ていなかったし、たとえ彼の視聴者のなかにはおそらく（そして当然ながら）疑念を抱いているものがいるとしても、〈レギオン〉は実に多くの好意的な報道をされていた。

「まず最初に」非ネイティヴスピーカーらしい正確さで、女がいう（だいたい、どうして自動通訳に頼らないのだろう？　実に気取った連中だ）。「わたしたちの〈レギオン〉は共同プロジェクトであることを強調しなくてはなりません。特定の責任者というものは存在せず、わたし自身、もちろんそうではありません」

ブレイズはこのうわべばかりの謙虚さが気に食わず、予定していたより早めに厳しくいくことにし、笑みを浮かべてうなずきながら実行する。「きっとそれに対する責任がある立場だと思われると、危険かもしれませんね。いまだにおおいに議論の的になっていることですから。その設計思想をあまり喜んでいない人たちが大勢――」

女がブレイズをさえぎる。不愉快なことだが、おそらく視聴者の目に映る印象は彼よりもあちらのほうが悪いだろう。「わたしたちの〈レギオン〉は人々を喜ばせるためのものではありません。実際には、人々が喜んでいるかどうかを二度と気にする必要がないようにするためのものなのです。それにわたしが〈レギオン〉の責任者として知られることは、不誠実だというだけで危険ではありません。なぜなら功績を認められるべきはわたしたち全員なのですから」

ブレイズは含み笑いを漏らしてなにか言葉を返そうとするが、女は続ける。「最初は危険でしたよ、たしかに。とてもね」彼女は用意してきた動画をストリームに流す。それとも、ブレイズは相手がなにかをいじっているのに気づかなかったから、彼女の弁護士だかマネージャーだかが舞台裏で流したのかもしれない。「最初はわたしたちは無名の存在でしたから、リスクはほかのみなと同じでした。当然、それは今日(こんにち)よりずっと高かったのですが」ブレイズの周辺視野には、〈アイズ〉に写らないようにいくつかのモニターが輝いていて、彼女が視聴者に見せているものをちらちら見るために直接視線を向けなくても同じものが見られるようになっている。彼は血にまみれ、あざだらけになった顔や、そのほかの暴力の結果を見せられるのだろうと思っていたが、それはデータを可視化したようなもので、色のついたドットが現れ、渦巻き、混じりあっている。「それから、報道があり、マスコミの攻撃や、ボットによる示威運動がありました。人々がわたしたちの活動を知った一方、わたしたちの共同体は成果を上げるにはまだ小さすぎました。そこに……」彼女は間を置き、ごくりと喉を鳴らす。落ち着いた議論の最中に、抽象的な数字を表すドットが淡々と行進するなかで、見事なものだ。これは本物の反応なのか、それとも彼女はブレイズが考えていたよりもやり手なのか？「隙間があったのです。誰も見守っていない時間、誰も手遅れになる前に駆けつけられない場所が」

「なんということだ」ブレイズはつぶやく。当然ながら、そうしなくてはならないからだ。彼はその動きが目立たないことを願いながら素早くモニターに目をやるが、そこには相変わらず人間味のないドットが映っており、いまでは数が減ってまばらな線を描いている。

「しかしいま、わたしたちは充分な規模になっています。わたしたちは常に見守っています。わたしたちは守られ、そしてかたきを討ってもらえるのです」

彼女の勝ち誇った口調は受けがよくないだろう。そこでブレイズは態度をやわらげる。人当たりが良く、協力的で、称賛を集めていても、勝つことはできるのだ。「ノーベル平和賞について聞かせてください。受賞によってあなたの人生に変化はありましたか？」

相手は瞬(まばた)きをしてブレイズを見る。「いいえ。それでなにが変わるというんですか？」

「そうですね、あなたはここにおられる」ブレイズは持ち前の魅力をおおいに振りまいてそういいながら、何百万人という視聴者全員の注目の的であるガラスの泡のようなスタジオをぐるっと腕で示す。

「しかしそれは賞のせいではありません。あなたからもほかのみなさんからも、そのずっと前から話を聞かせてほしいと依頼されていました。むしろ、わたしたちがとても人気があったから賞をもらえたのです。いいえ、わたしの人生を変えたのは〈レギオン〉です」

　ああ、そうとも、誰も有名になることなんて考えてないさ。だからみんな必死になってるんだ。「その話を聞かせてください。それはどのようにあなたの人生を変えたのでしょう?」

　ふたたび女は、質問の意味がまったくわからないといわんばかりの目つきで彼を見るが、やがて、ああそういうことかというように、少し表情を変える。「たぶんあなたは、一度も怖い思いをしたことがないのでしょうね? 身の危険を感じたことが?」

　ブレイズは久しぶりに、本番中に顔を紅潮させる。「殺してやると脅(おど)されたことがありますよ」彼はそういいながら、自分の声が尖(とが)っているのが悔しくて、いちばん近くの〈アイズ〉のカメラをのぞきこんで無理に笑顔をつくる。「実際には心配するようなことはありませんでしたが、慎重に対処する必要のある状況には何度か置かれたことがあります」

　ラナが彼の耳のなかで鼻を鳴らしたが、それはまったく不公平というものだ。たしかに彼女はすべての殺害予告を目にし、番組の警備部がそのどれについても「われわれが知るような現実にもとづいている可能性はまずない」と断言したことは知っていたが、バーで大男が「おまえが誰だか知ってるぞ、見たことがある」と繰り返しながら彼の胸を押したときは、その場にいなかった。彼がライバルのひとりに薬物を盛られたのではないかと疑って飲み物を捨てた、二次会の席にもいなかった。

「さあ、それは」向かいに座った女がいう。「心配するようなことがなかったのなら、あなたはほんとうに恐怖を感じていたわけではなさそうですね。ですがもし感じていたなら、もう怖い思いをしなくてすむことですべてがどれほど変わるかは、容易に想像がつくでしょう」

ブレイズには想像できない。「すると、その恐怖があなたを〈レギオン〉の開発に向かわせたのですか？　ひょっとして具体的な経験がおありなのでしょうか？」

相手はブレイズに、控え室で年長の女と一緒に彼を釘付けにしたのと同じ険しい視線を向ける。「その質問は卑猥に聞こえますね、ブレイズさん」女は彼の名前を過度に馴れ馴れしく、それともひょっとすると見下したように口にする。「まるでわたしが傷ついているところを想像して喜んでいるんじゃないかと思いそうになりますよ」あっけにとられた彼はなにも言い返すことができず、ほとんどの〈アイズ〉が自分の顔ではなく彼女の真剣な表情を浮かべた小さな顔に向けられていることを、ありがたく思う。ラナが機転を利かせてその状態を維持してくれればいいのだが。「もしそのために辛い目に遭ったのだと思えば、わたしたちがノーベル平和賞を受賞したことについて、あなたの気分はましになるのでしょうか？　それとも人々が傷つくのを見て楽しんでいるだけですか？」部屋にあるストリーミングカメラは〈アイズ〉だけではない。ブレイズの視線はまるで掃除機で吸われるように、彼女のシヤツに留めてある〈レギオン〉のピンバッジに吸い寄せられる。そのすべてが彼を見ているのだ。

女が椅子に背を預ける。「もしかしたらそういうことではないのかもしれない。もしかしたらあなたは、因果関係を求めるマスコミらしい欲望を抱いているだけなのかもしれない」

ブレイズは息を吐きながら、これを見ているすべての〈軍団員(レギオネア)〉も彼女と同じことをしているのだろうか、と思う。揺るぎない照準線から彼を解放し、結局のところこの男は敵ではないのかもしれないという判断を下しているのだろうか、と。「そう考えるのが論理的に思えただけですよ」彼は慎重にそういうと、気を取り直す。「つまり、わたしたちはみんな、世界を変えるこのアイディアがどのようにして生まれたのかを知りたいのです。わたしの推測が間違っていたのなら、ご自身で説明してみてはいかがですか?」

「わたしの身にはなにも起こっていません」と女はいう。「すべての人に起こる以上のことはなにも。通りで声をかけられ、話の最中に体を寄せられ、望んでいないときに肩や腰、背中、脚、頬に触れられ、長々とハグされ、こちらから話しかけないと文句をいわれただけです」女の目がふたたびじっと彼を見つめる。「あなたはそれが、世界を変えるほどのことではないと考えているのですか?」

最初ブレイズはそれを修辞疑問と受け取るが、相手は待っている。イヤホンからはいまにもラナのうなり声が聞こえてきそうだし、配信におかしな間を空けることに敏感な彼自身の恐怖心が金切り声を上げている。だが相手の罠(わな)にはまりたくないし、すでに必要以上にずっと苦戦していたので、彼は場を和ませる軽い調子で応じるかわりに、ゆっくりと嫌味な口調で話を進めることにする。「いーやいや、そんなことはいいませんよ」彼はのろのろという。「ですがたしかに、世界が直面しているすべてのきわめて急を要する問題を考えれば……」

「わたしはきわめて急を要する世界的な問題を解決しているはずだったんです」女は初めて、怒ったように吐き捨てる。「そうですとも！　わたしは工学と海洋生物学の学位を持っています。わたしは気候変動の側面に取り組む特別プログラムの一員でした。社会科学者や気候学者と協力して働き、政府の助成を受けていました。わたしの時間はそのために使われるはずだったのです。〈レギオン〉に注がれた知的で組織だった力はすべて、そのために使われるはずでした。わたしはそうすることになっていたんです。ですが、あなたがたは」――今回はブレイズは怯んでいないが、それは相手が彼に話しかけているのではなく、すべての〈アイズ〉に視線を巡らせているからだ――「あなたがたはとにかく人を傷つけずにはいられないのでしょうね。延々と続く殺人。攻撃に次ぐ攻撃。だからわたしは、研究室に静かに座って海を救うという、きわめて重大な問題に対する解決策を苦労しながら徐々に見つけていくかわりに、むしろ自分がいたいその場所ではなくここに座って、あなたがたみんなに人を殺すことがなぜ間違っているかではなく――もしあなたがたがいまだにわかっていないなら、説明しても意味のないことですから」彼女の視線が戻ってくると、ブレイズはあつらえ物のシャツの下に汗をかく。「――わたしたちがどうやって、あなたがたに同じことを繰り返させないようにするか、あるいはもしそれが手遅れの場合にはどうやって仕返しするかを説明しなくてはならないのです」

くそったれ。平和賞を取っていようといまいと、ブレイズは自分のスタジオでこの小娘にこづきまわされるつもりはない。「あなたがご自分の夢を追うことができなかったのは、実に悲しいことです。あなたがおっしゃるその殺人。お知り合いが犠牲になられたのですか？」

彼女はブレイズと視線を合わせるが、その答にはかすかな苛立(いらだ)ちがにじんでいる。「わたしの人生を変えるには、それが知り合いでなくてはならないのですか？　それともその誰かを、自分がそうなっていたかもしれない人間として認識するだけでいいのですか？　あるいはその誰かをひとりの人間として認識しさえすればいいのでしょうか？」

「ひどい話ですよ、もちろん」ブレイズは耳に心地よい声を保つのに精一杯で、やりすぎているかどうかはわからない。視聴者のほとんどは味方になってくれるだろう、と自分に言い聞かせる。「しかし世界的な問題について語るとき、そしてノーベル賞は疑いなく世界的なものであることを意図されているわけですが、なんというか、結局のところ、〈レギオン〉がほんとうに影響を及ぼすのは人口の一部に限られるのではないでしょうか？」イヤホンのなかの沈黙の質が微妙に変化し、彼はもしかしてプロデューサーの見方は違うのだろうかと思う。

若い女は彼に向かって首を傾(かし)げる。「ほんとうに？　ノーベル平和賞は多くの場合、ふたつの小規模な集団のあいだに立って平和を仲介した人たちに贈られるのではないのですか？　それを戦争と呼ぶのは違うでしょう。ですが、より重要な点はそこではありません。あなたは〈レギオン〉によってもたらされたこの変化が万人に影響を及ぼさないと、本気で信じられるのですか？」彼女は別の動画を流す。今回は少なくとも顔が映っていて、何人かは簡単に見分けられる。フェネラ・ヴェリティ、ルイザ・ポワリエ、オズゲ・テイラー、ノレンティナ・ペック。ほかの人たちには識別用の光の輪がついている。アルバニアの最高裁判所長官、グラヴァスペック社の創業役員、ジャーナリスト、救援活動従事者、介護士、発明家、セラピスト、母親、プログラマー、シェフ。「この人たちはみんな」女はいう。「ある経験をしていて……」彼女はしゃべりつづけているが、それらの顔が――たしかに、この動画はさっきのものより心に訴えかけてくるが、それでもただのランダムな顔の集まりだ、いいな？――すべての再生画面で自分の顔から置き換わっているのに気づいたとき、ブレイズは話の流れを少し見失う。それはつまり、ラナがすべてのストリーミングチャンネルにその動画を流したということだ。やられた。間違いなく向こうの肩を持っている。だが当然そうだろう。

「この人たちのなかには、自身のキャリアや目標、人生があったのに、罰を受けずに彼らを脅(おびや)かす方法を見つけた特定の人物によって危険にさらされた人もいました。〈レギオン〉が登場するまでは。ある人は安全に通勤できないせいで、活動を制限されました。またある人は襲撃を受け、きわめて理にかなったことですが、恐怖のあまり自分らしい人生を送れなくなりました。なかには自宅で襲われ、路上や不安定な生活環境に追いやられたせいで仕事や勉強をすることができなくなった人もいました。〈レギオン〉がなければこの人たちは、誰ひとりとしていまいるところにはいなかったはずです。わたしたちは、わたしたち全員が、彼らの貢献を逸していたでしょう」ブレイズはその反実仮想にはやや懐疑的だ。どうして彼らにそんなことがわかるだろう？　しかし女は、画面がさっきの、そう、可視化されたデータに切り替わっても、まだ話しつづけている。彼はどうにか呆（あき）れた顔をしないようにする。「もしそれでは裏づけに乏しすぎるというなら、〈レギオン〉がある国の最小必要人数（クリティカルマス）に届くことと、その国の生産性と生活の質の評価がともに劇的に向上することとのあいだには、相関関係を見ることができます」

　彼女の話はまだ続いているが、ブレイズはスタジオのガラス壁の外にいるダイバーの姿に気を取られている。たまにあることだが、かなり珍しい。例によってこのダイバーは、なんだか知らないがそこでまだ生きのびている海の生物ではなく彼を見るために潜ってきたかのように、なかをのぞきこんでいる。彼は乱暴に手を振って追い払いたいという衝動を抑えて、ふたたび笑顔をつくらねばならない。「すべて実に称賛すべき――」

　ブレイズの言葉はまたしてもさえぎられる。「ですがもちろん、〈レギオン〉は人々に間接的な影響を与えるだけではありません。同時にきわめて直接的な影響も与えます。〈レギオン〉が味方をしていなければ、襲われ、悩まされ、迷惑をかけられ、侮辱され、傷つけられ、あるいは殺されていたであろうすべての人々に、影響を与えるのです」ブレイズは彼女のブラウスについている〈レギオン〉のピンバッジに目をやりたいが、思いとどまる。「しかしまた、誰かに見られているかもしれない、誰かに反撃されるかもしれないと思っていなければ、他人を襲い、悩ませ、迷惑をかけ、侮辱し、傷つけていたであろうものたちにも影響を与えるでしょう。そうした人たちの人生も変化しているのです。それが良い方向への変化だということには、きっと同意されるでしょうね？」

女の目が不作法にまじまじとブレイズを見据える。その異常なまでに鋭い目つきは、受けがいいはずがない。「もちろんそれが素晴らしいことだというのは、われわれみんな同感ですし、だからこそノーベル賞を受賞されるのは至極当然のことです」彼は咳払いをし、このばかげた主張にいくつか穴を空けにとりかかる。「すると、もしわれわれがいたるところ、あらゆるものにカメラを取りつければ、すべての犯罪はなくなるのでしょうか？」

「それはカメラの問題ではありません」でもそうなんだろう？　ブレイズはそう叫びたい気分だ。ノーベル委員会はどうしてこんなのに引っかかったんだ？　「共同体の問題です。カメラはその共同体へのアクセスを提供するだけです」

彼は片方の眉を上げる。「すると来年はわたしが、ノーベル賞をもらうべきだということですか？」少し不機嫌そうに聞こえたかもしれないので、彼は魅力の出力を上げる。「なんといってもここにもカメラがあるし」――〈アイズ〉を狙った鷹揚な笑み――「わたしの視聴者の一体感ときたら驚くほどですからね」

女はそれに対して相応しい間すら置かない。「あなたはカメラを持っています、たしかに。でも、あなたの視聴者はあなたのために闘ってくれるでしょうか？」

ブレイズは今回、満面に笑みを浮かべながら、よりおおっぴらに〈アイズ〉のほうを向く。「さて？　あなたはどうです？」彼らはどうだろう？　外で拳を突き上げているか、それともひょっとするとなにかを証明してみせるために〈レギオネア〉を探しているだろうか？

　女はまるでブレイズが想像しているものが見えているかのように、厳しい目つきで彼を見つめている。「わたしたちの〈レギオン〉が既存のテクノロジーに少し改良を加えたのは事実です。わたしたちは、ときに警察の防犯カメラのように正義の機嫌をとるために提供される圧制者のツール、すなわち監視を取り入れ、自分たちのために働くように調整しました。しかしわたしたちがテクノロジーを使ってなにをしてきたかに注目すると、大切なことを見落とします。わたしたちが行ってきた仕事の大半は、自分たちの共同体を築き上げ、怒りを高めることです。わたしたちはおたがいに支えあい、助けあって、怒りのはけ口を見つけ、その使い方を教えあいます。カメラは、そう、わたしたちをつなぐ手段であり」彼女はしきりに手振りをしながら話す。「暴力的で偏った過酷な社会と影響しあっている分断された場所で、自分たちの共同体の力と必要性をわたしたちに翻訳させてくれるのです」

　ブレイズは次のテーマを思い出すことができない。こんなことは初めてだ。ダイバーがもうひとり増え、ふたりで明るいスタジオをじっとのぞきこんでいる。「それで」ブレイズは話を進めようとする。この話題を持ち出すにはまだ早すぎるが、いつでも引き返せばいい。「次にあなたはどうされるのですか？　つまり、〈レギオン〉のチーム全体としては？」

「もしかしたらわたしは、海を救う研究に戻るかもしれません」女はそういい、それからブレイズがまじまじと見つめると、思わず笑みを浮かべる。「冗談です。〈レギオン〉は世界を変えてきましたよ、たしかに。ですが、それが世界にもたらしてきた変化の程度には、場所によって偏りがあります。まだわたしたちをブロックしている国がありますし」——当然じゃないか、とブレイズは思う。あんたはなにを期待してたんだ？　それにどうしてそうしてはいけない？——「ほかにも数え切れないほどのやり方でわたしたちの共同体を妨害し、あるいはわたしたちの通信を可能なかぎり制限しようとしている国もあります。わたしたちはすべての人が〈レギオン〉を入手し、アクセスできるようにするための法的な異議申し立てだけでなく、その擁護運動にも取り組んでいます。もちろんノーベル賞は、そのためにおおいに役立つでしょう」

「そして当然ながら、このような番組に出演することもね」ブレイズはとてもさらりという。彼のイヤホンがしんと静まりかえる。向かいの女がうなずく。

「当然ながら」彼女は同意する。「そのためにわたしはここにいるのです。わたしたちは〈レギオン〉モデルのためのいくつかの拡張機能や、特定のアプリケーションにも取り組んでいます。たとえば、ボランティアにあなたの飲み物を見張ってもらえる機能を開発中です」

「あなたの飲み物というと」

「想像できますか？　公共の場で絶えず自分の飲み物を見張っていなくてもすむことを」女は椅子の脇に置かれた水の入ったグラスを持ち上げると、その向きを変え、笑みを浮かべてふたたび置きなおし、彼がコメントする間もなく続ける。「トイレにいく前に飲み物を飲み干さずにすむことを」

「以前、同僚がわたしの飲み物に薬物を入れたのでは、と思ったことがあるんですよ」ブレイズはそういわずにはいられない気分だ。彼は冗談めかした笑い話のような調子でいう。

「そうだったのですか？」

「そうだったとは？」

「あなたの飲み物に薬物を入れた」

「わかりません、捨ててしまいましたから」ブレイズは少しばかばかしい気がするが、とにかく〈アイズ〉にちらりと魅力的な表情を見せる。

「もしあなたがそれ以来、飲み物の信頼性に不安を抱いているなら、このアップグレードが役に立つことはおわかりになるでしょう」女が真剣にいうと、彼の顔はまた熱くなる。彼女は本気でブレイズが〈レギオン〉を使うと思っているのだろうか？

「きわめて特殊な状況だったんですよ」と彼はいう。

「それなら、そういうことがふつうにある人たちにとっては、どれほど安心できることか想像がつくでしょう。実際、素晴らしいものになると思いますよ！　わたしたちは暗い場所のためのオプションも検討しているんです」

「暗い……場所……？」

女は椅子の上で背筋を伸ばし、真剣な話をする態勢を整える。「ご承知のとおり……」こいつは退屈な話になりそうだ。ブレイズは壁に視線をさまよわせる。ダイバーたちの姿はなくなっており、彼は少しリラックスする。「……わたしたちの共同監視によって機能しています。わたしたちはリアルタイムで、そして遠隔操作で録画された動画で加害者を見ています。わたしたちは彼らの一挙手一投足を見ています」ブレイズが女の目に視線を戻すと、相手はまたあの鋭い目つきをしており、彼はそれがひどく気に入らない。「通常、わたしたちは事態がエスカレートする過程をつぶさに目にしています。隠したり反論したりする余地はありません。そしてひとりやふたり、あるいは三人ではなく、数千人、数万人の目撃者がいれば、無視したり、いいくるめたり、ねじ曲げたりするのははるかに難しくなります。これはわたしたちが公民権運動から学び、現場に居合わせた人たちがデジタル技術を使って繰り返し発信してきたことから学んだ手法です」女はひと呼吸おく。「ですがもちろん、視界が悪ければわたしたちの力は弱まります。たとえば、もし襲撃者の顔を見分けるには、あるいは目立たない攻撃から破壊的なものに至るまでの展開を正確にたどるには、暗すぎたら」彼女は別の動画を投入する。ブレイズは断固として相手の顔から目を離さないが、視界の端に映るおぼろげな動きやパルス、不鮮明な暴力行為に胸が悪くなる。それは予期していたむごたらしい動画よりもはるかに衝撃的だが、彼はたんに直接見ていないせいかもしれないと自分に言い聞かせる。「わたしたちは小型カメラにつける強力なライトや、どんな襲撃者にも印をつけられる染料パックなど、様々な実験を行っているところです」

　まるでいまいましい監視者が四六時中見張ってるだけでは足りないといわんばかりだ。

「それはあなたがたにとって重大な一歩のように思えますが？　監視するのと誰かの肌に染みをつけるのとは、別問題です。あなたがたは目撃から行動に移ろうとしているわけだ」女が口を開くが、ブレイズは多少の満足感とともに相手の先を越す。「しかしそうなると、行動するのは〈レギオン〉のメンバーでしょう？」インタビューは彼が少し強く出られるポイントにきており、そこでどうするかは戦略上重要なひとつの選択だ。「実際、あなたがたは自警主義的だと非難され、集団で暴行を働いているとさえいわれています」

「われらが〈レギオン〉の監視は止まりません」女はいう。くそっ、ダイバーたちが戻ってきた。いまやちょっとした集団になって、じっとのぞきこんでいる。〈アイズ〉の一台が急降下してきてぐるっと向きを変え、彼らの姿をとらえる。スタジオがどれだけ素晴らしいものかを人々に思い出させるためのサブカットだろう。「わたしたちの共同体が取った行動はどのようなものでも、同様に記録され、入手できるようになっています。わたしたちは自らの行動に責任を持っているのです」

「そしてあなたがたのメンバーの一部は、暴行で有罪判決を受けていますね？」

「一部は」彼女は認める。「ですがいずれのケースでも、防衛の要素が絡んでいたことから減刑されて――」

「ほかの誰かとけんかをしている人間を殴るのは、自己防衛とはいえませんよ！」思わず取り乱して怒りが噴き出しそうになるが、ブレイズはその論法に、そのばかげた卑劣な正当化に腹が立ってしかたない。

「わたしは『自己防衛』とはいっていません」女が穏やかに応じると、ブレイズのイヤホンのなかでラナが忍び笑いを漏らす。「ですがそれは共同防衛です。誰かが前触れもなくいきなり、なんの理由もなく襲われて、その襲撃者を撃退するのに協力すれば、それは防衛です。あなたなら襲われている誰かを助けませんか？」それは襲われているのが誰かによるが、そう声に出していっても自分の助けにはならないので、彼は出かかった言葉を呑みこむ。「公正な法が存在する公正な世界でなら、彼らが罰せられることはなかったでしょう。もしお疑いなら、ご自分の目で動画を見てください」

「しかしそのことが、ほかの国々があなたがたをブロックしている理由なのではありませんか？　あなたがたは自らの手で法を執行しているのですから」

いま女は、まるでブレイズのことはわかっているといわんばかりの目つきで、なんらかの手を使って公的人格の裏の彼を知っているかのように、こちらを見ている。そんなことはあり得ないし、そう見えるのは彼女の表情のいたずらなのだが、とにかく彼はそれがいやでしかたない。彼女はブレイズを知らない。ろくに見てもいない。「わたしたちは自分自身で防衛しているのです」当然〈レギオン〉に加わっているものたちもみな、彼女が身につけているカメラを通して彼を見ている。「もし国が暴力に関することを独占したければ、国民全員を守ることも求められます」その巨大集団のなかの誰かが彼のことを知っている可能性は、ないとはかぎらない。どこかスクリーンに映らないところで彼を見かけたこと、個人的な、秘密のなにかをする彼を見かけたこと、もしかしたら……彼と関わりを持ったことがある可能性は。「たしかに、わたしたちに反対している国はあります。彼らは自分たちが何年も、何十年も、何百年ものあいだ、どれだけ国民を守ることに失敗してきたかを暴かれたくないのです。それにもちろん、いかなる権力の移行にも抵抗し、いかなる変化も非難する人々は常に存在します。ですが〈レギオン〉の運用が開始されて以来、先に手を出していないのにわたしたちに傷つけられたものは、ひとりもいません」

「目には目を、ということですか？」ブレイズは尋ねる。いまは鋭く切りこむことが可能な時間帯で、あとからすべてを感じよくまとめる余裕はまだある。「やられたらやり返してもかまわないと？」

「〈レギオン〉が」女はそういいながら、ふたりのあいだのテーブルに指を置く。「それを、正す、ことは、ありません。人々が悪事を働くのを難しくはしますが、それは彼らが自分の身になにが起きるか不安になるから、あるいは見つめている無数の目に映る自分の悪行を見て恥ずかしくなるから、というだけのことです。おそらく時がたつにつれてこれはさらに浸透するでしょうし、わたしたちはそうなることを願っています。ですが〈レギオン〉は、行われた悪事を正すことはできません」

彼女は質問に答えていない。「つまりあなたは、誰かが集団で袋だたきにされているのを見るのは気持ちのいいものではないと——」

女は舌打ちをして彼をさえぎる。「わたしがどう感じるかは問題ではありません。あなたは法律の話をされていましたが、法律は守られるべきものなのではありませんか？　自衛は暴力を禁じる法律の例外とされ、財産や大切なものを守るためにはときにいきすぎた行動を取っても許されてきたという、長い伝統があります。これは共同の自衛であり、ほとんどの国が二義的、あるいは取るに足りないものとして扱うことを選んできた法律を、共同体が執行しているのです。〈レギオン〉に扇動はなく、人々を奮起させるスピーチも、爆弾やなにかのつくり方の訓練もありません。目撃者がいるだけです。ときにはじかに目撃するため、自分たちの存在を体現するためにやってくることもある目撃者です。もし現場に到着したときに犯罪がまだ続いていて、人が襲われているのを見つけたら、当然彼らは危害が加えられるのを止めようとするでしょう」

「それはどれもとてもいいことのように聞こえますが、〈レギオン〉が人々の行動や関わり方を変えてしまったことは否定できませんよ」

「もちろんそうですとも！　〈レギオン〉はそのためのものなのです。だからわたしたちは賞を与えられたのです」

　ブレイズは首を傾げる。どうでもいいことだ。視聴者は彼の意図を汲み取り、この無用な変化に彼と同じように腹を立てるだろう。

　これ以上、彼になにがいえるだろう？　「次はなにをされるのですか？」という質問は既にしてしまった。それはインタビューの終盤に持ってくるべきだったが、ブレイズは話の途中でひどく混乱してしまったのだ。「〈レギオン〉の責任者はあなたひとりではなく、大勢おられるということですが。それはどういう仕組みになっているのですか？　どのようにしてはじまったのでしょう？」

「わたしたちは大勢います。もしこの場に二十人、五十人といてあなたと話をすることができれば、もっと現実味があるのでしょうが、少人数のグループをゲストに迎えた過去の回を見ると、それがふたりや三人のときでさえ、ひとりのときほど上手くいっていませんね」ブレイズはその批判が構成に対するもので、彼自身や彼の番組に対するものではないとわかっているが、それでも面白くない。「どのようにしてはじまったか……そう、それはまったく文字どおり、物理的な形ではじまりました。ひとりで歩かなくてすむ方法、物理的な意味での付き添い、たとえ守ってもらうのは無理でも目撃者を得られるようにする手段として、はじまったのです。そしてたいていは守れませんでした」女は膝(ひざ)の上に置いた両手に視線を落とす。どうやらこれを解説する動画は持っていないらしい。「ひとりよりもふたりのほうがいいことはわかりましたが、それほど大きな差ではありません。ふたりと三人ではたいして違いはありません。わたしたちはどんどん人数を増やしていこうとしましたが、誰かが必要とするとき、あるいは望むとき、たぶん職場や大学まで歩いていくために、それだけの大人数をいつでも利用できるようにするのは当然不便だし、現実的ではありません。外で運動をする。あるいはバスで約束の場所にいく、夕食に出かける、公園を訪れる、といった場合もそうです」彼女はまるで当時の記憶が重くのしかかっているかのように、深呼吸をする。「そこでわたしたちは、それを仮想化しました。さっきもいったように、最初はひどいものでした。最初はたいした違いはありませんでした。なぜなら人々にとっては目撃するだけでは足りず、目撃した犯罪を記録することですら不充分だからです。権力を持つ人々が関心を持つ必要があります。そして犯罪を犯しているものたちが、権力を持つ人々が関心を持っており、最後には彼らを止めるだろうと理解し、受け入れなくてはなりません」また深呼吸。「わたしたちの目撃証言があふれて、このふたつの条件を満たすだけの規模に達するには、長い時間がかかりました。ですがわたしたちはついに、そこまでたどり着いたのです」

女がそういったときの取り澄ました様子、その徹底した自己満足ぶりに、ブレイズは黙っていられなくなる。「実はですね」と彼は切り出す。彼は打ち明け話をするようなふりをして、前に身を乗り出す。「わたしのまわりでは、女性たちは〈レギオン〉を使っていないんですよ。あるいは、もし使っていても切っています。それに、もし彼女たちがそうしていなくても、たいして問題はないでしょう。わたしたちのような有名人は」と彼はいう。「わたしたちはいつでも見られていることに慣れています。揚げ足を取られて不当に批判されることに慣れています。そしてたいてい、人々はわたしたちを許してくれます。わたしたちが有名だから、そしてわたしたちが有名なのには理由があるからです」彼は椅子に背を預ける。「ですがいまもいったように、とにかくわたしが会う女性たちのほとんどは〈レギオン〉を使っていません」

女はじっと彼を見る。「あなたはそう思っている。ですが、わたしたちはあなたを見ています」

大きなバキッという音が響き、あまりに突然のことに、最初ブレイズはそれが頭のなかで聞こえたのかと思う。彼女の言葉によって急激に高まった理不尽な恐怖のせいなのではないかと。音のしたほうに顔を向けると、スタジオの外にいるダイバーのひとりが腕を持ち上げ、なにか重そうな金属製の物体をガラスに叩きつけているのが見える。ふたたび鈍い音がして、今回はガラスにさらにひびが入る。

「メリットソンさん?」誰かが彼の腕を引っ張っている。「メリットソンさん? 避難します、どうぞこちらへ」ブレイズは自分自身から切り離されたような感覚をおぼえて立ち上がる。まるでガラスに走るギザギザの線のまわりで躍(おど)っている〈アイズ〉の一台になり、急降下して肉体から遊離したかのようだ。海水がにじみ出しているのか? ブレイズはぶるっと身震いするとわれに返り、連絡通路のほうを向く。さっきまで話をしていた、あろうことか彼を脅したばかりの女が前にいて、スタッフなのか警備員なのか、彼の知らない人間のあとに続いている。

スタジオが崩壊しかけているのか? 外のイカレた連中はなにを考えているんだ? ブレイズたちは無事に脱出できるはずで、海面までの通路は短く、緊急時の手順が定められているのは明らかだが、背後で海がガラスを突き破ろうとしていると思うと背中がむずむずする。それになにが起きているというんだ? あのダイバーたちは、反〈レギオン〉の活動家なのか? もしそうなら、くそっ、どうして連中は彼女が番組の収録を終えるまで、怒りを爆発させるのを待てなかったんだ? それとも――彼の腹をひんやりと鋭い感覚が貫く――やつらは〈レギオン〉なのか? 連中の狙いはわたしなのか? 混乱のなかで、イヤホンからラナの笑い声が聞こえる気がする。彼女がやったのか? 彼女は〈レギオン〉のメンバーなのか? そんなことがあり得るとは考えたこともなかった。わたしのまわりでは、女性たちは

〈レギオン〉に加わっていないんですよ。それに対してあの〈レギオン〉の女は、それは間違いだといっていた。彼女はなにを見てきたのだろう？　彼らはわたしのなにを知っているのだろう？

一行はいま、斜め上へ向かってのびる薄暗い通路にいて、走ってはいないが早足で先を急いでいる。〈レギオン〉の女は相変わらず彼のすぐ前にいて、かすかな光のなかで彼女の背中や引き締まった尻が見える。ブレイズは自分にそれがやれることを示すためだけに、その尻をなでたくなる。いいじゃないか。それはその気になればすぐにつかめる目の前にあり、この慌ただしい混乱のなかで、つかんでくれといわんばかりだ。もしかしたら彼女は飛び上がり、腹を立てて向かってくるかもしれないが、彼はたいしたことではないという顔をして、命の危険にさらされているときでさえ自分は怯えても慌ててもいないとばかりに、笑ってみせることができるだろう。まわりにいるのは警備員だけで、いまだに、急いで、あと少しだけ遠くへ、と彼を急かしている。彼らはけっして口外しないはずだ。そんなことをすればくびになってしまうし、ブレイズは彼らが間違いなく二度とこの業界で働けないようにするだろう。彼らもそれはわかっているにちがいない。

しかし女の肩には、そして袖にも〈レギオン〉のビーズのような小さくて丸い広角カメラがついていて、ことによるとズボンの縫い目にもついているかもしれない。もしかしたら染料パックをテストしているのは彼女なのかもしれない。もしかしたら彼は非難され、笑いものにされるかもしれない。降参したくはないがつかまるのもいやで、ブレイズは躊躇する。

そして、彼の心が決まる前に、一行は日の光の下に出ていく。

（佐田千織訳）

渡し守
サード・Z・フセイン

医療インプラントの普及により富裕層は事実上不死となった世界。下層カースト出身のヴァルガは、中流階級の人々の死体を回収する仕事をしていたが、ある秘密を抱えていて……

サード・Z・フセイン（Saad Z. Hossain）はバングラデシュの作家。英語で小説を書いている。これまでに*Escape from Baghdad!*（2015）、*Djinn City*（2017）、*The Gurkha and the Lord of Tuesday*（2019）、*Cyber Mage*（2021）、*Kundo Wakes Up*（2022）の五冊を刊行しており、デビュー作である*Escape from Baghdad!*はフランス語に翻訳されて二〇一八年イマジネール大賞候補となった。

（編集部）

ヴァルガは丈の長い黒いコートを着ていた。コートは膝下(ひざした)八センチくらいまであり、この殺人的な暑さのなかでさえ顎(あご)までボタンがかかっていた。コートの裾(すそ)は幅が狭くて多少動きづらかったが、彼はガンマンでもなんでもないので、あのような向こう見ずな暴れ者の優雅さはいっさい必要ない。それより重要なのは、皮膚(ひふ)が汚染されないことだった。

ドローンカメラの映像から、自分の格好がカラスに似ていることはわかっていた。彼のコートは表面を覆った化学薬品のせいですり切れ、少しまだらになっているように見えたし、フードのついた黒いコートを着てぼろぼろのスカーフを巻いたその姿は、よからぬことを企(たくら)んで町にやってきた埃(ほこり)っぽいよそ者のようだった。彼の好みでいえばなにか別の、たぶん鮮やかな色のほうがよかったのだが、これは制服だった。それが人々の期待する色なのだ。

ヴァルガが到着すると、家は常に悲しみに沈んでいた。なんといっても、彼が招かれるのは陽気な集まりではなかった。そこはプレハブ住宅が建ち並ぶ通りで、現場でプリントされた壁は安物だが手入れが行き届き、舗装された道には染みひとつなかった。そこに暮らしているのは堅実な中間層、〈市(シティ)〉の忠実な株主であり、けっして本物の富を得ることはないが、必要最低限のもので我慢するにはプライドが高すぎる人たち、といったところだろう。彼らは窓にカーテンを掛け、磨き上げた古い車や預金、先祖伝来の家財、蔵書を所有し、充分な教育を受けていた。そしてそのすべてが、自分たちは頭数には含まれない連中とは違う、社会に対する貢献といえば空気をきれいにするためのナノテクを体内でつくっていることだけのカードレス(1)のくずどもとは違うのだ、と長い悲鳴のような声を上げて宣言していた。

(1)市が法人化されてまもない頃に、株主たちは一枚のカードを与えられた。非株主には投票権はなく、体内で役に立つナノテクをかき混ぜて空気中に放出するインプラントと引き換えに、最低限のサービスを与えられていた。これがいわゆる空気税で、人類が暮らす限られた区域が汚染された大気のなかで生きのびるために不可欠なものだ。

彼らは〈シティ〉の寛大さを受け入れるには豊かすぎ、宇宙にいるエリートに加わるには貧しすぎた。ヴァルガは彼らに哀れまれるのと同じくらい、彼らのことを哀れんでいた。

ここの空気の質に問題はなかったが、ヴァルガはフードを脱がなかった。なんといっても、誰も彼の顔を見たがらなかったのだ。玄関の外には隣人や友人たちが、一張羅の白い服を着て敬意を払うために集まっていた。玄関を入ってすぐの特等席に安置されている遺体はミスター・カシュムで、生きていたときよりもハンサムに見えた。家族はよくやっていた。彼は棺のなかにこの上なく安らかに、威厳をたたえて横たわり、ワックスでかためられた口ひげの先はきれいにカールして、まわりの隙間は花で埋め尽くされている。

ヴァルガは自分のバンを、角を曲がった人目につかないところに停めるように気をつけた。そして集まった人たちの後ろに恭しく移動し、少し距離を置いてとどまった。彼はけっして家のなかには入らないが、いつ頃仕事に取りかかれそうか見当をつけようと、開いたドアや窓からなかの様子をうかがった。見覚えのある大男のハルダーがいた。ヴァルガは二年前に、この地域で出た直近の死者である彼の母親を引き取っていたのだ。その男は年じゅう悲しげな様子をしていて、ヴァルガに気づいたそぶりはまったく見せなかった。

　誰かの飼い犬が彼を見つけ、不審な態度を咎めて吠えだした。その家のご婦人が、気まぐれなレトリーヴァーを捜して大股に出てきた。彼女はヴァルガを見ると突然立ち止まり、反射的に嫌悪の表情を浮かべた。

「ここでなにをやってるの？　窓からなかをのぞいてるわけ？　まだすんでないのがわからないの？」彼女は高慢な目を悪意に光らせていった。

　相手の口から吐き出された唾を避けるため、ヴァルガは一歩下がった。ご婦人は悲しみに目を腫らしていた。彼女がどんなささやかなことでもいいから怒りを爆発させるきっかけを探していて、その怒りが胸の内で刻一刻と急激に膨らんでいるのが、彼には見て取れた。彼女はミスター・カシュムの娘で、糊の効いた白いドレスに身を包み、髪をきれいに整え、いつでも殺してやるといわんばかりだ。

　近頃では死は屈辱であり、経済的な失敗、不死を手に入れる余裕がなかったことの告白だった。ミスター・カシュムはほんの七十歳で、少なくともその倍は生きることができたはずだ。ヴァルガの姿はその失態を家族の面前に投げつけるものであり、彼らの屈辱と激しい怒りはすべて、彼にぶつけられることになった。

　どういうわけか、彼らはいつもヴァルガを責めた。

「角で待っていてちょうだい」ご婦人が気を取り直していった。きちんと教育を受けたしゃべり方だ。「すんだら呼びにやります」彼女はウェットティッシュを取り出すと、彼に触れてもいないのに飼い犬の顔をぬぐった。その蔑むような振る舞いに傷つき、ヴァルガは少し離れたところまで後退した。わたしの犬だってあなたよりは清潔よ、死体回収人さん。

タバコを吸いたい気分だったが、ヴァルガは我慢した。いまは彼らの目が光っていたし、これ以上ののしられるのはごめんだ。ときには親切な人たちもいた。先週出向いたある家では、食事と飲み物を本物の皿とグラスで勧めてくれた。もちろん彼が丁重に断ったのは、あとで彼らがそれを割らざるを得なくなるのがわかっていたからだ。なんといってもそれが、深く染みついたカースト制の習慣だった。死体回収人ほど不浄なものはいないのだ。

お金を投げてくれることはもっとよくあった。長く待たされることになるなら、たぶん日陰でお茶を一杯飲めるように、少額のチップを。大事なのは常に目を伏せ、小さくなっていることだ。そして話しかけられたら話す。イエス・サー、ノー・サー。

ミスター・カシュムの一家は良いカーストの出身だった。彼は近所の学校で数学の教師をしていて、そのときの教え子が大勢きていたため、葬儀はふだんより長くかかっていた。ヴァルガは生徒たちを警戒していた。男子生徒は乱暴で、彼に物を投げつけてやろうと考えるかもしれない。去年彼は、ビールを飲んだ勢いで黒服の男と闘ったら面白いだろうと考えた少年たちに瓶を投げつけられ、切り傷を負っていたのだ。

ようやく参列者たちが何事もなく散っていくと、ミスター・カシュムの娘が横柄に手招きした。

「ハゲタカよ」ヴァルガが近づくと、彼女はいった。「涙のひとつもこぼさない。あの人たちはなにが原因で父が死んだのかを見にきただけ。それに、なぜわたしに支払いができなかったのかをね」彼女の友人たちは、すでに棺を歩道に押し出していた。

ヴァルガは曖昧にうなずいた。近頃では、死は一種のイベントになっているのだ。

「ＰＭＤをレベル３にアップグレード」ミズ・カシュムは苦々しくいった。「わたしがいくら無心をしても借金をしても、百年かかったって充分な額は手に入らない。まったく、たとえ宇宙で一日じゅう股を広げてたって、それだけ稼ぐのは無理よ」彼女はまるで自分の下品な言葉に抗議するかのように、手で口を覆った。宇宙ステーションは高級娼婦や高級男娼がいることで悪評が高かった。

ヴァルガは個人的には彼女にそれほど魅力を感じなかったし、ひょっとするとこの女はそういうやり方で稼ぐ自分の能力を過大評価しているのかもしれないと思ったが、なにもいわないのが賢明だろうと考えた。

この時代における人間工学の二大発明、ＰＭＤとＥＣＨＯは、カードレスも含めて誰もが身につけている天才的なバイオテクノロジー機器だ。ＰＭＤとはパーソナル・メディカル・デバイスのことで、全市民の背骨に埋めこまれた医師であり、ナノテク・コントローラーであり、治療機器でもある。またＰＭＤは空気税の支払いにも役立っていた。体に指示を出して、その小さな生物学的分子、人間が破壊的汚染と闘うために空気中に吐き出す小さな機械をつくらせるのだ。充分な数の優れたナノテクは微気候を、人間がひしめきあう小さな青い空のオアシスをつくり出した。そもそもそれが、〈シティ〉が貧しい人々を許容する理由、カードレスたちが狭い空間に詰めこまれて「養われている」理由だった。町外れの土地が荒れるにまかされているのはそういうわけなのだ。

ＥＣＨＯとは脳に埋めこまれたインプラントで、拡張装置でありコミュニケーション装置でもある、年を追うごとに成長する銀線細工だ。それは〈ヴァーチュアリティ〉という名の全世界を包むテクノロジーの雲のなかで遊ぶことを可能にし、灰色の功利主義的な暮らしを楽園に変え、画素で塗りつぶして、あらゆる刺激や体験を、現実世界のありふれた煩わしい物事を完全に回避して直接脳に届けてくれる。

これらは豊かさを象徴するテクノロジーであり、質問する相手にもよるが、人類を変化させ、あるいは奴隷にする、死と病に対する解答、世界の破滅に対する解答だった。皮肉なことに、近頃ではもっとも頻度の高い死因は、このふたつのインプラントの不具合だった。

「この通りで今年初めての死」ミズ・カシュムはいった。「わたしは何カ月間も、この偽りの同情を寄せられることになる。ああ、もう。気の毒なハルダーみたいになるの。ハルダーの奥さんが出ていったのは知ってる？　全部ちょっとした冗談だって、受け流せなかったのよ。わたしにはほかに家族はいない。もう死ぬまでずっとひとりぼっちなんだわ」

ハルダーの母親とそのきょうだいのバンネは何区画か先の住人で、ふたりともめったにない遺伝子異常によって六十歳で命を落としていた。ヴァルガはその遺体を引き取ったこと、母とおばを立て続けに亡くしたハルダーが慰めようのない悲しみに暮れていたことを思い出した。

作業を進めるヴァルガのかたわらで、ミズ・カシュムはとりとめのないおしゃべりを続けた。しばしば人々は、まるで彼が口のきけない司祭であるかのように胸の内を語り、思いを打ち明けた。信仰は死の儀式から次第に薄れてしまい、彼のような不可触民（ふかしょくみん）が、死にまつわるちょっとした物事をすべて処理するために残された唯一の管理人になっていた。当然、彼女は来世の心配をしていた。現代の神秘主義は天国と地獄を押しのけてしまったが、漠然とした空白は残り、はっきりと期待できるものがない状態になっていた。肉体が滅びたあと、魂（たましい）はどこにいったのか？　なんといっても理論上は肉体が滅びない可能性はあるのだ。それに宇宙で遺体を冷凍保存されている金持ちのための仮想天国があるが、それは本物にくらべて劣っているのだろうか？

〈シティ〉からはあらゆる状況を想定した手引書を渡されていたが、ヴァルガはただ黙って聞いているのがいちばんだと気づいていた。そのあいだに彼は遺体を袋に詰め、ベルトから外した小さなキックボード状のもの、棒付きの簡単な車軸に乗せた。その上部にはフックがついていて、それを遺体袋のハトメに通し、亡骸（なきがら）をまっすぐ起こして運んでいけるようになっていた。車輪は小さいが、磁気の浮力があるおかげで荒れた路面に適している。彼はいままで一度も、近所の少年たちに石をぶつけられたときでさえ、遺体を落としたことはなかった。

ついにヴァルガはフードの下からかすれ声でいった。

「このかたの死因はなんだったのでしょうか、奥様?」彼は知らねばならなかった。もし感染症であれば予防措置を講じる必要がある。

「PMDの拒絶反応」ミズ・カシュムはいった。「どうやらめったにないケースらしいわ。非標準型のアップデートをすれば解決するといわれたけど、まあ、わかるでしょう。わたしたちは名ばかりの〈シティ〉の株主にすぎない。父が持って生まれたひと株と、生涯子どもたちを教えて手に入れた、しみったれたもうひと株。倍にしてもらったんだ、って父はいってた。ずいぶん喜んでたわ。ただ生きつづけるために無償アップグレードを受けるには、何株必要だったと思う? 二十株。父さんが持ってた分の十倍よ。さもなければ現金で払うか、肉屋がやってる闇市の店で手に入れるか。どっちもわたしたちには手が出なかった」

〈シティ株式会社〉の二十株といえば、ヴァルガの知るかぎりでは無制限に面倒を見てくれるものだ。はっ、もし必要なら新品の体を育ててくれるさ。

「そんなわけで、いま父は死に、わたしが彼のチップを手に入れる」ご婦人は続けた。「これで持株は三。わたしは大学で教えているの。だからたぶん父の歳になれば四株持っていて、わたしもあなたに玄関から運び出してもらえるかもしれない」

どうしてみんな自分のことを不死身だと思うのだろう、とヴァルガは思った。きっとコートのせいにちがいない。

「いいえ、違うわ、心配は無用よ。疫病ではないから」まるで臆病(おくびょう)さが彼の唯一の資質であるかのように、彼女は軽蔑の目でちらりとヴァルガを見た。

「自由都市(フリー・シティ)に疫病は存在しません、奥様」ヴァルガはいった。それが公式見解であり、彼の知るかぎりでは事実だった。ここではほかのいくつかの地域とは違って、死体が山積みになってはいなかった。

「あなた、名前は？」

「ヴァルガです」

「ヴァルガだけ？」

「死体回収人ヴァルガ」カードレスに名字があるとでも？「お父様のことはお気の毒でした、救われなかったのが残念です。ときどき学校の外でお見かけしました。親切なかただったと思います」

「父に教わってたの？」彼女は尋ねた。

「わたしの……わたしの父も死体回収人でした」ヴァルガはいった。「わたしは学校に通うことを認められませんでした。ほかの親たちがいやがったでしょうから。ですが先生がたは親切でした。オンラインで授業をして、最後には卒業証書も送ってくれました。おかげでわたしは正式な教育を受けたことを証明できるわけです」

「幸運だったわね」ミズ・カシュムはいった。「彼らがわざわざそんなことをするなんて、驚きだわ。まさか死体を焼くのに文字は必要ないでしょうに。わたしにいわせれば時間のむだよ。だけど父らしい。夢見がちな人で、最後まで理想主義者だったから」

「わたしはとても感謝していたんです、奥様」ヴァルガはいった。「あんなふうに気にかけていただいて。その証書がなければ、わたしはいまの職に就くことを許されていなかったでしょう」ずっと見習いのままで、給金はスズメの涙ほどだっただろう。

「あなたは〈シティ〉から給料をもらっているんでしょう？　いい給料、住むところ」ミズ・カシュムはいった。「それ以上なにが必要だっていうの？　だけどあなたは充分な貯金ができたら、そのコートを投げ捨てて逃げ出すに決まってる。あなたみたいな人たちに教育を受けさせるのは間違いだって、わたしはいつもいってるの」

教育者にしては興味深い態度だ。「わたしは仕事ができるんです」ヴァルガは少しばかり誇らしげにいった。「それに誰かがやらなくてはなりませんから」

「さてと、あなたはチップがほしいんでしょうね」彼が作業を終えたのに気づいて、ミズ・カシュムはいった。

「奥様、その必要はありません、お受けするわけにはいかないんです」

「ああ黙って。あなたみたいな人たちのことはよく知ってるわ。やたらと謙虚そうなふりをして、わたしはケチだってみんなに触れまわるんでしょう。ちょっとここで待ってなさい」

彼女は少しのあいだ家のなかに引っこむと、暑さのせいですでに汗をかいている冷えた茶色のボトルを手に戻ってきた。「ほら。あなたはお酒がいいんだろうけど、ただのレモネードよ。うちには小銭は置いてないし」

彼女はヴァルガの手にそれを押しつけると、ちらっと顔に目をやったが、もちろんフードの陰になっていて見えず、彼の目鼻は黒い染みでしかなかった。ヴァルガが礼をいったときには、相手はすでに足音も荒く家のなかに引っこんでいた。彼は自分の車に戻る途中でレモネードを飲んだ。うまかった。

共同墓地で、彼はひとりで仕事をしていた。以前は父親とラミーおじさんというふたりのベテランと一緒に、三人でやっていたのだ。ヴァルガの母親は彼が幼い頃に家を出ていた。まさにミズ・カシュムがほのめかしたように、逃げ出し、名前を変えて、カーストの壁を破ろうとしたのだ。ヴァルガはよく、彼女はなにになったのだろうか、そのいかさまをうまくやってのけたのだろうか、と思うことがあった。父親はけっして彼女の話はせず、再婚しようともしなかった。ラミーおじさんは酔っ払ったときに一度、彼女はとても器量がよかったから、死体回収の仕事から逃れようとして、もうひとつの不可欠な職業である売春をするはめになっていないか心配だ、と口にしていた。ヴァルガには売春と死体回収のどちらがましかよくわからなかったし、ラミーおじさんもそれ以上詳しくは語らなかった。

悲しいかな、年齢と病気が彼の師匠をふたりとも奪っていった。最初は父親、そのあとすぐにおじさんを。ある日ヴァルガは〈シティ株式会社〉から、共同墓地の管理と死体処理の責任者としての雇用と給与を認めるという通知を受け取っていた。任期いっぱい、つまり死ぬまで勤め上げれば、死後に市民権をひと株もらえるというのだ。彼がその恩恵を享受（きょうじゅ）することはないかもしれないが、おそらく彼の子孫は享受できるだろう。もう彼らが新しく見習になることはない。

共同墓地は荒れ放題で、大部分が放置されていた。以前は埋葬の儀式が行われていたが、もはやわざわざ墓を訪れる人はなく、火葬の場合には灰を引き取りにくる人さえいなかった。あらゆる死の儀式は、宇宙で暮らす不死の金持ちや、人々を何百年間も生きながらえさせる最高級のＰＭＤによって死そのものの影が薄くなると、徐々に廃れてしまっていた。永遠の生命、いつまでも若く、いつまでも美しく、といった宣伝文句を聞かされつづけていると、死を真剣に受け止めるのは難しかった。

ヴァルガは遺体を処理した。誰もやりたがらなかった仕事だ。彼は死者を回収し、〈シティ〉が送って寄こした記念コインを遺族に渡した。彼のオフィスには大量のコインの山と、名前と日付を入れるための小さな刻印機があった。オフィスというのは少々誤解を招く表現だ。実際には、彼が働いているのは死体安置所で、その脇にはささやかな住居がついていた。ヴァルガは父親とおじさんの遺体を処理し、敬意を表するためにしばらく間を置いてからふたりの部屋を占領すると、ひと部屋を居間に、もうひと部屋を書斎に改装していた。そのほかに小さな台所と浴室、それに小さな家庭菜園もあった。

書斎はヴァルガにとって大きな慰めだった。紙の本はめったにないが、それでも見つけることは可能だったし、彼は家族も友人もない大変な高齢者の遺体をたびたび回収してきた。近所の誰かがようやく暇を見つけて彼に電話してくるまで一週間も放置され、悪臭を放っているような遺体だ。

相続人がいないそういった場合には、〈シティ〉は遺品を回収し、廃品回収業者を呼ぶ前に密かな手続きを経て競売にかけようとした。たいていの場合、わざわざ死者の所持品を漁(あさ)ろうというものはいなかった。もし死因が老衰なら、その人間はとにかく貧しく、欠陥を抱え、新しい肉体のパーツや若返りに金を出す余裕がなかったということだ。ヴァルガはいつも本に入札し、たとえそれが厳密には市民にしか認められていないことであっても、〈シテイ〉はそれを容認していた。ひょっとしたらどこかの下級役人が、彼がきわめて重要で不快な仕事をしていることに気づいて大目に見てくれているのかもしれなかった。

ヴァルガはミスター・カシュムを冷蔵機能付きの作業台(コールドテーブル)にきちんと寝かせ、自動外科医を使って予備的な作業を行った。ただちに行わねばならない最初の不可欠な作業だ。それがすむと、もう時間も遅かったので外にろうそくを一本灯し、夜のあいだ作業を中断した。〈シテイ〉はその分の金は出してくれなかったが、ロウソクは安かったし、ロウソク屋はその使い途(みち)を知っていて、まとめ買いをすると割引してくれた。彼はヌードルスープの簡単な夕食を台所のマシンに入力し、それを機械的に食べた。そしてバルザックの本を膝にのせたまま、ソファで眠りこんだ。

翌朝ヴァルガは、八時に死体安置所にいった。死体処理の日には、彼は朝食を取らなかった。最悪の部分はＰＭＤの取り出しだ。この作業になにがしかの外科医の技術が求められるのは、すべての優れたバイオ技術がそうであるように、その装置は各々の体に合わせて調節されているため、毎回、微妙に異なる形で背骨と一体化しているからだ。残りの臓器も有用で、彼はなにもかも回収することを期待されていた。たいていの人は知りたがらなかったし、けっして尋ねることはなかったが、もし誰かに尋ねられたら、ヴァルガは彼らに、〈シティ〉はすべての株主が「臓器提供者（ドナー）」になることを期待しているのだ、と話しただろう。そのことは細則のどこかに記されていて、誰かが書面（三枚綴（つづ）りの）ではっきり異議を申し立てないかぎり、臓器の摘出を受け入れたとみなされるのだ、と。

　仕事に取りかかろうとしたとき、正門のカメラに人影が映っているのが見えた。誰も訪ねてくる予定はなかった。人影は動きまわり、ついにベールで顔を覆ったどこか見覚えのある姿をカメラがはっきりととらえた。それはミズ・カシュムで、今回は濃紺のスーツに身を包んでいた。

　ヴァルガは門に急いだ。

「ああ、あなた」彼女は錬鉄（れんてつ）の柵（さく）ごしに、きまり悪そうにいった。「ここにはチーム全員がそろってるものだと思ってたわ」

「わたしはひとりで働いているんです」ヴァルガはいった。彼女に帰ってもらいたかったので、門は開けなかった。

「父に会いたいの」

「彼は冷蔵室です」

「どうして父に会えないの？」

「誰も奥に立ち入ることは認められていません。それはきわめて異例のことです。すでにコインはお渡ししました」

「ええ、コインをありがとう」ミズ・カシュムはいった。「とても慰めになったわ。壁に飾ったほうがいいかしら？　トロフィーみたいに？　それとも、たぶん首からかけるとか？」

彼女の口調は不愉快なほど嫌味だった。ヴァルガは彼女を気の毒に思ったことを後悔した。

「申し訳ありません、わたしは〈シティ〉の指示でお渡ししているんです」ヴァルガはいった。「悲しみがやわらいだあと、ほとんどのかたはそれを持っていることを喜ばれます」

「なかに入れて」彼女はいった。「それとも警察を呼んでもらいたいの？」

ヴァルガはしかたなく門を開けた。実のところ彼女には、市民が共同墓地に入るのを拒む権限はなかった。彼はミズ・カシュムを奥に案内した。ふたりは死体安置所のドアの前にためらいがちに立った。鋼鉄のドアから冷気が波のように伝わってくる。ヴァルガはここまでで充分であることを願った。これまで実際の死体を見たがったものは誰もいなかった。しかし。

「お父様はこのなかです。すべて完了しています」

「〈シティ〉は焼却するんだと思ってたわ」

「そうです」

「だったら、どうしてこの大きな死体安置所みたいなものが？」

「以前はもっと死者が多かったのです。その数は減りつづけています。出生数が減り、死者数が減る。かつては満杯でした」

「それじゃあ、父はもう焼かれてしまったの？　灰を見たいわ」

「お見せしましょう」ヴァルガはついに、根負けしていった。「まずは、なんというか、死体を処理しなくてはなりません」

「どういうこと？」

「PMDを取り出さなくてはならないんです。それにはレアメタルが含まれています。わたしはそれを〈シティ〉に返さなくてはなりません」

「父を切り刻むっていうの？」

「それも仕事のうちです」

「ほかにはなにを？」

「なんですって？」

「その顔つきからすると、もっとひどいことになるんでしょう」

「臓器を。すべての人はデフォルトで臓器提供者なのです。わたしはそれを病院に送ることになっています」

「デフォルトの臓器提供者。自分がクズ野郎だって、わかってるの？」

ヴァルガは黙って頭を垂れた。

「するとあなたは、なんだか知らないけど残ったごみを燃やすだけ、そういうこと？」

「奥様、〈シティ〉はこのためにわたしに給料を払っているのです。保証します、ここではなにもかもが規則にのっとって行われています」

「彼に会わせて。あなたの話は信じられない」

彼女はヴァルガを押しのけ、バタンとドアを開けた。

ミスター・カシュムは作業台の上にいた。彼女はビニールシートを素早くめくり、それから悲鳴をあげた。ヴァルガにはそうなることがわかっていた。彼女をつかまえたかったが、誰にも触れないことが身についていたので、ただ後ずさって自分の世界が崩壊していくのを感じていた。遅かれ早かれこの日がくることはわかっていた。ヴァルガは彼女が警察に通報しないよう願った。彼らにどんな仕打ちをされるかは、彼の妄想ではないはずだ。

「父の頭はどこ?」ついにミズ・カシュムが尋ねた。

「これには訳があるんです」

「わたしの父の頭はどこなの、ヴァルガ?」彼女の声はかすれ、いっさいの感情が失われて、目はショックのあまり虚ろだった。彼女はがたがた震えていた。

ヴァルガは彼女を死体安置所の奥の、仕切られた部屋に連れていった。それはラミーおじさんが金属くずを漁って、愛情を込めてつくりあげたものだった。なかにはガラス製のタンクがあり、ナノテクのスープが満たされていた。タンクのなかには頭頂部のない頭蓋骨が十五個置かれていて、それぞれの内部には脳が保存されている。すべて無傷で、ＥＣＨＯの銀色の筋が埋めこまれていた。さらによく見ると、タンクの奥のほうにある脳は、まるでＥＣＨＯのフィラメントがすっかり肉と置き換わってしまったかのように、ほぼ完全に銀色になっている一方で、手前のものはよりピンクがかっていた。ヴァルガは無言でいちばん新鮮なものを指さした。

「あれがお父様です」

「どうして？」ミズ・カシュムの顔はほとんど白くなっていた。

ヴァルガは素早くスツールを引き寄せ、彼女を座らせた。彼女はまるでいまにも倒れそうな様子でスツールの両端をつかんだが、それから目に見えて気を取り直し、しゃんとした。どれほど異様な状況であろうと、死体安置所で失神するつもりはなかったのだ。

ヴァルガはいちばん奥の、ほぼ完全に銀色になっている頭蓋骨を指さした。「あれはわたしのおじ、ラミーです。彼は誰よりも長くここで働き、父とわたしに仕事の要領を教えてくれました。彼こそが、それをやってのけた人物です。わたしの話を聞いてください。そのあとでなら警察を呼んでもらってかまいません」

ラミーおじさんは自分でもほんとうの歳がわからないくらいの年寄りだった。八十歳の誕生日を過ぎてからは数えるのをやめたんだ、と本人はいっていた。彼には家族がいなかった。そこでヴァルガの父親を引き取り、死体の世話をする仕事を仕込んだのだ。彼は教養のある男で、いったいどういうわけでこの忌(い)み嫌われるカーストに転落したのかは謎だった。いずれにせよ、ラミーおじさんは人体のことを百科事典並みによく知っていた。若い頃に脳に埋めこまれたＥＣＨＯが、当人が生きているかぎり、本来の動作プロトコルをはるかに超えてその半生物学的フィラメントを成長させつづけていることに気づいたのは、彼だった。

適切な条件を満たしてやれば、ＥＣＨＯは脳を永久に維持することが可能であり、実際、いつかは爬虫類(はちゅうるい)の名残(なごり)の部分だけが失われ、あらゆる有意義な形で脳のより高次な機能を代替することができる、というのがラミーの信念だった。

ＰＭＤ拒絶反応症候群で末期状態になったとき、彼は単純な最後の願い事をした。わしの脳を高栄養のナノテクゲルに入れ、ＥＣＨＯを成長させるために適切な電気パルスを与えてくれ、と彼はいった。最後の壮大な実験をしようじゃないか。

酔っ払った彼はヴァルガに、死ぬのが怖い、来世が怖い、というよりもむしろ、それがまったく存在しないことが怖いのだ、といった。この美しい体験を失い塵と化すことは、彼にとって受け入れがたいことだった。ヴァルガは神について尋ねたが、解決策が手の届くところにあるというのにそんなはるか彼方の神を信じることは、ラミーおじさんにはできなかった。神様は最後にはわしを手に入れられるんだ、と彼はいった。わしが余分に何年か失敬したって気にしやしないだろう。

死体安置所には、死体を切り刻むことなく臓器を安全に取り除くための全身スキャナーがついた自動外科医と、石棺が備えられていた。脳を取り出すのは簡単だった。ヴァルガが自動プログラムをセットすると、あとは機械がやってくれた。その後、彼は高栄養ゲルのなかに脳を入れ、すべてを生かしつづけるナノテク浴をさせた。タンクのなかの脳は気味が悪かったが、すぐに慣れた。

七日目にラミーおじさんがしゃべるまで、ヴァルガはなにも考えていなかった。

「彼は実際にしゃべったの？」ミズ・カシュムが彼の話をさえぎって尋ねた。

ヴァルガはうなずいた。「〈ヴァーチュアリティ〉のなかで」

「それでわたしの父は……？」

「おそらく数日後には。ラミーおじさんが彼に手を貸してくれるでしょう」

「どうしてあなたはこんなとんでもないことを?」

「わたしたちにはなにもないからです」ヴァルガはいった。「わたしの父が死んだとき、彼には司祭も、祈りも、希望もありませんでした。ただ死体からパーツを返還させられるだけ。あなたはコインをもらえる。わたしはそれすらもらえませんでした。わたしは市民ではありません。わたしたちは消されるだけです。あの人たちはもうどうでもいいと思っているんだ、それがわかりませんか? 彼らは空で暮らしていて、死に打ち勝ったと思ってる。エジプトのファラオは来世に自分に仕えさせるために、お付きの者を全員連れていったものです。ペット、妻、兵士を連れていきました。ですがファラオはもう死にません。だったらわたしたちはどうなるんでしょう?」

「でもこれは……これはあまりに異様だわ」

「彼らは生きています」ヴァルガはいった。「〈ヴァーチュアリティ〉のなかで生きているんです。彼らに肉体がないとはいえませんよ。彼らはなんでも好きなことをして、自由で、ほかの十億人と同じようにぶらついています。お願いです。彼らからそれを取り上げないでください」

「ほかには誰が?」ミズ・カシュムは尋ねた。

「もちろん、ラミーおじさんが最初です。二番目は、かつて共同墓地の監査役だったミスター・パラ。彼は気がついて、参加することを望んだんです。彼はいまでも監査役で、〈シテイ〉にはまだ生きていると思われています。それからあなたと同じ居住地からきたミセス・ハルダーとミセス・バンネ」ヴァルガは言葉を切った。「残りはわたしのような下位カーストのカードレスです。わたしはあの人たちに尋ねたんです、奥様。わたしたちとタンクを共有してもかまわないかと。誰もいやだとはいいませんでした。みんなとても喜んでいます。もしそれが気に入らないものがいれば、消えてしまえばいいだけのことです。誰もそうはしていません。お願いです、奥様」

ミズ・カシュムは立ち上がった。「明日またきます。父と話せることを期待しているわ」

しかし彼女はその日の夜に戻ってきた。ほかに八人の男女が一緒で、そのなかにはハルダーといとこのバンネの姿もあった。ふたりともがっしりした大男で、電気警棒で武装していた。彼らは共同墓地に押し入り、ちょうど死体安置所から出ようとしていたヴァルガをつかまえた。

ハルダーが叩きつけたドアに挟まれたヴァルガは、体の半分はなか、半分は外という状態で身動きが取れなくなった。ほかの何人かに頭や胴体を蹴られて頽れると、彼らは嬉々としてヴァルガを踏みつけはじめた。彼は逃げ道を求め、血で曇った目で狂ったようにあたりを見まわした。誰かの足首をつかみ、体を丸めて防御の姿勢を取ろうとした。離れたところに、朝と同じ服装のミズ・カシュムの脚が見えた。

ハルダーが彼のこめかみに警棒を叩きつけた。電気ショックが背骨にビリビリ走り、ＰＭＤに奮い起こされて一気に高まったアドレナリンを打ち消した。ヴァルガはぐったりし、ふたりの男に完全にドアの外へ引きずり出された。彼らに死体安置所のなかでなにが行われているかを見られずにすんだことに、彼は一瞬ほっとした。ハルダーが彼を仰向けにひっくり返し、顔面のちょうど口のあたりを殴りつけ、歯と顎を粉々にした。その痛みにヴァルガは、さばいて肉にされるヤギのような声を上げた。彼らは本気で彼を殴りつけ、ひどく念入りに蹴飛ばしはじめ、やがて骨にはひびが入り、肉はぐしゃぐしゃになってきた。電気警棒が触れた場所はすべて焼け焦げ、彼の顔と手は溶けて真っ黒になり、炙られた肉の悪臭に空気が泡だった。

わめき声、男たちの怒号、そして彼らを止めようとしているミズ・カシュムの声が聞こえた。一瞬の間——というのも、それがどれだけ続いたのか彼には数えられなかったからだ——があり、言い争っているのがはっきりわかる声がしたのに続き、ハルダーが警棒を彼の目にあてて焼き尽くし、眼球を液状化させた。ヴァルガは最後に一度悲鳴をあげると、息絶えた。

しばらくして、ヴァルガは作業台の上で目を覚ました。彼はなにも見ることも、感じることもできなかった。それから目を焼き尽くされたことを思い出したが、痛みは感じなかった。まわりでなにやらぶつぶついっている声が聞こえ、やがてその内容が理解できるようになってきた。ラミーおじさんがしゃべっていた。相手は……ミズ・カシュムか？

「今度はどうすれば？」彼女が尋ねた。その声はまるでさんざん泣き叫んだあとのように、喉につかえ、かすれていた。

「待つんだ。精神はＥＣＨＯを中心に融合するはずだ」

「彼には聞こえるの？　目は覚めているの？」

「そうかもしれんが、まだ意思疎通をするのは無理だろうな」ラミーおじさんがいった。

「脳の近くで話しかければ、ＥＣＨＯがその振動を言葉に変換してくれる」

「ヴァルガ、ごめんなさい」ミズ・カシュムがいった。「わたしはあの人たちに、あなたに不作法なまねをされたって話したの。脳のことはなにもいわなかった。彼らはあなたをちょっと脅かすつもりなんだと思ってた……。殺しはしないだろうって。わたし……わたしにはハルダーを止められなかった。それであなたを自動外科医に入れたの。あなたのＥＣＨＯはいま、溶液に浸かってる。あなたのラミーおじさんが手伝ってくれたわ」

「おまえはとてもよくやったよ、サマラ」

　ヴァルガが初めて聞く、新しい声だ。ということは、ミスター・カシュムか？　彼は無事にオンラインにする方法を見つけたのだ。ヴァルガは小さく歓声を上げた。迷える魂が〈ヴァーチュアリティ〉に入るには、ときに何日もかかることもあった。

「ヴァルガ、おまえはなんとか接続方法を見つけなくてはならん」ラミーおじさんがいった。

「おまえの脳はいま、なにも入力することができない状態だ。ＥＣＨＯは音を処理し、視界を埋めることができるが、おまえには物理的な肉体がない。たとえばおまえは〈ヴァーチュアリティ〉に入るために、瞬きのコマンドも手の動きも使うことができない。だがおまえの脳は以前と同じように働いているのだから、まずは瞬きしているところを想像する必要がある。そうすればうまくいくはずだ。あきらめずに努力を続けねばならんぞ」

ヴァルガは努力した。これまでに数え切れないほどしてきた瞬きのことを考えた。仮想オブジェクトを動かすために両手を振るところを、拡張現実のなかで通りを歩き、環境に影響を与えるために身振りか、あるいは単純に視線を使うところさえ想像した。彼の視界はいつまでも黒いままだった。ヴァルガはパニックになった。ひょっとするとあの警棒が脳を焼き尽くしてしまったのかもしれない。ECHOに損傷があると、ときに来世が定着しない場合があるのだ。

朦朧(もうろう)とした意識をすり抜けてミズ・カシュムの低い声が届き、単語が結びついてバルザックの文章になると、ヴァルガは緊張を解いて読みかけの物語のなかに入っていった。彼女はとてつもなく長い時間をかけて一章一章読み進めていき、その声は表情豊かで力強く、やがて彼の不安は去って、瞬きの練習をすることを忘れ、無意識のうちに〈ヴァーチュアリティ〉に入りこんだほどだった。

〈ヴァーチュアリティ〉は世界の表面全体を包んでいた。それは引きのばされた、空気のような第二の人生のかせ糸であり、人はそこを生身で、あるいはアバターの形で歩くことができた。ヴァルガは自分にふたたび体があることに気づいた。それは彼が頭に描いたイメージからつくられた似姿で、色鮮やかでハンサムだった。彼は自分の死体安置所にいて、奇妙なことにカクテル・パーティーのような雰囲気のなか、イブニングドレス姿のほかの人たちに囲まれていた。

ひとりの年輩の男がシャンパンのボトルを手に近づいてきた。

「よくきたな、ぼうず！」

「ラミーおじさん？」

「そうとも。いまではちょっとした伝統なんだ。初めて誰かが入ってくると、わしらはここでパーティーを開いて出迎えるのさ」

ほかの人たちがヴァルガのまわりに集まってきた。みんな大喜びで、歓喜に酔いしれ、美しかった。ヴァルガはハグされ、たくさんの感謝の言葉をかけられた。なんといっても彼は、みなをここに送り届けた渡し守なのだ。

「おまえは瞬きひとつでどこにでもいけるんだぞ」ラミーおじさんがいった。「ほんとうにどこにだってな。金が必要な場所や物のためには、共通基金がある。だがたいていは、いつだってやりようがある。わしらは三カ月ごとにここに戻ってきて、ちょっと連絡を取りあっているんだ。ミセス・バンネはどこかな？」

「彼女はエジプトです。じきに現れるでしょう」威厳のあるご婦人がいった。彼女はヴァルガの肩にそっと触れた。「ほんとうにごめんなさいね。息子があなたにあんなことをしてしまって。わたしはミセス・ハルダーです」

「するとぼくは死んだんだね？」ふたたび口がきけることに気づいて、ヴァルガは尋ねた。

自分の両手を見た。指はもう折れていなかった。

「来世にようこそ」ラミーおじさんがいった。

「ぼくはなにをすればいいんだろう？」彼は尋ねた。

「出かけていって世界を探検するんだ、ヴァルガ！」ラミーはいった。「おまえは自由だ。誰にでもなりたいものになれる。なんでもやりたいことができる。おまえのアバターはすべてを感じることも、なにも感じないこともできるし、それはおまえ次第だ。恋をしても、崖から飛び降りても、山に登ってもいい。火星にいくこともできるんだぞ、ヴァルガ、宇宙空間にいくことだってな！」

「それは無理だよ」ヴァルガはいった。「共同墓地には誰もいないんだ。もしECHOが止まったら？ それとも〈シティ〉が新しい人間を送りこんできて、その人がプロジェクトを中止してしまったら？」

「わたしがその新しい人間なのよ、ヴァルガ」ミズ・カシュムが彼の後ろにやってきてハグした。彼女はびっくりするくらい力が強かった。「今朝〈シティ〉に出かけて、暴徒が押し入ってあなたを殺してしまったと説明してきたの。そしてあなたの後を引き継ぐと申し出たわけ」

「あなたが死体回収人に？」

「いっておくけど、ずっといい条件でね。ドローンの助手が一台つくし、給料はあなたの三倍、それにひとまず臨時のふた株、引退するときにはその倍がもらえるの」ミズ・カシュムはいった。「弟子も育てるつもりよ」

「死体回収人は嫌われますよ、奥さん」ヴァルガはそう指摘せずにはいられなかった。「あなたがたはわたしたちを毛嫌いしている。わたしたちはカースト以下だ。誰もあなたを受け入れてくれないでしょう。あなたは死ぬまでずっとひとりぼっちで過ごすことになる。それは正しいことではないと……」

「正しくないのは、暴徒をここに導いてあなたの頭蓋骨を割らせたこと。正しくないのは、この素晴らしい無私無欲の行いをしてきたあなたが、そのために命を落としたことよ。だから今度は、わたしがあなたの仕事をするの。わたしは〈ヴァーチュアリティ〉のなかで父と、そしてあなたがたみんなと一緒に過ごすわ」彼女はいった。「あなたの素晴らしい蔵書を読むつもりよ。この忘れられた共同墓地の平穏と静けさを楽しむの。ここに入ってくるすべての人たちに選択肢を提供する。そして自分が死んだら、そのときはあなたがたみんなの仲間に加わりたい。これで満足してもらえたかしら？」

「はい、奥様」

「そして暇なときに、わたしと話をしにきてもらえる？」彼女は尋ねた。「あなたがやってきたことを全部聞かせてくれる？」

「はい、奥様」

「ありがとう、ヴァルガ」彼女はヴァルガの肩に頭を預けた。「わたしのことはサマラと呼んでちょうだい」

（佐田千織訳）

嵐のあと

ジェイムズ・ブラッドレー

海面上昇により沿岸部が水没しているオーストラリア。少女チャーリーは祖母ヘレンとともに暮らしつつ、同世代の少年と一緒にマングローブの植林に携わっていたが……ジェイムズ・ブラッドレー（James Bradley）は、オーストラリアの作家、批評家。これまでに複数の長編と短編を発表している。本書ではこの後に掲載されているキム・スタンリー・ロビンスンへのインタビューも行っている。

（編集部）

誕生日に父親が来るといったとたん、チャーリーは自分がミスを犯したことをさとった。祖母のヘレンは顔をしかめてから、はっとして表情を戻した。

「いつ来るっていってたの？」

チャーリーは首を振った。父親からメッセージが来たという喜びは、早くも消え失せていた。

「新しい家が決まったっていうことと、わたしにプレゼントがあるっていうことだけだったわ」

ヘレンはチャーリーを、同情といらだちがないまぜになった表情で見た。

「なに？」とチャーリーはたずねた。

「とにかく、期待しすぎないようにしておきなさい」とヘレンは答えた。

「おばあちゃんと一緒にいたらそんな心配はないわ」

「チャーリー……」と祖母はいいかけたが、チャーリーはもう、バッグを手にドアに向かっていた。

「生協に行かなきゃ」とチャーリーはいった。

走りだしたい気持ちを抑えきれないまま道路に出た。両手を握りしめて涙をこらえながらオーバーレイを呼びだし、猛烈な勢いでフィードをスクロールして気をまぎらわし、怒りを忘れようとした。腹立たしいのはヘレンが正しいことだった。父親には、これまでに何度もがっかりさせられている。だが、こんどは違っていた。こんどは、ここへ来たら、ここからチャーリーを連れだしてくれるといってくれた。それに、たとえまた父親に落胆させられるとしても、つかのまでもその言葉を信じ、どこかへ、彼女のことをだれも知らないところへ行ける方法があるはずだと思いたかった。

チャーリーが着いたとき、ブリーンが生協の前の、影になっている壁際で煙を吸いながら待っていた。赤いキャップを、幅広でかわいげのない顔が隠れるほど深くかぶっている。この一年、毎月の地域貢献のシフトがブリーンとほとんどかぶっていたので、チャーリーはもうなんとも思わなくなっていた。チャーリーが来たことに気づくと、ブリーンはさりげない敵意の視線を彼女に向けた。

「遅刻よ」

チャーリーはオーバーレイの時計をちらりと見てから足を止めた。

「遅刻じゃないわ」

ブリーンはふんと鼻を鳴らした。「マイクがあなたを探してたわよ」

マイクは生協の主任で、かつては議会の海岸修復事業と保全プロジェクトに従事していた元エンジニアだ。

チャーリーはうなずいた。「なんの用？」

ブリーンは肩をすくめた。「さあね。聞いてないわ」

チャーリーは生協の建物を通って裏庭に出た。肥料や黒い植えつけチューブに入っている苗木が積まれているパレットのあいだを抜けると、知らない男の子と道具をピックアップトラックに積んでいるマイクが見えた。チャーリーが近づくと、マイクは顔を上げた。

「やあ、チャーリー」とマイクはいった。

「ブリーンから、わたしを探してるって聞いたんだけど」

マイクはキャップを押しあげて額の汗をぬぐった。「きみはきょうも植樹プロジェクトだよね」とマイク。「現場まで送るけど、ぼくは若木をとりに苗床まで行かなきゃならない。だから、きみがアーロンにやりかたを教えてやってほしいんだ」

マイクが話しているあいだに男の子が一歩前に出た。チャーリーとおなじくらいの年の痩せっぽちで、くたびれたTシャツを着て短パンをはいている。長くのびた黒い髪が顔にかかっていた。避難民キャンプから来たんでしょうね、とチャーリーは思った。さもなきゃ、こんなところに来るわけないもん。

マイクはチャーリーと少年を交互に見た。「それでいいかい？」

チャーリーはうなずいた。「ええ」

「アーロン？」

アーロンは不安そうな顔でチャーリーを見た。そしてうなずいた。「たぶん」

アーロンは後部にすわり、車は再生場に向かって走りだした。チャーリーは全力でアーロンを無視し、車窓を流れる風景を眺めながらフィードをスクロールした。町を出てすぐにキャンプに通じている脇道を通り過ぎた。金網フェンスの向こう側に低い屋根が並んでいるのが見えた。やがて車が海岸ぞいの新しい道路に入ると、右に真っ青なセントビンセント湾、左に遠くが青っぽくなっている低い丘陵地帯が広がった。この沿岸地帯は、かつてはぶどう畑だった。その前は畑や放牧場だったし、さらにその前はガーナ郡の藪と林だったが、海面が上昇し、山火事が発生して熱波に襲われたので、ぶどうは生育不良になって枯れてしまったのだ。近年、政府と議会は二酸化炭素を削減してこの地を取り戻そうと、遺伝子組み換えをしたマリーの木を植えている。荒れ野にくすんだ緑色の葉と黒っぽくてねじ曲がった枝をのばしているマリーは、ヨーロッパ人の侵略によって滅ぼされた世界の幽霊か、これからあらわれる幽霊の予兆のように見えた。一方、沖では養殖場の生け簀が日差しを受けてきらめいていた。一面の青のなか、黄色い金属がまばゆく光っていた。

マイクが再生場の入口近くで車を止めた。車を降りると、ピックアップトラックの後部を開いて若木のトレイをチャーリーとアーロンに手渡した。トレイを地面にすべて置きおえると、チャーリーとアーロンに水筒を配った。

「ランチの時間までには戻ってくる。水分補給を忘れないように」とマイクはいった。

マイクの車が去ると、チャーリーは向きを変えて再生場のほうを見やった。こことそっくりな再生場がこの海岸ぞいに数十カ所ある。サッカー場ほどの広さの区画は、かつては野原か草原だったが、海面上昇によって、いまやほとんど潮間帯といっていい、波に洗われる土地になっている。政府はもう何十年も、海による浸食を阻止しようと防潮堤を建造したり、海を締めだそう、浸食の速度を鈍らせようと土を積みあげて堤（つつみ）を築いたりしている。だが、海面はどんどん高くなっているし、嵐はどんどん強くなっているので、そのような対策では不充分なのが明らかになっている。だから政府は、マングローブを植林することによって地面が安定し、波と洪水を防いでくれる天然の障壁ができあがることを期待するという、自然の活用に方針を転換したのだ。

チャーリーは、再生場の反対端を指さして「あそこからはじめるわよ」というと、最初の若木のトレイを持ちあげた。それを真似（まね）てアーロンがトレイを持ちあげると、チャーリーは仮設トイレと、その横のトタン屋根のシェルターを顎（あご）で示した。「暑くなりすぎたらあそこで休めるけど、お勧めはしないわ。トイレが臭いの」

チャーリーは返事を待たずに向きを変えた。感じが悪いのはわかっていたが、きょうはこの新顔の男の子にも、避難民キャンプにもかまっていられる心の余裕がなかった。

それから一、二時間、ふたりは黙って働いた。細長い穴を掘っては、そのなかに若木を一本ずつ落としていった。日差しがチャーリーの首と背中をあぶり、汗が顔を伝い落ちた。いつのまにか海がこのエリアに侵入し、ひび割れている地面を掘っていると、腐った海藻と潮の臭いが鼻を突くようになった。

三つめのトレイの若木を植えおえると、チャーリーは立ちあがった。暑さで頭がくらくらした。水筒の蓋をあけてごくごくと水を飲んでから、再生場の端の木々に向かって歩きだした。そのうしろでアーロンも立ち、一瞬後、チャーリーに続いた。

チャーリーは木陰にどすんと腰をおろした。アーロンは、近づく許可を待っているかのように、やや離れたところに立っていた。最初、チャーリーはアーロンを無視していたが、やがて首を振ってから横にずれた。

「こっちに来て木陰ですわりなさいよ」とチャーリーはいった。

アーロンはチャーリーのとなりにすわった。アーロンは近づきすぎないように、距離を保つように気をつけていたが、チャーリーは匂いで、彼には体を洗う必要があることに気づいた。

「これがはじめてのシフトなの？」とチャーリーはたずねた。

アーロンはうなずいた。

「家族とキャンプにいるの？」

アーロンはまたうなずいたが、こんどのほうがゆっくりだった。

「どんな感じ？」とチャーリーは、答えを知りながらたずねた。

アーロンは肩をすくめた。「悪くないよ」

「ひとりなの？」

アーロンはためらった。「ママと妹と一緒。ブリスベンから来たんだ」

チャーリーは息を呑んだ。チャーリーは、それがなにを意味するかを知っていた。アーロンのことを検索できたし、彼のフィードをチェックすることもできたが、それをしたらふたりのプロフィールがつながってしまうのを知っていたし、この子とは、ここのすべてとはかかわりたくなかった。

「いつ来たの？」

「二、三週間前だよ。ママの仕事が見つかったら街で住むところを見つけるつもりだけど、いまはあそこにいるしかないんだ」

「だれかと知りあいになった？」

アーロンはちらりとチャーリーを見た。「だれとも。キャンプにいる子供は、ほとんどが妹とおなじくらいの年だし、そうじゃない子は……」肩をすくめた。

「町では？」

アーロンは首を振った。「いまのところは」

チャーリーは棒を拾うと太陽のほうに投げた。「不思議じゃないわね」苦い口調になってしまったことに気づいたが、もう手遅れだった。

アーロンはためらってから、意外にもにっこり笑った。「そんなにひどいの？」

チャーリーは、自分が笑い声をあげたことに驚いた。「最悪よ」

アーロンは笑顔になった。「きみは？　きみはここで育ったの？」

チャーリーは首を振った。「一年くらい前に越してきたの。おばあちゃんのところに」

「パパとママとは一緒じゃないんだね」とアーロンはいった。

「パパは仕事を探してる。ママは……」チャーリーはためらった。「死んじゃった」

アーロンはチャーリーを見た。「ごめん」

チャーリーは立ちあがると、性急な動作で短パンについた土を払った。「気にしないで。ずっと前のことだから」といったが、声を聞けばそれが嘘なのがわかった。

「潮間帯に行ってくる」チャーリーはそういうと、アーロンの返事を待たずに、再生場の海側にそってのびている低木林に向かった。

海までは百メートルほどしかなかったが、枯れ木林のなかを歩いていると、それより遠く感じた。チャーリーの足が踏む地面は軟弱で危なっかしいし、臭かった。湿地の悪臭があたりに漂っていた。海のそばまで来てやっと、以前に来たことがあるのに気づいて足を止め、もっと早く思いださなかったことに驚いた。しばし、その場に立ちつくして前を見つめた。

そして、また歩きだした。数分後、足の下の地面がじっとりと湿りはじめ、低木林は、十年か二十年前の植樹プロジェクトの遺産である背の低いマングローブ林に変わり、突然、視界が開けて家が見えた。

チャーリーは立ちどまってその家を見やった。前回ここに来てから一年以上たっていたが、前回見たときよりもいっそう荒廃していた。屋根の一方が陥没しているし、嵐に運ばれた木が裏の窓のひとつに斜めに突き刺さっていて、朽ちた根が上を向いている。

さらに進んで家のなかを見たくもあったが、すぐに向きを変えて立ち去りたい気持ちのほうが強かった。だが、そうする前に背後から音が聞こえたので振り向くと、アーロンが立っていた。

「やあ」とアーロンがいった。「きみがだいじょうぶかどうかたしかめたかっただけなんだ」

チャーリーはうなずくと、アーロンのほうを見ないまま、「だいじょうぶよ」といった。

アーロンはチャーリーを通り越して家を見やった。

「あの家を知ってるのかい？」

チャーリーはアーロンの視線をたどってから肩をすくめた。「まあね」と答えて向きを変えた。「ついてきて。もう戻らなきゃ」


チャーリーは、車に乗ると、町のミニマートで降ろしてほしいとマイクに頼んだ。車が止まったとき、アーロンが、自分も降りるといいだした。チャーリーは体をこわばらせた。

「きみがいやじゃなければだけど」とアーロンはいった。

チャーリーはため息をついて、「いいわよ」といった。

マイクの車が去ると、チャーリーはミニマートの出入口に向かって歩きだし、アーロンがあとに続いたが、チャーリーが出入口に着くと同時にドアが開いてブリーンが出てきた。チャーリーに気づくと、ブリーンは、はたと足を止めた。その顔に馬鹿にしたような笑みが広がった。

「もう終わったの？」とブリーンはたずね、チャーリーの横にいるアーロンに目を向けた。

「どうだった？」とブリーンはたずねた。

アーロンはおずおずとほほえんで、「楽しかったよ」と答えた。

ブリーンはアーロンを無視してチャーリーを見た。「ヒューゴーの動画は見た？」

チャーリーは胃がぎゅっと縮むのを感じた。首を振った。

ブリーンはにやりと笑った。「すごいんだから。見たほうがいいわ」

「わたしはやめとく」とチャーリーは断った。すっかり尻込みしていた。

ブリーンはチャーリーの言葉を無視した。「見なきゃだめよ」といっているあいだにブリーンの目がレンズの奥でちらちら光り、チャーリーのオーバーレイにもアラートが表示された。チャーリーの横でアーロンが動きを止めた。アーロンのオーバーレイにアラートが映しだされたのだろう。後悔するとわかっていながら、チャーリーはリンクを開いた。その動画は水中の主観ショットで、視野はシロギスの大群で満たされていた。斑点(はんてん)のある魚たちは、捕食者から逃れようとしているのか、上下左右に猛烈な勢いで泳いでいた。オーバーレイにコメントがどんどん書きこまれ、動画に高評価か低評価がつくたびに音と光がそれを知らせ、ハートマークと怒り顔とアニメ絵文字があらわれては消えた。

「ヒューゴーのパパの養殖場のひとつのなかよ」ブリーンがアーロンにそう説明し、緊張した面持(おもも)ちになった。「来た……ほら！」

ブリーンが話しているうちに、渦を巻いていた群れがカーテンのように開いたので、突然、魚たちが騒いでいる理由がわかった。青白くて細長い流線形の鮫(さめ)は、鼻がとがっていて、子供が描いたようなうつろな目をしていた。

アーロンがぎくりとし、ブリーンの目がレンズの奥で笑った。鮫は尾びれをひと振りしてリボン状に散った魚を追い、勢いよく顎を開閉してとらえようとするが、シロギスはすばやかった。あっというまに逃げ去って、鮫は一匹も捕まえられなかった。その動きの激しさで生じた泡が、筋になってちらちら光っている海面に上昇していく。鮫はふたたび弧を描いた。長い体が背後にかたまっていた別のシロギスの群れに襲いかかる。またも魚は逃げ散るが、こんどは、反対側からダイバーがあらわれた。ダイバーはその長い体に半袖短パンの黒いウエットスーツをまとっていて、銃のように見えるものを片手に握っている。大きなフィンをつけている足を二度、力強く蹴って鮫のほうに向かう。その身のこなしに見覚えがあったので、顔を見るまでもなく、チャーリーはそれがヒューゴーだとさとる。

ブリーンはうれしそうに鼻を鳴らした。「見て、ヒューゴーよ!」

次の瞬間、鮫は体を横回転させながら方向転換しようとしたが、ヒューゴーはもう鮫の下にいた。鮫はパニックを起こし、水に激しく嚙みつくようにしてふたたび方向を変えようとしたが、ヒューゴーは機敏だった。鮫がヒューゴーから逃れようとしたときには、すでに正面にまわっていた。チャーリーは思わず体をびくりとさせた。鮫の青白くて魚雷のような形をしている体はヒューゴーの背よりも長いし、強力な頭部は彼の体から肉をかじりとったり手足を切断したりできるほど大きい。だが、それにもかかわらず、恐れているように見えるのはヒューゴーではなく鮫のほうだった。鮫は追跡者を振りきろうと、横回転したり尾びれを大きく振ったりした。

ヒューゴーが水中銃を構えたと思ったら、泡が噴きだし、ブリーンが期待に興奮して口をあけた。一瞬、なにも起こらないが、鮫がうしろへ吹き飛ばされ、頭が爆発して赤い雲が広がる。チャーリーはすくみあがり、手を上げて動画を消そうとするが、その前に映像が、こんどはスローで再生された。チャーリーの目の前で、ずんぐりした炸薬ダート弾が銃口を離れ、鮫の頭のなかに消える。石が水に落ちて沈んだかのようだ。つかのまの静寂のあと、衝撃が生じて鮫の頭がふくらみ、熟しすぎた果物のように破裂して鮫がうしろへ飛ばされる。鮫の頭は半分しか残っていない。鮫はゆっくりと身をよじってあがきつづけている。赤い霧がかかったようになっている水中を、のたうちながら沈んでいく。オーバーレイでは視聴者が議論している。歓喜している者も戦慄している者もいる。チャーリーは、動物が苦しんでいるさまを撮影することの是非を問うサブスレッドが早くも立っていることに気づく。チャーリーは怒りをこめて手を振って動画を消した。見てしまった自分にも腹が立っていた。チャーリーの表情を見て、ブリーンが勝ち誇ったように笑った。

「マジですごい」とブリーンはいった。「ヒューゴーはあのクソ魚をぶち殺したのよ」

チャーリーは答えなかった。脳裏で、死にかけている動物が身もだえしながらゆっくりと沈んでいくさまが再生されていた。

チャーリーは、自分のように怖気をふるっているだろうと予想しながらアーロンのほうを向いたが、少年は、目を大きく見開いた驚きの表情のままだった。

「いまのはここ？」とアーロンはたずねた。

ブリーンはうなずいた。「けさよ。すごかったでしょ？」

「鮫と一緒に囲いのなかにいて、怖くなかったのかな？」

ブリーンは首を振った。「ヒューゴーのパパは養魚場のオーナーなの。しょっちゅうヒューゴーに鮫を退治させてるのよ」

アーロンはチャーリーのほうを向いた。「あんなことがよくあるのかい？」

だが、チャーリーは首を振りながらあとずさって、「くたばれ、ブリーン」といった。

ブリーンはにやりと笑った。「どうしたの？　恥をかいたと思ってるの？」

だが、チャーリーはもう歩きだしていた。顔が熱かった。背後から、アーロンがチャーリーの名前を呼び、だいじょうぶかとたずねた。だが、ブリーンがアーロンに、放っておけばいいのよ、チャーリーはただの気どり屋なんだから、といっていた。


チャーリーは、町に到着した週にヒューゴーと出会った。ヒューゴーはミニマートの外のベンチにジョシュとタイガーと一緒にすわっていた。チャーリーは頭を下げたまま彼らの前を通りすぎようとしたが、それでも男の子たちの視線が感じられた。

最初に声をかけてきたのはジョシュだった。「やあ！」とジョシュはいった。「いい帽子だね」

チャーリーはためらった。頬が真っ赤になった。そして、自分でも驚いたことに、足を止めた。

「パパのだったの」とチャーリーは、風力発電所のものだった帽子のつばに触れながらいった。

ジョシュはにやにや笑った。「おやじさんはそこらにいるのかい？」

チャーリーはためらってからうなずいた。

「そいつは残念」とジョシュはチャーリーをいやらしい目つきで見た。タイガーは笑いながらのけぞって暗褐色の足を叩いたが、そのとき、ヒューゴーがチャーリーのほうに顎を向けた。

「悪ふざけはいい加減にしろ」ヒューゴーはそうたしなめてチャーリーにほほえみかけた。

チャーリーはのちに、これがこの三人組の力学なのだと気づいた。ヒューゴーはリーダーだ。ジョシュがリスクを冒して限界を超え、ことを起こすと、ヒューゴーが節度を求める。そしてタイガーがいい客として、どんなネタにも大受けする。だが、その日、チャーリーがもっとも注目したのはヒューゴー自身だった。細身だが均整のとれた筋肉質で金髪のヒューゴーは、短パンの水着にランニングシャツだけという肌もあらわな格好だった。面長で、唇は女性っぽく、やや大きすぎる鼻はわし鼻気味だが、その不完全さが個性として魅力的だった。

「こいつはろくでなしなんだ」とヒューゴーがいった。「気にしないでくれ。きみの名前は？」

チャーリーはためらった。父親が去ったのは三日前で、この町で知っているのはまだヘレンひとりだった。

「チャーリーよ」

ヒューゴーはうなずいた。「いい名前だ」

チャーリーは頬を染めた。「あなたは？」

「おれはヒューゴー。それからこのごろつきどもは」――いきなりおどけた口調になってジョシュを肘でつつき――「ジョシュとタイガーだ」

ジョシュはヒューゴーの腕を押しのけた。笑顔だったが、目つきがどことなく険しくなっていた。タイガーはにやりと笑った。

「パパと一緒にここに越してきたのかい？」とヒューゴーがたずねた。

チャーリーは首を振った。「おばあちゃんのうちに住んでるの。ヘレンの。キャサリン・ストリートの」

「あのババアか」とジョシュがいった。ヒューゴーは無視したが、タイガーがくすくす笑った。

チャーリーはなにも言えなくなった。祖母と暮らしたいと思っていなかったが、三人の口ぶりのせいで不安になった。

「今晩、仲間が集まるんだ」とヒューゴーがいった。「きみも来なよ」

われながら驚いたことに、チャーリーはうなずいていた。「わかった」とチャーリーは応じた。「行けたら行くわ」

チャーリーは振り向かなかった。反応してブリーンを満足させたくなかったからだ。歩きつづけていると、道は海に突きあたった。静かだった。聞こえる音は、岸に打ち寄せる波の音だけだった。レンズを通しても日差しは圧倒的で、目がくらむほどだった。チャーリーはそのまばゆさのなかで消えてなくなってしまいたいと願った。蹴るようにして靴を脱ぐと、そのまま海に入った。かつて、ここには砂があった。砂浜になっていた。百メートル沖の海底二百メートルには、いまも白い砂が帯状に積もっているのだそうだ。現在の、木の根元や水没したせいで黒ずんでいる枝が突きだしている水際にある砂は、灰色の沈泥だ。チャーリーは、足のまわりでシルトが舞いあがっているのを感じた。

この暑さだと、海に飛びこんで湾の開けたところまで泳いでいきたいところだったが、そんなわけには行かなかった。あの動画の鮫は、おびただしくいるうちの一匹に過ぎない。

父親からのメッセージをオーバーレイに呼びだして、もう一度読んだ。〝こんどの金曜日はおまえの誕生日だな。新しい部屋を借りたから、おまえを泊められる。一緒に暮らすってのはどうだ?〟狭いリビングの下手くそな写真が二枚、添付されている。バッグと一足のブーツ以外、なにもない部屋だ。

〝楽しみだわ〟とチャーリーは返信して目を閉じた。ここへ来る前に、父親がチャーリーを南海岸沖の風車群に連れていってくれたことがあった。父親が、パブで知りあったそこで働いている男から、雇ってもらえるかもしれないと聞いたのだ。結局雇ってもらえなかったし、それからまもなく父親はその男と仲違いしたのだが、その前に、新しい友人が父親を風車群の見学に誘ったのだ。

見学に行く日、父親は上機嫌で、また働けるようになったらなにをするかの計画を早口で話した。そして出発する間際に、一緒に来るかとチャーリーにたずねた。母親は反対だったし、はっきりそういったのだが、父親は聞こうとしなかった。そして一時間後、チャーリーは埠頭(ふとう)で、父親と父親の新しい友人たちとともに船に乗りこんだのだった。チャーリーは何人かに見覚えがあったし——当時、父親にはまだ町に友人がいたのだ——男たちはチャーリーに軽口を叩いたり一緒に笑ったりして、気をつけないとこの子はあんたがほしがってる仕事をねらってるぞと父親をからかった。チャーリーは特別扱いされてうれしかったが、船の旅も楽しかった。船べりから、船が通過している海域の一面に生えている海草が見えた。海草でおおわれている海底はどんどん深くなり、やがて水しか見えなくなって、海風が吹きはじめた。海の広さと静かさのせいで、チャーリーはなぜか不思議な感覚になった。体が空間に溶けだしかけているような気がした。

風車群は五キロ沖にあった。船が近づくと、チャーリーはそのスケールに驚嘆した。風車はどんどん高く、太くなって、ついにいちばん近い風車の白い巨体が、まるで高層ビルのようにそそり立った。

父親はチャーリーの先に立って船を降り、海面の二十メートル上にあるプラットフォームまではしごをのぼった。頭上では、巨大なブレードが、体の芯まで響く低い風切り音を立てながらゆっくり回転していた。「すごいじゃないか」と父親がいったが、チャーリーはほとんど聞いていなかった。海の広大さに、水平線の彼方までえんえんと連なっている風車群に目を奪われていた。孤独にそびえる巨大な機械群は、人類よりも長持ちする不変の存在であるかのように、だれの手も借りずに稼働していた。道路の果てに立ちながら、チャーリーは、あのときどんな気分だったかを思いだそう、それにしがみつこう、安心を得る方法を見つけようとした。

家に帰ったときには、体がほてっていたし疲れてもいた。首と腕が日に焼けていた。ヘレンはキッチンで待っていた。どこへ行っていたのかとたずねられたが、チャーリーは祖母を無視して自分の部屋に直行し、ベッドに寝転んだ。父親のメッセージをふたたび呼びだして、また返信し、ほんとうに明日来てくれるのかと確認した。すわったまま空白のオーバーレイを見つめて待ったが、返事は来なかった。

一時間たってもチャーリーはそのままの姿勢だったが、ヘレンがドアをノックして、なにか食べないかとたずねた。

チャーリーは、見ていた動画から視線をそらさなかった。ヘレンが部屋に入ってきた。

「豆腐料理でもつくろうか？」

チャーリーはその問いも無視した。

ヘレンはため息をつくと、ベッドにすわっているチャーリーの横に腰をおろした。チャーリーは横にずれて祖母から離れた。

「けさはごめんね」

「いいの」とチャーリーは応じた。

「おまえがここで、どんなにつらい思いをしてるかはわかってるわ。それに、おまえがどんなにママとパパを恋しがってるかも。だけど、おまえにまた傷ついてほしくないの」

チャーリーはふんと鼻を鳴らした。「傷ついたりしないわ」

ヘレンはしばらく無言だった。やがて、気をとりなおして姿勢を正したが、それを見てチャーリーはますますいらだった。

「天気予報は見た？」

チャーリーは首を振った。

「嵐が来るんですって」

チャーリーはうなずいた。

「朝のうちに家の外を見てまわって、危ないところがないかどうか確認しなきゃならないわ」

「へえ」とチャーリー。「そうなの」

ヘレンが出ていったあと、チャーリーはふたたび横になり、気晴らしを求めてみじめな気分でフィードをスクロールしつづけた。真夜中過ぎに、とうとう、メッセージが届いた。

〝明日、会えるのを楽しみにしてるぞ。パパより〟

以前、チャーリーがサウスオーストラリア州で暮らすようになってまもないころ、ヘレンが、チャーリーの母親はいつもほんとうには幸せじゃなかった、見つかるはずのないものを探しつづけていたといったことがあった。当時、チャーリーは祖母の言葉の意味が理解できなかった。説明を求めると、チャーリーが母親について話そうとすると決まってそうするように、ヘレンは首を振って目をそらした。

だが、数カ月後、チャーリーはなんとなく理由を察した。チャーリーが七歳だったときまで、彼女の両親は東海岸のタスラのそばにあった、木々のあいだに家が点在してる生活共同体（コミューン）で暮らしていた。数年後に母親から聞いたのだが、父親の飲酒のせいでコミューンのほかのメンバーの何人かとの関係が険悪になり、とうとう、となりに住んでいたパトリックというゲームデザイナーと喧嘩（けんか）をしてしまったせいで退去を求められたのだそうだ。「馬鹿な話なのよ」と母親はいった。「あの人は、パトリックに好かれてないのを知ってたはずなのにからかいつづけて、とうとう爆発させちゃったの」

母親は、タスラにいたときに起きた山火事についてよく話していた。いつか巻きこまれるのではないかと不安だったと。だが、この時代についてチャーリーが覚えているのは別のことだ。チャーリーにとって、コミューンの思い出といったら、よく泳いでいた小川や、焦げ臭い空気に響いていた、スズミツスイやモズヒタキなどの小鳥の鳴き声だった。

その後、一家は、しばらくのあいだ、さらに南部のイーデンで暮らした。母親は水晶専門店に勤めてお香や天然石を研磨したタンブルストーンを売っていたが、その後、観光客と地元の人々を相手に占いをするようになった。チャーリーはその店を覚えている。ドアベルも、母親のちょっぴりうつろな表情も。その後、一家は転々と引っ越したが、チャーリーが十三歳のとき、母親が病気になった。最初はほっとした。癌は治る病気だし、見通しは良好だった。だが、遺伝子治療はうまくいかず、化学療法に切り替えられた。さらに別の化学療法が試されたが、結果はかんばしくなかった。そして、苦痛の緩和と生活の質が課題になった。次の段階に移行するたびに母親はどんどん小さくなり、くたびれ、弱々しくなった。世界から徐々に抹消されていくかのようだった。

　そんなとき、チャーリーのもうひとりの祖母、アイシャも病気になった。チャーリーの母親は、ヘレンとアイシャが暮らしている家を訪れたが、数週間後、アイシャは亡くなった。それからまもなく、チャーリーの母親は聖書を読みだし、さらには教会に通うようになった。そのあとはチャーリーを忘れたようになった。ほとんど毎日、行かなければならないなんらかの行事——礼拝や祈禱会や聖書研究会——があり、出かけるときから心ここにあらずだったが、熱に浮かされたような興奮状態で帰ってきた。チャーリーはそんな母親をちょっぴり憎んだ。ママはわたしがママと一緒にいたいのがわからないのかしら？　ヘレンがやってきて、数週間滞在したことがあった。奥の部屋で寝て、チャーリーの宿題を手伝ってくれた。ある日の午後、チャーリーが学校から帰ってくると、母親はいなかった。ヘレンはチャーリーの手を握って、おまえが怒ってることは知ってるけど、怒って当然なのよ、といった。だけどママは怖がってるんだし、怖がってる人は、正しいことをするとはかぎらないの、と。

だが、チャーリーはヘレンにどなって家を飛びだした。暗くなってから家に帰ると、ヘレンはキッチンにひとりですわっていた。チャーリーには、ヘレンが自分を待っていたのがわかっていたが、祖母はなにもいわずにチャーリーと父親の前に夕食を置いた。ヘレンはチャーリーの父親の沈黙を、家事についての雑談で埋めた。翌日、ヘレンはいなくなった。

五カ月後、チャーリーの母親が亡くなると、ヘレンは戻ってきて、泣いているチャーリーのとなりにすわった。葬式の日の夜、チャーリーは、ヘレンと父親が自分をどうするかについて言い争っている声を聞いた。ヘレンはチャーリーと父親に彼女の家で同居してほしがったが、父親は同意しなかった。チャーリーの父親はヘレンを嫌っていたし、チャーリーの母親が亡くなったいま、義母とはかかわりたくないと願っていた。だが、父親の飲酒癖は悪化し、酔って帰宅するようになった。帰ってこないこともあった。そしてある日、チャーリーが学校から帰ると、家財が通りに出されていて、玄関には鍵がかかっていた。その日の夜、父親はチャーリーを車に乗せ、積めるかぎりの家財を積んでサウスオーストラリアに向かった。チャーリーは、振り向いて道端に放置されている家具を見ながら、だれのものになるのかしらと思ったことを覚えている。

二日後、車はヘレンの家の前で止まった。ヘレンと父親が話しあっているあいだ、チャーリーは外で待たされた。ふたりは声を荒らげた。やがてとうとう、父親が飛びだしてきて、車からチャーリーの荷物を降ろして地面に置きはじめた。それがすむと、チャーリーに、すぐ戻ってくると告げ、最後にもう一度、ヘレンとにらみあってから車で走り去った。だが、父親は戻ってこなかった。その日の夜も翌日も。そしてチャーリーがメッセージを送っても返信してくれなかった。一週間後に来たメッセージによれば、父親はアデレードにいて、戻ってはくるが、その前に用事を片づけなければならないのだそうだった。

それ以来、何度か電話がかかってきたし、ときどきメッセージが送られてくるが、チャーリーは父親と一度も会っていない。しばらくのあいだ、父親は断酒プログラムに参加していた。その後、父親はチャーリーに本気でがんばると宣言し、ほとんど毎日メッセージを送ってきた。だが、しばらくすると、また音沙汰(おとさた)がなくなった。次に連絡があったとき、父親はまた入院していた。それからまた音信不通が続き、次の連絡が先日のメッセージだった。ヘレンはチャーリーの父親について話そうとせず、孫娘が母親について話そうとしたときと同様、話をさえぎった。ヘレンは顔をこわばらせるか、チャーリーが大嫌いなわざとらしい明るさを装うかだった。だが、ここにはチャーリーの両親と会ったことがある人がほかにだれもいないので、チャーリーはふたりについてだれとも話せなかったし、ふたりがどんな人なのか、チャーリーがどんなにふたりと会いたがっているかを知る人はひとりもいなかった。

翌朝は暑くて静かだった。空は広くて青く、嵐が近づいているとは思えなかった。チャーリーが自分の部屋を出たときには、ヘレンはもう庭にいて、植木鉢を移動したり、防水シートを目の前の地面に広げたりしていた。チャーリーは玄関前の階段で止まって祖母を見た。ヘレンはもうすぐ八十歳だが、立ち居振る舞いは、とてもそんな年齢とは思えないほど矍(かく)

矍鑠(かくしゃく)としている。若いころ、ヘレンは数学者だったのだが、二〇四〇年代に社会が大混乱におちいったときに職を失い、チャーリーのもうひとりの祖母、アイシャとともにここに移り住んだ。物価が安かったし、都市部のほうが状況が悪かったからだ。引っ越してきたとき、まだ四歳だったチャーリーの母親はここで育った。チャーリーの母親はそのころについて話すのを好まなかったが、ヘレンとアイシャと母親にとってだけでなく、だれにとってもつらい時代だったことをチャーリーは知っていた。

当時について、それからずっとここで暮らしていることについてヘレンがどう思っているかはわからなかった。聞いてみたこともあったが、ヘレンは答えてくれなかった。だがその数日後、ハイウェイの道路脇を歩いている集団を車で通りすぎた。その集団は家族らしく、女性は赤ちゃんを抱いていたし、男性はそのうしろを、幼い男の子を連れて歩いていた。チャーリーがバックミラーのなかで小さくなっていくその家族を見つめていると、ヘレンが、人は弱いものだという趣旨(しゅし)のことをいった。人はいつだって弱かったのよ、といったこともあった。世界の秩序が維持されていたあいだ、一部の人たちはそのことを、少なくとも、無視していられなくなるまでは無視していただけなのよ、と。ヘレンは道路から目を離さずに話していたが、チャーリーはその声のなにかに気を惹(ひ)かれた。その痛々しさに気づいたチャーリーは、ヘレンのそっけなさは喪失感を、数年のあいだにまずアイシャを、続いてチャーリーの母親を失った痛手を隠すための手段なのかもしれないと思った。それとも、最初からこんな感じだったのかしら？

チャーリーが家のなかに戻ろうとしかけたとき、ヘレンが彼女のほうに顔を向けた。ヘレンは一瞬、ためらったが、ぎこちなくほほえんで、「お誕生日おめでとう」といった。

チャーリーも無理に笑顔をつくった。「ありがとう」

「朝ごはんの用意ができてるわよ」

チャーリーはため息をついた。「ありがとう、でも食欲がないの」

ヘレンはチャーリーを無視し、早足で家に戻った。冷蔵庫をあけてフルーツを盛った皿とヨーグルトが入っているボウルを出してテーブルに置いた。チャーリーはそれらを見つめてから、負けを認めて腰をおろした。

ヘレンも正面にすわって、チャーリーがスプーンでベリーを口に運ぶさまを見つめた。

「きょうの予定はあるの?」

チャーリーは首を振った。

「ほかの子たちと遊ぶつもりはないのね? だいじょうぶなのね?」

チャーリーは腕を組んでため息をついた。「ええ」

ヘレンは口をすぼめた。チャーリーはその表情の意味を知っていた。いいたいことがあるのだ。

「なに?」

ヘレンはためらった。「パパからまた連絡はあった?」

チャーリーは返事をしなかった。

「チャーリー?」

「パパは来てくれるわ」とチャーリーはいったが、口のなかが熱くなった。

ヘレンはまだなにかいいたそうだったが、結局、いわないことにしたようだった。黙ったまま口元をひきしめてうなずいた。

はじめて会った日の夜、チャーリーがミニマートに着いたとき、ヒューゴーはいなかった。そこにいたのは、ジョシュとタイガーと、チャーリーが知らない女の子だけだった。

チャーリーが近づくと、三人は話をやめ、ジョシュと女の子はチャーリーに冷たいまなざしを向けた。だが、タイガーはにこやかに笑った。

「やあ。来たね」

チャーリーは三人の一メートルほど手前で止まった。心の一部は逃げだしたがっていた。

「ばあさんに許可をもらったのかい?」とジョシュがたずねた。

「ええ」

チャーリーはうなずいた。ヘレンはどこへ行くのか、何時に戻ってくるのか知りたがったが、チャーリーが、ヒューゴーという男の子と会うのだと説明すると、祖母はほっとした表情になり、彼の両親を知っているといった。

タイガーはにやりと笑って、「ヒューゴーもすぐに来るよ」といった。そして、もう一人の女の子のほうを向いた。「こいつはブリーン」

チャーリーはほほえみかけたが、ブリーンは冷ややかに見つめかえした。チャーリーは、あらためて逃げだしたくなったが、その前に、タイガーが彼女の背後の道路に目をやった。「来たぞ」とタイガーがいった直後、ヒューゴーがチャーリーたちのそばにエレクトリックボードで滑ってきた。

ジョシュにせかされ、彼らは海岸をめざして小道を歩きはじめた。海岸に到着すると、彼らはマングローブの根を乗り越えながら進んで廃屋(はいおく)にたどり着いた。暗い窓はガラスが割れ、壁は泥と海水の染みがついていた。

ジョシュがレンズのライトを点灯し、先に立って開きっぱなしになっている玄関から入った。古いドアは、蝶番(ちょうつがい)にはついているが、ねじれ、ふくれあがっている。LEDの白くぎらつく光に照らされた屋内はゲームの、監視カメラ映像を模した没入感が売りのシューティングゲームの一場面のようだった。チャーリーはその連想を忘れようとした。

ある部屋に入ると、古いマットレスとソファが壁に押しつけられていた。ジョシュとタイガーがソファにどすんと腰をおろし、ブリーンとヒューゴーがマットレスにすわった。ジョシュが、ソファのうしろに手をのばして汚らしいプラスチックの水パイプをとると、葉を詰めはじめた。チャーリーは、マットレスから立ちのぼっているカビと汗の悪臭を無視しようと努めながら、ヒューゴー側の端にすわった。ジョシュは葉を詰めおえると水パイプに火をつけて吸いこんだ。そして水パイプをチャーリーにまわした。

「吸えよ」とジョシュがうながした。

チャーリーがヘレンの家に帰ったときには二時を過ぎていた。ヒューゴーとブリーンが送ってくれた。ヒューゴーはドアをあけてくれ、チャーリーがキッチンの暖かい闇へとよろめきながら入るのを助けてくれたが、ブリーンは門のそばで待っていた。チャーリーは、ヒューゴーにおやすみをいいながら、門のそばに立っているブリーンがこっちを見ていることに気がついた。

その夜のあと、週に何度かその家へ行くようになった。近所のほかの子が同行することもあったが、たいていは五人だけだった。最初の夜のあと、チャーリーは自分とヒューゴーのあいだになにかが生じていることに気づいていたが、ヒューゴーの態度はどことなく変だった。関心があるくせに、一歩踏みだすのを億劫がっているような感じだった。とはいえ、チャーリーといると楽しそうだったし、ときどき、おもしろネタや突飛なジョークを記したメッセージを昼間に送ってきたが、返信するとなしのつぶてだった。ついに、出会ってから二週間たった日の夜、チャーリーは家に入る前にヒューゴーにもたれこみ、彼の長身に抱きついた。そしてふたりはキスをした。ヒューゴーの口はビールと甘ったるいマリファナの匂いがした。その後、ヒューゴーはふらふらと闇へ消えていった。

翌日の夜、ヒューゴーはなにごともなかったかのようにふるまったので、チャーリーはミスを犯したのではないかと不安になり、帰宅すると、恥ずかしさと決まり悪さで体をこわばらせながらベッドに横たわった。だが、その夜、真夜中過ぎに窓を叩く音で目が覚めたので外を見ると、闇のなかでヒューゴーが立っていた。

それでもチャーリーは、これが自分が望んでいることを意味するわけがないと思っていた。ヒューゴーがいつ来るのか、それどころか一緒に過ごしてくれるかどうかもわからない夜もあったが、そんなとき、チャーリーは自分を無価値に感じて自己嫌悪におちいった。だから、ヒューゴーがあらわれると、当惑するほど胸が感謝でいっぱいになった。父親のおかげで、ヒューゴーには金と自由とほかの若者が持っていない自信があった。うぬぼれ屋だからこそ、望むものは、チャーリーを含めてなんでも手に入ると考えていたに違いなかった。ふたりきりで過ごしているときも、ヒューゴーは寝転がっているだけで、チャーリーにまかせきりだった。

それに、ジョシュとブリーンの問題もあった。ブリーンがチャーリーを嫌っていることは秘密でもなんでもなかった。ブリーンは、ことあるごとにチャーリーを嘲笑し、不愉快にさせる発言をした。ある夜、ブリーンと付き合っていたことがあるのかとヒューゴーにたずねると、彼は、どうだっていいじゃないかというように笑って肩をすくめたが、そのごまかしかたで、チャーリーは知りたかったことをすっかりさとった。だが、ジョシュはもっと用心深かった。とりわけ、チャーリーとヒューゴーが一緒にいるときは。だが、チャーリーはジョシュが自分を見るときの視線に、とげのあるジョークの裏にある憎悪に気づいていた。また、気づきたくはなかったが、ジョシュがヒューゴーに向ける視線にも、チャーリーをライバルと、あるいは脅威とみなしているらしいことにも気づいていた。

そのあと数時間、チャーリーは家のなかで、ベッドに横たわったまま、動画を見て過ごした。窓から通りが見えるので、父親が来ないかとしょっちゅう見上げていた。何度か、車が通りすぎたり、人が通りかかったりした。チャーリーはそのたびに、体を起こして外をのぞいては、胃にうつろな不快感を覚えながら、ベッドにまたどさりと倒れこんだ。目が覚めてまず、父親からの、誕生日のお祝いをするか、何時ごろに来るかを知らせるメッセージを期待してチェックしたが、届いていなかった。もう朝ではなくなっても届かなかった。

午後もなかばになって、ついに、いつ来てくれるのかと問うメッセージをまた送ったが、それでも返信がなかったので、チャーリーはベッドから起きあがって帽子をかぶり、家を出た。天気フィードを見ると、嵐は夜に来るようだったが、外はおだやかだったし暑かった。悪天候が迫っている兆候は、空気の重さと、西に出ている白くて薄い筋雲だけだった。

チャーリーはまたも水辺で足を止めた。海は静かだったし、炎暑のなかできらめいていた。チャーリーは石を拾って海に投げた。ドボンという音が響いて石が海中に消えた。去年の夏、チャーリーがいま立っているところから何百メートルか沖の海底に、生協が新たな人工礁(しょう)を造成した。チャーリーは、町の住人たちに混じって働いた。暑い日差しにさらされながらコンクリートの破片や石を持ちあげては船べりから海に落とし、そのあと海洋生物学者たちがカキのついたラックを投げこむのをそばで見ていた。

カキが石の上に広がり、そのごつごつした黒っぽい殻が積み重なって固着し、光のほうへとのびてカキ礁になる、という計画だった。そうなれば、カキは栄養分を吸収することによって水を浄化し、魚やカニや環形動物などの餌に、また海草床の肥料になる。だが、それだけではない。この海岸線ぞいのいたるところにカキ礁ができれば、嵐が襲来したときにその重みで波を減速させ、浜辺や海岸を守ってくれるはずだった。そのようなカキ礁は何千年も前から存在していたのだが、侵略者であるヨーロッパ人がやってきてカキを食用として乱獲し、建物や道路をつくるためのセメントに使う石灰の原料として採りつくしてしまい、ついに、だれも、カキ礁があったことを覚えてすらいないようになった。だが、海面がどんどん上昇し、嵐がどんどん強くなっているいま、マングローブ林が再形成されるまでのあいだ、新たなカキ礁が波の力を散らして新しい海岸を守ってくれることが期待されているのだ。海による浸食から守ってくれることが。

カキが結合しあって塊になり、どうにかして海を押しとどめ、海岸が消失するのを阻止できるはずだと信じられる日もあった。カキ礁は海面上昇のスピードよりも速く育つし、マングローブと海草もあっというまに広がる、とヘレンはいった。だが、そのほかの日は、そんなことは不可能だ、骨折り損だとしか思えなかった。氷冠を救えたかもしれない時期は何十年も前に過ぎているし、ということは、なにをしようと、これから何年も、何世紀も、ひょっとしたらそれより長く、海面は上昇しつづけるのだ。そしてそのあいだに、陸地は——この陸地は——じわじわと、十年が過ぎるたびにすこしずつ、削りとられていくのだ。チャーリーが見たことがある海面水位の予測やシミュレーションによれば、海面は町の建物の屋根よりも高くなって、すべてが海に沈んでしまう。そう思うといい気分になるときもあった。

このクソみたいな場所が水没して永遠に消えてしまうからだ。それ以外のときは、悲しくてたまらなくなった。

振り向くと、人気のない道路に静まりかえった家が並んでいた。ウェイクフィールド・ストリートのちょっと先で、八歳くらいの少女がコンクリート舗装の私道をキックボードで行ったり来たりしていた。そのうしろに何歳か下の少年が小さめのキックボードで続いている。少女は黄色いTシャツにショート丈のオーバーオールを着て、黒い髪をしっかりまとめていた。少女のきちんとした身なりが印象的だったが、チャーリーが凝視してしまったのは、それが理由ではなかった。目を惹かれたのは、少女が細心の注意を払って遊んでいるさま、うしろの弟をちらちら振りかえっているさまだった。競走しているに違いなかったが、その瞬間、姉弟がお互いのことを思いあっているのは明らかだったし、重要なのはそのことだった。

チャーリーがヘレンの家に帰ったときには六時を過ぎていて、太陽は西に沈みかけていた。彼方の山並みは濃い紫色に染まり、その上の空は無色で揺らめいている。チャーリーが裏口のドアをあけると、ヘレンが、両手を前に置いてキッチンテーブルにすわっていた。そのぴくりとも動かないすわりかたから、チャーリーはヘレンがかなり前からそこにすわっていたことをさとった。チャーリーに気づくと、ヘレンは顔を上げてほほえんだ。チャーリーは家に入ってすぐのところで足を止めた。

「なに？」

「パパから連絡はあった？」

チャーリーは首を振った。「ううん。なんで？　なにかあったの？」

ヘレンは椅子にもたれてため息をついた。

「すわって」とヘレンは身ぶりでとなりの椅子を勧めた。

チャーリーは首を振った。「いや。いいから、さっさと話して」

「残念だわ」とヘレンがいった。「わたしから伝えたくはなかったのに。電話すると、自分で話すと約束したのに」

「話すって、なにを？」

「パパは来ないわ」

「え？　なんで知ってるのよ」

「わたしから電話をかけたの」とヘレン。「おまえに電話しなかったなんて、信じられない。電話するといってたのに」

「パパになにをいったの？」

ヘレンは首を振った。「なにも」

チャーリーは一歩下がった。「来ないようにいったの？　来てほしくないいって？」

「いうわけないないじゃない。来るつもりがないのなら、おまえに無駄な期待はさせたくなかったの」

「そんなはずない」とチャーリーは、目に涙を浮かべながらいった。「パパは来るっていった。約束したのよ」

ヘレンは唇をぎゅっと結んでチャーリーを悲しげに見つめた。「ほんとに残念だわ」

「嘘。残念だなんて思ってないくせに」とチャーリーは声を荒らげた。

「だからパパからおまえに電話してほしかったのよ」とヘレンはいらだちで語気を強めた。

「おまえに伝えるのはわたしじゃないはずだったのに」

「へえ。ずいぶんご親切なことね」

ヘレンは首を振った。「なにが起きたのか、わかってるはずじゃないの。わかってないふりはやめて。あの人は酔っ払いなのよ」

チャーリーはヘレンをにらんだ。「違う。おばあちゃんはパパが嫌いなのよ。最初からずっと嫌いなのよ」

ヘレンはためらったが、チャーリーは祖母のなかでなにかがはずれたのを感じた。「そうよ、ふたりともおまえを嫌ってた。パパだけじゃなくてママも。ふたりともよくいってたわ。おまえがここにいると、顔をあわせなくてすむからほっとするって。おまえがここに来るとき、ママはあなたと離れられて喜んでた。喜んでたのよ」

ヘレンはテーブルにじっとすわっていた。頬から血の気がひいていたし、顔がいきなり弛緩してふけて見えた。チャーリーは祖母をにらんだ。あいかわらず、胸の内では怒りが渦巻いていたが、自分がいいすぎてしまったことに気づいてもいた。くるりと向きを変えると、ドアから宵闇のなかへと飛びだした。門にたどり着く前に、ドアがふたたび開く音がして、ヘレンがチャーリーの名前を呼んだ。だが、チャーリーは足をゆるめも振り向きもせずに駆けだした。熱く焼けたアスファルト舗装の道を走りつづけた。埃と潮と道路の匂いが漂っていた。体を動かしていると安心だったし、止まったらどうなるのか怖かった。

新学年がはじまる二日前にヒューゴーとの交際が終わった。学校がはじまる前にもう一度楽しんでおこうと、五人は潮間帯の家に集合した。いつものように、ヒューゴーとジョシュがマリファナを持ってきたが、ヒューゴーも両親の酒棚からウォッカのボトルをくすねてきた。チャーリーは、喉が焼けるのにかまわずウォッカをぐびぐび飲んで、あっというまに酩酊した。そして、自分がどれほど酔っているかに気づいたときは、もう手遅れだった。どこかの時点で、ジョシュがチャーリーに、しゃんとするからといってマリファナを勧めた。そしてチャーリーは熱い煙を肺に吸いこんで咳きこみ、涙が顔を流れた。チャーリーはマットレスにあおむけになり、頭をもたれさせて目をつぶった。そして目をあけると、ジョシュがとなりに寝ていた。ひどく酔っているので、目の前にあるジョシュの顔が馬鹿でかくてゆらゆら揺れているように見えた。だが、ジョシュはほほえんでいたし、髪をなでてくれたので、チャーリーは頭をジョシュの肩に乗せた。

「ハーイ、ジョシュ」とチャーリーは酔っ払った声でつぶやいた。

「ハーイ、チャーリー」とジョシュは応じた。それがなぜか、チャーリーにはありえないくらい愉快だった。

ジョシュはチャーリーの頭の位置を直した。

「なんでこんなにやさしくしてくれるの？」とチャーリーはたずねた。

「どうしてやさしくしちゃいけないんだい？」

「あなたはわたしのことが嫌いだと思ってた」

ジョシュは答えなかった。チャーリーはジョシュの頬をなでた。

「あなたってすごくハンサムね」とチャーリーはいった。

それを聞いてジョシュは笑い、チャーリーに顔を近づけた。チャーリーはジョシュの顔を見つめた。ジョシュの口と目と髪が、酒の靄(もや)のなかでごちゃ混ぜになった。

「ぼくとキスしたいかい？」とジョシュはたずねた。

チャーリーはその問いについて考えようとしたが、不可能だとわかった。「ヒューゴーは？」ついにそうたずねた。

「聞いてみればいいじゃないか？」とジョシュは答えた。

チャーリーが頭を動かすと、反対側に寝ているヒューゴーが見えた。ヒューゴーはにやにやしながらチャーリーを見ていた。「気にする？」とチャーリーは、可能なかぎりしっかりした口調でたずねた。

ヒューゴーが肩をすくめたので、チャーリーは向きなおって唇をジョシュの唇に押しあてた。すると、キスしている最中に、ジョシュはチャーリーを押しのけ、彼女を床に落とした。チャーリーはなにかいおうと、謝ろうと、それとも抗議しようとしたが、言葉が出てこなかった。見上げると、ブリーンに見られていた。ブリーンのレンズは録画中だった。タイガーはそっぽを向いてすわっていた。そのあとの記憶はなかった。とにかく、翌朝、目が覚めるまでの記憶は。口のなかがねとねとしていた。額に〝尻軽〟と書いてあったし、動画がもう拡散しているに違いないと気づいて愕然とした。

ミニマートの前を通ったときも、チャーリーはまだ泣いていたので、アーロンが道に歩みでてきて背後から彼女の名前を呼ぶまで気がつかなかった。チャーリーは足を止めて振り向いた。アーロンは食料品を詰めたリュックを背負い、片手に水の入ったプラスチック容器を持っていた。うしろに、バッグを下げている、チャーリーが知らない年下の少女がいる。

「チャーリー」とアーロンがまた声をかけてきた。「だいじょうぶかい？」

チャーリーはしばしのあいだ、アーロンを見つめた。

アーロンは水を地面に置いて、チャーリーのほうに一歩、足を踏みだした。「なにかあったのかい？」

チャーリーは首を振ると、「なにも」といいながらあとずさった。

「チャーリー？」とアーロンはさらにたずねた。

「ほっといて！」とチャーリーは声を荒らげた。

海岸に着いたときには暗くなっていたが、湾の上空には不気味な緑色っぽい雲がかかっていて、その雲の遠くのほうでは稲妻が走っていた。その光のダンスは、不穏なまでに静かだった。チャーリーは、断続的に風が顔に吹きつけるのを感じながらそれを見つめた。天気アプリを呼びだすと、嵐が接近するのは二時間後だったが、どこかへ避難しなければならないのはわかっていた。だから海岸にそって歩きだし、やがてあの家に行きあたった。チャーリーは家を凝視した。一年前のあの夜の記憶がよみがえって体が震えたが、結局、玄関に歩みよってなかに入った。

屋内はほとんど変わっていなかったが、だれかが火をつけたらしく、ソファが黒焦げになっていたし、壁と天井に焦げ跡があった。チャーリーはマットレスに横たわった。薄明かりのなか、そばでなにかがカチャカチャ鳴った。チャーリーはそっちに手をのばして、まだ半分残っているウォッカのボトルをつかんだ。そして数秒間、ボトルをじっと見つめた。レンズの白い光を受けている液体は透明だった。やがて、チャーリーは蓋をねじってあけ、ボトルを持ちあげて唇にあてた。

ウォッカはチャーリーの喉と胸を焼き、全身にぬくもりを広げた。だから、雨が降りだしても怖くなかった。放縦(ほうじゅう)で野放図(のほうず)な喜びで胸がいっぱいになったので、さらに飲んだ。どんどん飲んだ。しまいに部屋がまわりだしたので、寝転がって目をつぶった。自分自身から離れられてほっとした。

いつ寝てしまったのか覚えていなかったが、知らないうちにぐっすり眠りこんだに違いなかった。なにしろ、チャーリーの目を覚ました雷鳴は、部屋が揺れるほど近かったからだ。チャーリーは寝ぼけまなこで上体を起こした。ウォッカのせいでまだ頭がふらついた。豪雨と強風の音に顔をしかめながら、ここはどこなのか、どうしてここにいるのかを思いだそうとした。稲光が部屋を照らし、汚れた壁と焼け焦げた天井が見えたときにやっと思いだした。あの家だわ。

立ちあがると足が水に沈んだ。またも稲妻がひらめいて、床が黒っぽい水でおおわれているのがわかった。オーバーレイを呼びだそうとしたが反応がなかった。ネットワークがダウンしているか、過負荷になっているかのどっちかだった。あせりながら、使える機能はないかと、各種インターフェースを片っ端からフリックしたが、無駄な努力だった。ふらつきながら玄関まで歩いていってドアをあけたが、土砂降りの雨と猛烈な強風が吹きつけてきてあとずさった。最初、地面が動いているのだと思って目を疑ったが、家が、流れている水に囲まれていることに気づいてぞっとした。家は、土台ごと流されかかっているかのようにきしんでいた。チャーリーはパニックを起こしながら歩きだした。そして、覚悟を決めて玄関の外に出た。流れる水に腰まで浸かった。バランスを崩しかけたが、家の外壁につかまって耐えた。暴風雨の闇夜では、どっちに向かえばいいかわからなかった。歩きだしたが、水の流れが速くて足が横に滑った。なんとか持ちこたえたが、それもつかのま、洪水のなかに横ざまに倒れた。いまや、チャーリーも流れていた。枝や雑多なゴミとともに急な流れに運ばれていた。

そのとき、嵐の騒音のさなかでなにかが聞こえた。そして次の瞬間、闇のなか、頭上に人影が見えた。稲妻がひらめき、アーロンの顔が見えた。アーロンは口を開いていた。なんといったかは、風音と雷鳴にかき消されてわからなかった。アーロンは手をのばしてチャーリーの腕をつかみ、顔を彼女の顔に近づけた。

「チャーリー！」とアーロンはしゃがれ声で叫んだ。「だいじょうぶかい？」

チャーリーは首を振った。「水が」

アーロンはうなずいた。「高潮だよ。そこいらじゅう水浸しだ。安全なところへ行こう」

ふたりは林のなかを通って再生場のほうに向かった。水は浅くなったが、風は強くなった。枝と葉が、ふたりを追い越して飛ばされていき、ときどき体にぶつかった。雨は痛いほどの勢いだった。かなり長い時間に思えたあいだ、ふたりはよろけながら道路を歩いて、とうう門に着いた。その先にはプレハブ小屋が並んでいた。アーロンはその一棟の前で止まってドアを叩いた。その音は、嵐の音でほとんど聞こえなかった。一瞬後、ドアが開いてふたりは転がりこんだ。

なかは狭く、奥に並んでいる三台の折りたたみベッドがほとんどを占めていて、一面の壁の裸LEDに照らされていた。ミニマートの外で見た少女が、胸にイルカがプリントされている青いパジャマを着て壁際のベッドにすわっていた。アーロンはチャーリーに手を貸していちばん手前のベッドにすわらせると、振り向いてドアのそばの小さなベンチを指さした。

「この人に水をあげて」とアーロンは頼んだ。少女はいわれたとおり、チャーリーにプラスチックコップを渡した。チャーリーはありがたく水を飲んだ。アーロンはチャーリーのうしろのベッドから毛布をとって彼女に巻きつけた。チャーリーの足元に水がたまっていた。チャーリーは床を見おろしたが、アーロンは首を振った。

「気にしなくていいよ」とアーロンはいった。

チャーリーは急に泣きたくなったが、どうにかこらえた。

「ありがとう」とチャーリーは礼を述べた。あらためて屋内を見まわした。「ここはどこ？」

「ぼくたちの小屋だよ。ママは用事で町に行って、帰ってこられなくなったんだ。だから、いまはぼくと妹しかいない」アーロンはちらりと妹を見た。少女はアーロンにそっくりな細面(ほそおもて)で黒髪だった。「挨拶(あいさつ)をしな、シボーン」

シボーンは真剣な表情でチャーリーを見た。「だいじょうぶ？」

チャーリーはうなずいたが、その瞬間、小屋が振動するほど大きな雷鳴が響いた。三人はぎくりとし、おびえた顔で見まわした。またも雷がとどろき、小屋がギシギシときしんだ。シボーンが真っ青になった。アーロンが手をのばし、自分とチャーリーのほうに妹を引き寄せて「だいじょうぶだよ」といった。「考えないようにしな」

だが、シボーンは震えていた。チャーリーは少女を抱きしめて、「どうしたの？」とたずねた。

チャーリーの横でアーロンがためらった。結局、小さな声で話しだした。「ぼくたちは、何カ月か前にブリスベンを襲ったサイクロンの被害にあったんだ。ぼくたちの家が……パパが」首を振って視線をそらした。

チャーリーは言葉を失った。一瞬、風雨の激しさと、高まりつづけている水位と、カキ礁が波を弱めてくれるかもしれないという夢物語のことしか考えられなくなった。ヘレンのこと、父親のこと、アーロンとシボーンのことしか。どんないきさつで自分たちが肩を寄せあうことになったのか、そうしていても自分たちがどれほど脆弱に思えるかということしか。自分たちがすでにどれだけ失ったか、この先どれだけ失いそうかについてしか。チャーリーに抱かれながら、シボーンは震えていた。幼い体は温かく、か弱かった。少女はチャーリーの胸に顔をうずめた。チャーリーは前屈みになって少女の頭に唇を押しあてた。

「だいじょうぶよ」とチャーリーは、声が震えないように気をつけながらいった。「わたしたちがいるんだから。わたしたちが守ってあげるから」

そしてチャーリーは、そういいながら、困難な約束の重みを、約束を実現したいというみずからの欲求を感じた。そして、実現できないかもしれないというおそれを。

（金子浩訳）

資本主義よりも科学――
キム・スタンリー・ロビンスンは
希望が必須と考えている
――ジェイムズ・ブラッドレー

キム・スタンリー・ロビンスンが現役有数の重要作家であることに疑問の余地はない。約四十年にわたって二十冊以上の長編小説を上梓(じょうし)しているロビンスンは、緻密に想像された作品を通じて、社会正義や政治経済や環境経済、そしてユートピアの可能性を一貫して追究してきた。

ロビンスンの代表作は、数世紀にわたる火星への入植と火星の変化、そして新たな社会を築くにあたっての倫理的・政治的な挑戦を描いた《火星三部作》だろう。だが、ロビンスンのもっとも重要な遺産は、『2312　―太陽系動乱―』からはじまるすばらしい一連の長編群になるかもしれない。十年足らずのあいだに刊行されたそれら六冊で、ロビンスンは驚異的に斬新な手法で人類の過去と未来を再解釈し、生態系と経済の不可分性を強調し、気候非常事態を中心に据えている。

最新作『未来省』は壮大なスケールの野心作だ。同時に、気候危機の真のスケールを迫真の筆致で描きだし、この先五十年間の未来史を語り、破局を回避するために必要な革命的変化のあらましを宣言している本作は、読者を震撼(しんかん)させたり昂揚(こうよう)させたりし、最終的には、おそらく意表を突かれることに、慎重な希望が提示される。近年刊行されたなかで、もっとも重要な作品でもある。

このインタビューは二〇二一年一月から三月にかけておこなわれた。つまり、アメリカ合衆国議会議事堂襲撃事件およびバイデン大統領就任式の直後にはじまり、新型コロナウイルス感染症パンデミックの第二波が世界の多くの国で勢いを増しはじめたころに終わった。わたしたちが太平洋を隔てて質疑応答をおこなっているあいだに、災厄が迫っていることを告げる太鼓の音は日ごとに大きくなった。大気中の二酸化炭素は産業化以前よりも五十パーセント高い四百十七ppmに達した。北半球が相対的に暖かくなって大西洋深層循環が過去千年で最弱レベルになっているのも、京都の桜が九世紀までさかのぼれる記録上もっとも早く開花したのも、原因は現在の体制だという研究結果が出ている。

ジェイムズ・ブラッドレー（以下JB） 最近の長編の何冊かで、あなたは二十一世紀の最初の数十年を不作為と優柔不断の時代と評しています——たとえば『2312 —太陽系動乱—』で、あなたはその時代を〝混乱期〟と名づけました——ところが、『未来省』では、二〇三〇年代を〝ゾンビの十年〟と呼んで、〝人類文明は息の根を止められたにもかかわらず地上をのし歩き、死よりもなお悪い運命に向かってよろよろと進んでいた〟（『未来省』51章より）と書かれています。それについて少し話していただけませんか？ どうしてそんなことになったのでしょうか？ それから、文明が死ぬというのはどういう意味なのでしょうか？

キム・スタンリー・ロビンスン（以下KSR）　地球文明は混乱していたし、現在の危機に不適合なのが明らかな古い思考や体制を使いつづけようとしていたが、新型コロナウイルス感染症パンデミックによって根源的な衝撃を受けた、というのがいまのわたしの考えです。パンデミックはだれにとっても警鐘になったのではないでしょうか――自分たちはあらゆる重要な意味（たとえば食料供給）で地球文明の一員なのだし、八十億人を生かしつづけているのはまぎれもなく科学と技術なのだ、と全員が実感したはずです。

『2312　―太陽系動乱―』を書いたのは二〇一〇年でした。この長編で、わたしは『2312　―太陽系動乱―』の時点から振りかえった歴史年表を提示しました。それは観念的だったし、目的は衝撃を与えることでした。また、三百年におよぶ歳月を、物語がわたしの意図どおりに進むように埋めるためのものでもありました。つまり、文学装置であって、予測ではなかったのです。でも、いま振りかえってみると、〝混乱期〟がそんなに長く続くという設定にしたのは興味深いですね。すべて、どんな影響が生じるかを示すためのもので、年代を予測したわけではありません。SFには、予言と現在のメタファーというふたつの働きがあることを強調しておくのはきわめて重要だと思います。予言としてのSFはつねに外れるし、メタファーとしてのSFはつねに正しいし、執筆時点の時代感覚を反映しているのです。

また、『未来省』を書いたのは二〇一九年、つまりパンデミック以前でした。したがって、二〇一九年に特有の不安と希望が描かれているのです――そしていま、パンデミックの衝撃をへて、〝以前はどんなふうに感じていたのか〟を知るための手段になっています。すでに歴史的な遺物と化しているのです。それでかまわないのですし、この作品は、二〇二〇年一月に書きおえた時点よりも、いまのほうがよりいい読書体験になるんじゃないかと思っています。

いまは、〝ゾンビの十年〟が、とりわけ二〇三〇年代に訪れるとは考えていません。パンデミックによる衝撃のおかげで、気候変動という存亡にかかわる危機に対する文明の意識が高まったからです。ポスト新型コロナウイルス感染症のいまは、『未来省』で描いた架空の未来史では〝揺れ動く二〇年代〟と評されるかもしれませんが、いま現在からはじまる、駆りたてられているように発作的で激烈な、歴史を管理しようとするあがきの時代になるようにも思えます。そんな新しい感覚をともなう二〇三〇年代は、予測がほとんど不可能な時代になるでしょう。

JB 『未来省』の冒頭で、破局的な熱波が変化の最終的な引き金をひきます。ぞっとするほど恐ろしい、迫力満点な場面ですが、その理由のひとつは、そんな事態が十年かそこらで現実になりかねないことです。ですが、山火事や洪水といった破局的な気候災害がすでに発生しているというのに、政治家の発言にほとんど、あるいはまったく変化がない国の国民として、わたしは、そのような天災がきっかけとなって変化が生じるというのは楽観的すぎないだろうかと考えてしまいます。破局によってほんとうに変化が生じるとお考えですか？　それとも、別のきっかけが必要だと思われますか？

KSR　人は、破局はどこかほかの場所で、ほかのだれかに起こるものだと考えがちです。それゆえ、オーストラリアでは、〝だけど、そんなことがシドニーで、メルボルンで、パースで起こるはずがない〟と思ってしまうものなのです。実際には起こりかねなくても。だから、破局だけでは政治も投票結果も変わらないのです。流れを変えるのはイデオロギー、つまり現実の状況との架空の、つくりごとの関係なのです。それについては言論闘争が重要になります。わたしたちがお互いに語りかけるストーリーが変化を生じさせるのです。科学界はわたしたちに、大気に炭素を放出しつづけるなどして生物圏を破壊したら、人類は種として滅びてしまうと語りかけつづけています。このストーリーは進展しています。わたしは、そしてだれもが、この二十年間の進展に気づいています。自明なストーリーを全員が現実として受け入れ、覇権を握る転換点がまもなく訪れるでしょう。そしてそれは、早ければ早いほどいいのです。

この回答を書いている時点で、アメリカのトランプを支持した〝赤い州〟の多く、特にテキサス州がすさまじい低温に襲われています。いま共和党に投票するのは、事実上、科学に反対する行為、科学を否定する行為です。だからまさにいま、停電している地域に住んでいる人々は、自分たちはじつのところ、科学と技術がなければ生きていけないことに思いを巡らさなければならないのです。今回の件で、彼らは意見と投票行動を変えるでしょうか？　たぶん変えないでしょう――全員が、ただちには。しかし、現実が衝撃をもたらしつづければ、話が通じる余地が広がり、やがて覇権空間に変化が生じるでしょう。わたしたちは、ともに文明の発明であり、文明を可能にしている装置である科学と技術に、完全に依存しているのです。このストーリーは広めなければなりません。わたしはそのために、だれでも、病気になって命の危険を感じたら、科学者のところに、つまり医者のところに駆けこむじゃありませんか、という話をよくしています。その事実は、投票や主張以上に、その人がほんとうはなにを信じているかを示しているのです。

オーストラリアについては、なんともいえないですね。三千万人という人口の少なさを考えると、科学否定論者はそんなに多くなさそうです。豊かな先進国ではありますが、島国なので世界のほかの地域との隔絶を感じているのかもしれませんね――どうなんでしょう？　よその政治的存在を外から理解することはだれにもできません。内側にいたって謎めいているのですから。もっともわたしは、いまごろはもう、オーストラリアの科学否定論者と温暖化懐疑派が選挙で敗れているだろうと予想していました。これからそうなるかもしれません。トランプのような愚か者が当選したほうが、オーストラリアでの進展が早まったのかもしれませんが。

ＪＢ　過去と未来との関係を見直すことも変化の過程に含めなければなりません。あなたは、人類は未来との関係をどう再考するかというテーマにたびたび取り組まれていますね。

『未来省』では、登場人物たちが、経済学者がいま、決定をくだすことによって未来の命の価値をそこねてしまう問題について話しあっているし、*Aurora*（未訳）のメインプロットを推進するのは、自分たちの行動が子孫の人生にどんな影響をおよぼすのかを考えなかったという現在の人々の失敗です。ですが、意外にも、未来についてのこうした問題は解くのが簡単なんじゃありませんか？　というのも、ほんとうに解決困難なのは、人種差別、奴隷制度、植民地主義、天然資源を抽出して世界市場で販売する抽出主義、そしてそれらの人的・環境的コストといった過去の有害な遺産だからです。人類は、過去の問題を解決することなく未来の課題を解決できるのでしょうか？　それとも、そう考えるのは誤った二分法なのでしょうか？

KSR　その疑問は、マルクスの著作の有名な言葉を思いださせますね。それにトールキンの。〝わたしたちは、与えられた歴史的状況に対処しなければならない〟のです。状況が違っていた可能性はありますが、そんなことをいってもしかたありません――だから、やるしかないのです。自由意志で、またはやらざるをえなくて。それも自分たちが選んだわけではない状況で。

歴史を無視してかまわないという意味ではありません。歴史を学べば、現在の自分たちについて多く（あるいはすべて）を知ることができます。どのような経緯で現時点にいたったかを知るのは――つまり、どのようにして現時点にいたったのかについて話しあうのは——いまなにをするべきかについての言論闘争の一部なのです。

したがって、過去の有害な遺産は実在します。現在の慣習や覇権的な信念や感情の構造や法律に刻印されています。過去の魔手は、現在、わたしたちがとりあげようとしている未来という赤ん坊を絞め殺そうとしています。わたしは、二本の太いひもが、しばしばまったく相容れないにもかかわらず寄りあわされているのがだれの目にも明らかだと感じます。わたしはそれを科学対資本主義と呼んでいます。オーストラリア人経済学者のディック・ブライアンがわたしに、金融と国家について、〝手をとりあっているのですが、自分が主導権を握ろうと腕相撲をしてるのです〟といったことがありますが、おなじことですね。

つまり、正義や生物圏との持続可能なバランスのために役立っているひもを強化するための計画を——わたしは科学と呼んでいるのです。もっとも、じつのところ、そのひもは、民主主義や正義や進歩などを含んでいる歴史という太いひもからのびています。そして、それに対抗している資本主義というひもは、封建（ほうけん）主義や家父長（かふちょう）制などの、少数が多数を支配する、ほとんどは一万年前に広まった農耕とともに誕生したあらゆる古い権力体系からのびています。この権力体系はえんえんと引き継がれていて、打倒するのは困難です。

こうした神話的な二元論に多くの歴史的要素を挿入することは可能ですが、単純な善と悪の対立を描く人形劇になってしまい、たいていは役に立ちません。わたしの考えも誤った二分法なのかもしれませんが、ある程度の説明にはなると考えています。過去より未来を優先すべきだとはいえなくても、資本主義より科学を優先するべきだという考えは。

JB　あなたが矛盾を科学対資本主義と定義したのは興味深いですね。というのも、そう定義すると、それらの問題の多くについて考えなおし、ふだん、技術と思われていない多くのもの——経済政策や財政や社会正義や教育などの社会変化をもたらす仕組み——も、まさに技術とみなすことが有用だと気づかざるをえなくなるからです。ですが、同時に、ほんとうの課題は送電網の整備でもソーラーパネルの展開でもなく、政治権力のもっとずっと根本的な再編成であることに気づく必要があるのではないでしょうか？

KSR　ええ、そのとおりだと思います。技術というと機械だけを指すと考えられがちですが、コンピュータにたとえるとわかりやすくなります。コンピュータにはハードウェアとソフトウェアの両方が必要です。技術としての文明も、コンピュータとおなじで、ソフトウェアが不可欠なのです。ソフトウェアがないと、コンピュータはなんの役にも立たない金属とプラスチックの塊（かたまり）にすぎません。したがって、この場合も、財政や経済や法律や政治などのソフトウェア技術にも注目しなければなりません。それに、正義も、言語自体も技術になります。そうなると、〝政治改革なしに技術的な解決は可能なのだろうか？〟という疑問が湧いてきます。〝新自由主義的資本主義という、ひどい欠点があり、不公平で持続可能ではない政治経済に代わるまったく新しい機械は作成可能なのだろうか？〟と考える人もいるでしょうね。

わたしは不可能だと考えています。政治経済を、利潤だけが成功の指標にならないように変革しなければならないのです。利潤を追求するだけの、人も生物圏も傷つける活動によって報酬が得られるのではなく、人と人以外の住人を含む——生物圏のためになることをすると報われる——そのほうが安全だし、それが人間にとってほんとうに必要なのです——生物圏のためになることをすると報われる金融制度を構築しなければならないのです。

資本は利益率が最高になるように投資されます。それが原則だし、法律になっていることもしばしばあります。生物圏を修復し、人々のあいだに正義をもたらすことの利益率は、現在、最高ではありません。だから実現しないのです。それだけのことです。

しかし、変化のきざしが見えています。現代貨幣理論や完全雇用や炭素の量的緩和や炭素の社会的コスト、ユニバーサル・ベーシック・インカムとユニバーサル・ベーシック・サービス、ハーフ・アース計画、賃金平価といった新たな用語として。また、社会主義や社会保障といった古い用語の復活として。これらのアイデアやシステムやソフトウェア技術はすべて、新自由主義的資本主義という負のスパイラルから脱却するための手段として提案されています。興味深いし大変勇気づけられることに、こうしたアイデアについて、中央銀行や中央政府や国際外交界に属している人々が語りあっています。資本主義の分析をおもな仕事にしている経済学者までが。これらはもう、瑣末なアイデアでも、ＳＦ的なアイデアでもありません。法制化も視野に入れて検討されているのです。

JB　それらのアイデアと、新しい世界がわたしたちの周囲で誕生しつつあるという感覚は、『未来省』の重要な要素になっています。この長編は、読んでいると悲しみと怒りで胸が締めつけられるようになるにもかかわらず、あなたの作品のほとんどと同様に、本質的にユートピア的です。ただし、マーク・フィッシャーが主張しているように、資本主義以外にはありえないという思いこみがあるせいだとしても、どれだけの変化が進行中かに気づくことは、ほとんどの場合、容易ではありません。その困難さが、現在、多くの人々が感じている絶望と無力感を助長していると思われますか？

KSR　ええ。イデオロギー、覇権、感情の構造、資本主義を〝唯一の選択肢〟とみなす資本主義リアリズムなどの、いまでは広く知られている用語が思いうかびますね。資本主義大国が世界史を席巻(せっけん)した二世紀のあと、資本主義が四十年間、支配的な政治経済でありつづけたのですから、それがどう変化しうるのかを想像するのが難しいのは当然です。それが、〝資本主義の終わりよりも世界の終わりを想像するほうが簡単だ〟というフレドリック・ジェイムソンとジジェクの有名な言葉の意味なのです。

ですが、最近、このままではもたないという感覚が広まってもいるとわたしは思っています。実際、もたないものはもたないのです。資本主義はシステムを、つまり人々の暮らしと生物圏を破壊しています。わたしたちは、人類にとっても大打撃となる大量絶滅を引き起こす瀬戸際に立っています。サーモスタットがきかなくなるようなものと解釈しうるたんなる気候変動だけでなく、もっと幅広い生息環境の崩壊が起こるのです——わたしたちにとって唯一の生息環境の。

そのように感じている人々は、現在のシステムを脱する方法を、また次のシステムがどのようなものになるかのイメージを探しています。資本主義リアリズム体制の中心——つまり中央銀行や大企業・投資会社や地方並びに中央の政府——でも、変化について話しあっている人々がいます。もちろん、ほとんどの場合、その話しあいの目的は権力を維持しながら変化に対処することです。ですが、そうした議論には、きわめて興味深い変化が含まれています。つまり、巨大で動かしがたいシステムが存在するという感覚に、きしみ、たわみ、ひびが生じて新たな光が差しこんでいる、というのがわたしの見立てなのです。

JB　でも、変化がどのように起こるかという問題がありませんか？　特に、抵抗勢力のしぶとさを考えると。あなたは、*New York 2140*（未訳）で、一種のビロード革命、つまり社会と経済のおだやかな改革がはじまるとされていますが、『未来省』には、金利生活者の安楽死についてのケインズの言葉を引用されています。気候危機が深刻化するにつれて暴力的な抵抗が激しくなると思われますか？　そしてわたしたちは、それについてどう考えればいいのでしょうか？

KSR　それについては確信がありません。わたしは『未来省』で、さまざまな政治的暴力、加えて化石燃料または反人間的なインフラ施設に対する破壊活動を描きました。この作品でわたしは、これからの三十年間を、反ディストピアだけれど、現在の世界がくっきりと分断されていることを考えると説得力がある筆致で描こうと試みました。家族が気候変動の影響のせいで死んだら、資本主義の緩慢な暴力は突発的暴動という迅速な暴力を誘発するでしょう。そのような暴力的抵抗はほとんどつねにいい結果をもたらしません。抵抗運動の闘士は殺されるか投獄され、抑圧的なシステムは抑圧を強化します。

だからわたしは、ほかの多くの人々とともに、トラウマになっている、どのみちたいてい裏目に出る旧来の暴力革命ではない革命を成功に導くための方法を編みだそうとしているのです。状況を好転させるためのよりいい方法として、言論闘争（説得力を高められないだろうか?）、政治闘争（議席の過半数を得られないだろうか?）、法律闘争（助けになる法律を制定できないだろうか?）などがあるし、さらに、人命を奪っている機構に対する破壊活動、大規模な市民的不服従、現行の国民国家システムとは一線を画す代替的な統治システムなどが挙げられます。このリストにはまだまだ項目を追加できます。

わたしが暴力的な抵抗に反対するのには、倫理的な理由も、戦術的な理由もあります。第一に、攻撃されて自分の身を守るとき以外、ほかの人間を傷つけるのは正しくありません。また戦術的には、暴力の行使が裏目に出て、状況がますます悪化してしまうことが多いように思えます。国家が暴力をしっかりと独占しているからでもあるし（それはいいことかもしれませんが)、たとえ暴力によって成功したように思えても、悪辣(あくらつ)な手段が使われるし、もっとも暴力的な革命家が権力を掌握して、いかなる異議に対しても同様な暴力で対処するので、長い目で見ればうまくいかないものだからです。

もちろん、歴史上、つねにそうなったわけではありませんが、現状ではそうなるとしか思えないのです。したがって、いま試みるなら、きわめて迅速に法的な段階を踏む革命的改革がもっとも望ましいとわたしは思っています。正義と持続可能性のさまざまな前線で意味ある進展がないまま二〇三〇年代に突入してしまったら、おそらく、より暴力的な抵抗が正当化されるでしょう。平和的な戦術が功を奏する可能性の窓は閉じつつあるのです。

JB 可能性の窓が閉じつつあるからこそ、たとえば、太陽光を弱めたり、海に鉄をまいたりする計画といった、重大な副作用があるかもしれないきわめて過激なアイデアが俎上(そじょう)に載っているのですね。人類がそのような方法で環境のテラフォーミングや再工学(リエンジニアリング)をするというのは、あなたの《火星三部作》のメインアイデアだし、『2312 —太陽系動乱—』と『グリーン・マーズ』と『未来省』で中心的な役割をはたしています。人類は現在、そのようなプランを真剣に検討すべき段階に達していると思われますか? また、それらをどこまで民主的手段の失敗の兆候とみなすべきなのでしょうか?

KSR 人類は総動員が不可欠な状況なので、そのような過激なアイデアも、安全に成果をあげられる可能性がないかどうかを検討しなければなりません。地球工学は、すでに、〝資本主義を救うために危ない橋を渡ること〟と定義されているため、当然ながら、危険視されがちです。ですが、人類が地球に影響をおよぼす規模でなにかをしたら、それは厳密にはジオエンジニアリングなのです。全世界の女性の教育と政治権力を最大限に高めれば、人類の活動が活発になって人口増加が鈍化するのだからジオエンジニアリングと呼べるし、その結果、生物圏にも歴然とした影響がおよぶでしょう。それ自体がいいことだし必要なことですが、おまけに生物圏にとってもプラスなのだから一石二鳥です。

したがって、そう考えるとジオエンジニアリングという用語は無効になるし、さらに論じたいなら、ケースバイケースで考えざるをえないのです。大気中に塵を放出することによって日光をある程度そらすにしても（太陽放射管理）、その塵が火山性ではなく（石灰岩の塵のように）不活性ゆえに選ばれたものなら、数年間、気温を下げるにとどまるはずです――そのあと、塵は地球に落下するので、この作戦の結果を評価することが可能です。国際的な合意にもとづいておこなわれるのであれば、代議政治の成果ということになります。まずは実験が実施されるでしょう。海に鉄粉をまくと藻類が増え、増えた藻類が死ぬと、炭素もろとも海底に沈みます――もっとも、海はすでに、人類による炭素燃焼やプラスチック汚染や底引き網漁や乱獲のせいで傷んでいるのですが。海にそれ以上のことをするのは馬鹿げているように思えますが、いっぽう、一度の実験ならそこまで大きな影響はないだろうし、なにかがわかるかもしれません。この特定の戦術についていえば、わたしもほとんどのかたと同様、もっといい、より安全なやりかたがあるはずだと考えています。ですが、この議論は人新世の意味に内包されています――人類は生物圏に大きなダメージを与えたので、これから修復しなければならないのですが、どうすればうまく修復できるかがわかっていないのです。とはいえ、明白な対策もあります。大気に二酸化炭素を放出するのをやめる。生息環境の破壊をやめる。再生農業を実現する。貧困を撲滅し、平等の権利を広め、だれでも教育を受けられるようにする。このようなよいおこないは、どれも生物圏にプラスの影響をおよぼします。議論されているさまざまな緊急措置は、このような、人類がとらなければならない重大で明白な対策と比べたら瑣末です。人類はそれらの手段をとらざるをえない段階に達していると思うかというのがあなたの質問でしたね。わたしはそうは考えていません。ただ、ぎりぎりまで来ています。そして、湿球温度で摂氏三十五度になって何百万人もが死亡したら――そんな熱波が発生したら、そこの国民国家は、独自の手段を実行するでしょうね。先進諸国に異議を唱える権利はありません。

ＪＢ　激しい対立が起こるというのが、あなたが『未来省』で描いた人類の未来のヴィジョンですが、同時に、最終的には、先進諸国の崩壊は不可避に違いないという深まりつつある確信に異を唱えて希望を提示しています。あなたは希望が必須と考えられているのですか？

KSR　ええ、そのとおりです。そもそも、それは生物としてごく自然なことです。生物は希望をいだくし、飢えは希望なのです。希望というのも、意味が広すぎて役に立たない言葉です。生きているのはいいことじゃありませんか？　だから生きつづけたいという希望をいだくんじゃありませんか？　そのような希望はきわめて根強いのです。

　しかし、不安もあります。実際、不安になる理由があります。先進諸国では崩壊が不可避に違いないという確信が深まりつつあるのでしょうか？　わたしはなんともいえないと思っています。また、崩壊というのはなにを意味するのでしょうか？　生活が現在の南の発展途上国（グローバル・サウス）レベルに落ちるという意味でしょうか？　それとも、文明の突発的な機能不全で全人類の四分の三が突然死亡するという意味でしょうか？　このふたつは種類がまったく異なる崩壊です。つまり、人類は希望と不安を、つねにあふれるほどいだいてきたのです。

　わたしが科学で好きなのは具体性です。地球上の全員が食べられるだけの食料が栽培されているか。イエス。その状態は放っておいても持続するのか。ノー。ウィルダネスはいい考えなのかそうではないのか（この疑問については、わたしはまさにいま考えているところです）。関係する科学者は、〝ウィルダネス〟の八から十におよぶ定義のどれについていっているのかと問うことでしょう（〝wilderness〟には〝原野〟や〝手つかずの自然〟や〝自然保護区〟などの意味がある）。わたしは、そういう具体性が好きなのです。

　けれども、あなたがわたしたちの文化の感情の構造について、雰囲気についてした質問には考えさせられます。若者はどう感じているのか、リンクをたどっているだけだとインターネットにはなにが書かれているのかといった質問には。一般的知性または時代感覚という領域では、わたしたちは鳴り響く鐘のなかにいます。すさまじい不協和音のなかに。聞きたい音を抜きだし、それを一種の偶然のシンフォニーとみなせば、やらなければならないことにとりかかれます。それでも、希望と不安で、夜、眠れないでしょう。その間も進行は止まりません。人々は、子供にいい暮らしを送らせたがっています。資本主義は機能していません。そして、もたないものはもたないのです。だからわたしたちは、異なる政治経済を可能にするための実験を実行せざるをえないのです。うまくいけば大量絶滅を回避でき、さまざまな望ましい可能性が開けるでしょう。わたしは、いまが歴史の転換期だと思っています。二〇二〇年代は大変な期間になることでしょう。

（金子浩訳）

謝辞

ジョナサン・ストラーン

どんなものであれ、本書のようなプロジェクトは、大勢の勤勉で才能豊かな人々がなにか特別なものをつくり出そうと最善を尽くした末の産物である。信じられないほど協力的で一緒に仕事をするのが楽しくてしかたなかったMIT Pressのスーザン・バックリーと、さらに大きなプロジェクトに移る前の早い段階で素晴らしい仕事をし、わたしがこの本に携わり*Twelve Tomorrows*チームの一員になる機会を与えてくれたリッチ・フィールドにはたいへんお世話になった。

また、シーン・ボドリー、ジェイムズ・ブラッドレー、グレッグ・イーガン、メグ・エリソン、サラ・ゲイリー、ダリル・グレゴリイ、サード・Z・フセイン、エミリー・ジン、マルカ・オールダー、陳楸帆（チエン・チウファン）、ジャスティナ・ロブソン、テイド・トンプソンにも、素晴らしい仕事をしてくれたこと、そして六カ月以上ともに働こうという気にさせてくれたことに謝意を表したい。インタビューに応じてくれたスタン・ロビンスンには特別な感謝を捧げる。*Tomorrow's Parties*の編集と完成に携わってくれたみなさん、そしてMIT Pressのチーム全体に感謝します。

（佐田千織訳）

解説

渡邊利道

本書は、北アイルランド出身でオーストラリア在住のジョナサン・ストラーンが編んだ二〇二二年刊行のアンソロジー *Tomorrow's Parties: Life in the Anthropocene* を、ショーン・ボドリーのイラストとエッセイを割愛し訳出したものである。アントロポシーン（人新世）とは、人類の活動が地球に地質学的なレヴェルで影響を及ぼしている時代のこと。そのテーマにふさわしく、イギリス、アメリカ、ナイジェリア、中国、バングラデシュ、オーストラリアといったさまざまな地域に出自を持つ作家たちの短編十編と、気候変動をテーマとする作品を多く執筆してきたアメリカの作家キム・スタンリー・ロビンスンへのインタビューを収録する。

ＭＩＴプレス（マサチューセッツ工科大学出版局）が、同じくＭＩＴ系列の科学技術誌〈ＭＩＴテクノロジーレビュー〉と提携して年一回刊行するＳＦアンソロジーシリーズ *Twelve Tomorrows* の一冊で、現実の科学情報に基づき、近い将来可能になるかもしれないテクノロジーの、社会における役割や人々の生活に与える影響を想像するというのがシリーズのコンセプト。本書もいわゆる〝ハードＳＦ〟的な緻密な細部の記述と社会の構想、そこで生きる人間の感情のゆらぎを繊細に描いたサイエンス・フィクションの醍醐味を感じさせる作品集で、ローカス賞のアンソロジー部門のファイナリストにも選出された。

人新世という言葉が使われはじめたのは一九八〇年代に遡ることができるそうだが、ひろく一般に流布したのは二〇〇〇年にメキシコで開催された地球圏 - 生物圏国際共同研究計画（ＩＧＢＰ）の会議席上での、オゾンホールの研究でノーベル化学賞を受賞したオランダの科学者パウル・クルッツェンの発言がきっかけだという。本来それは厳密な学問としての地質学の用語ではなく、科学をめぐる政治を意識したレトリックという側面が強かったそうで、科学者の中にも異論が多く、この原稿を書いている最中に入ってきた報道によれば、国際地質科学連合（ＩＵＧＳ）の小委員会において地質時代区分としての「人新世」の創設は否決されたらしい。

人新世という用語が提起されたのは、南極やグリーンランドの氷床から採取した試料の研究によって十万年単位で寒冷な氷期とやや寒さが緩まる間氷期が交互に繰り返されていることが明らかとなり、さまざまなデータから産業革命以後、ことに二十世紀後半からは急速に地球が温暖化していると確認され、人間の活動が地球に与える影響が地質学という巨視的スケールで観測できると考えられたからである。ことに一九五〇年代からの変化は急激で、ＩＧＢＰはその変化を「大加速時代」と呼んだ。地質時代区分の名称として「人新世」が妥当であるかどうかはともかく、地球温暖化に人類の活動が影響を与えていることそれ自体は、現在ほぼすべての科学者の共通認識となっている（もちろん、少数派はどの分野にだって存在するけれど）。

人新世という概念は地球科学のみならず、二十一世紀の人文学にも多大なインパクトを与えた。簡潔にまとめると三つの論点が挙げられる。

1　人間中心主義への批判。人間が、この惑星（地球）に生きる他の生物種や、鉱物、気候現象などの無生物まで含めた「人間ではないもの」との関係において生存しているという存在の条件を見直すこと。

2　グローバリズムへの批判。工業化と資本の増大に伴う多国籍企業とサプライチェーンによって、世界が均質化すると同時に階層化が強化され、差別と搾取が横行する政治経済状況を改善すること。この論点から人新世は「資本新世」と呼ぶべきだという意見もある。

3　高度に数学化された科学・技術のブラックボックス化への批判。そもそも気候変動の根拠となるのも古環境学などの自然科学によるデータに基づく現状把握であり、その計算の過程が専門知識のない人間には理解しづらいアポリアを抱えている。電子メディアや画像技術によってネットワーク化された情報の真偽の判定しづらさもこれに含めていいだろう。

批判とは否定ではなく、現状の不可避性を認めながら未来をより良くするために問い直す、というほどの意味だ。本書の作品にはこれらの論点が組み込まれ、オルタナティヴな生（せい）へと開く思弁を促している。

人新世といえば気候変動を連想することが多いと思うが、本書ではそれはどちらかといえば後景に引き、むしろ2の論点、すなわち資本主義と所得格差の問題が物語の中核を占めている。アンソロジーの最後（原著では巻頭）に置かれたキム・スタンリー・ロビンスンのインタビューでも、気候変動問題は、その解決も含め資本主義の問題として捉えられている。またロビンスンはマルクス主義者として有名だが、本書での未来の労働を描く多くの物語の中でも、差別や搾取に対抗するコミュニティがユートピア的に描かれる作品がいくつかあるのは注目に値するだろう。

そうした観点から各編を紹介してみる。

「シリコンバレーのドローン海賊」は、父親がドローン配達の巨大通販物流企業に勤めている若者が、ドローンの飛行情報を利用して学友と盗みを働くのだが、仲間の一人が貧困層の出身であることを知り、富裕層による搾取は盗みではないかという問題に直面する。

「エグザイル・パークのどん底暮らし」では、プラスチックのゴミでできた島に暮らす人々のコミュニティで犯罪が増えていることを調査してほしいと頼まれた主人公が、ユートピア的な島の社会を体験する。政府やメディアが島の実情を隠蔽（いんぺい）し、無価値なものと宣伝するのがミソだ。

「未来のある日、西部で」は、オンライン診療する医者が巨大山火事の煙の中で行方不明になった認知症患者を探し、一方投機に夢中になって火災の危険に気付かない人物が登場する。自動運転車やトム・ハンクスの流出映像といったガジェットが伏線になる巧みな物語だ。「クライシス・アクターズ」の主人公は陰謀論者で、気候変動による破局を言い立てる連中が自然災害の被害を大きく見せかけているペテンを暴くために災害ボランティアに潜入する。陰謀論者こそが科学的であることを何より重んじ、善意の人である皮肉が冴えている。「潮のさすとき」は、大企業が運営する海底農場で過酷な労働に就きながら、海中で自由に活動できるための人体改造を夢見る主人公が、利益を独占する大企業に抵抗するテロ組織に誘われる。

「お月さまをきみに」で描かれるのは、すでに破局が訪れた後の世界で、主人公はカニ型のロボットなどで海洋を浄化する仕事に従事し、その子供はヴァイキング体験への参加を目指している。

「菌の歌」では、中国の奥地にある村に物理世界とデータ空間をつなぐネットワークを導入し、人工知能を使って気候変動に対処するプロジェクトへの参加を促すという社命を帯びた女性が、村の生活に魅了されていく。ややスピリチュアルな社会的つながりのユートピア性などに「エグザイル・パーク～」と一脈通じるものがあり、ナイジェリアと中国という非西欧が舞台であることが影響しているのかもしれない。

「〈軍団(レギオン)〉」は、女性の安全を確保するため、常時撮影のカメラを携帯し、ネットワークを通じて共同監視と時には防衛のための実力行使も可能にするシステムを開発した人物への、海中に作られたスタジオでのインタビューを描く。自由と安全が保証され、社会的に優位にある人たちの鈍感さを告発する彼女らに、悪意のある男性インタビュアーが苛だっていくのと同時にだんだんサスペンスが盛り上がっていく。

「渡し守」は、富裕層に事実上の不死が実現している世界で、忌避される死を迎えた中間層から必須の存在でありながら憎まれる、最下層に属する死体回収人の秘密の物語。

「嵐のあと」は、失業した父親によって田舎の祖母に預けられた少女が、海の侵食を防ぐマングローブの植林に囲まれた再生地での植樹プロジェクトに参加しながら、孤独に苦しむ物語。少女がどんどん追い詰められていくので、最後にやってくる巨大な嵐がまるで一種の救いのように感じられるのが恐ろしい。この作品を読んで暗い気持ちに沈みながらロビンスンの未来への希望と熱意に溢れた快活なインタビューを読み、ホッと一息つくことができる。

これらの物語を読んでいると、「人新世」という言葉とは裏腹に、地球環境に影響を与え続ける「人類」と、個々の生活を営む「人間」とはまったく異質な存在であるかのように感じられる。序文にあるように、編者はこれから訪れるだろう激変を楽観も悲観もせず、ただこれまでと同じように先が見えない中を手探りで、知恵と愛情で受け止めて生きるしかないと示唆しているのだろう。

編者紹介

ジョナサン・ストラーン（Jonathan Strahan）は、一九六四年生まれのオーストラリアのアンソロジスト、編集者。九〇年に雑誌 Eidolon を創刊し、九九年まで共同経営者および共同編集人を務める。二〇一〇年に編集者としての活動を評価されて世界幻想文学大賞の特別賞を受賞。同年、ゲイリー・K・ウルフと共同でポッドキャスト Coode Street Podcast の制作を始め、二〇二一年にヒューゴー賞ファンキャスト部門を受賞。また、これまでに十九回、ヒューゴー賞候補となっている。現在はフリーランスの編集者として、これまでに九十冊以上の書籍を編集し、また Tor.com のコンサルティング・エディターを務めている。

訳者紹介

新井なゆり（あらい・なゆり）筑波大学卒。英米文学翻訳家。共訳書に『巨大宇宙SF傑作選 黄金の人工太陽』『AIロボット反乱SF傑作選 ロボット・アップライジング』がある。

小野田和子（おのだ・かずこ）一九五一年生まれ。青山学院大学文学部英米文学科卒。訳書にアシモフ『夜来たる〔長編版〕』、クラーク『イルカの島』、ジェミシン『第五の季節』、ウィアー『プロジェクト・ヘイル・メアリー』他多数。

金子浩（かねこ・ひろし）一九五八年生まれ。早稲田大学政治経済学部中退。訳書にロビンスン『2312 太陽系動乱』、スミス『帰還兵の戦場』『天空の標的』、バチガルピ『ねじまき少女』（田中一江と共訳）他多数。

佐田千織（さだ・ちおり）関西大学文学部卒。英米文学翻訳家。訳書にヌーヴェル《巨神計画》シリーズ、ブルックス＝ダルトン『世界の終わりの天文台』、ブレイク『アトラス6』他多数。

中原尚哉（なかはら・なおや）一九六四年生まれ。東京都立大学人文学部英米文学科卒。訳書にヴィンジ『遠き神々の炎』『星の涯（はて）の空』他多数。二〇二一年、ウェルズ『マーダーボット・ダイアリー』で日本翻訳大賞を受賞。

山岸真（やまぎし・まこと）一九六二年生まれ。埼玉大学教養学部卒。英米文学翻訳家・研究家。訳書にイーガン『宇宙消失』『万物理論』『ビット・プレイヤー』、編著に『ポストヒューマンSF傑作選　スティーヴ・フィーヴァー』他多数。

検印
廃止

人新世SF傑作選
シリコンバレーの
ドローン海賊

2024年5月10日　初版

編　者　ジョナサン・
ストラーン
訳　者　中原尚哉（なかはら なおや）他

発行所　(株) 東京創元社
代表者　渋谷健太郎

162-0814/東京都新宿区新小川町1-5
電　話　03・3268・8231-営業部
03・3268・8204-編集部
URL　http://www.tsogen.co.jp
DTP　フォレスト
暁印刷・本間製本

ISBN978-4-488-79102-5　C0197

第1位「SFが読みたい!」ベストSF1999／海外篇

QUARANTINE◆Greg Egan

宇宙消失

グレッグ・イーガン
山岸 真 訳

カバーイラスト＝岩郷重力+WONDER WORKZ。
創元SF文庫

ある日、地球の夜空から一夜にして星々が消えた。
正体不明の暗黒の球体が太陽系を包み込んだのだ。
世界を恐慌が襲い、
球体についてさまざまな仮説が乱れ飛ぶが、
決着を見ないまま33年が過ぎた……。
元警官ニックは、
病院から消えた女性の捜索依頼を受ける。
だがそれが、
人類を震撼させる真実につながろうとは！
ナノテクと量子論が織りなす、戦慄のハードSF。
著者の記念すべきデビュー長編。

SF作品として初の第7回日本翻訳大賞受賞

THE MURDERBOT DIARIES◆Martha Wells

マーダーボット・ダイアリー

上 下

マーサ・ウェルズ◎中原尚哉 訳

カバーイラスト＝安倍吉俊　創元SF文庫

◆

「冷徹な殺人機械のはずなのに、
弊機はひどい欠陥品です」
かつて重大事件を起こしたがその記憶を消された
人型警備ユニットの“弊機”は
密かに自らをハックして自由になったが、
連続ドラマの視聴を趣味としつつ、
保険会社の所有物として任務を続けている……。
ヒューゴー賞・ネビュラ賞・ローカス賞３冠
＆２年連続ヒューゴー賞・ローカス賞受賞作！